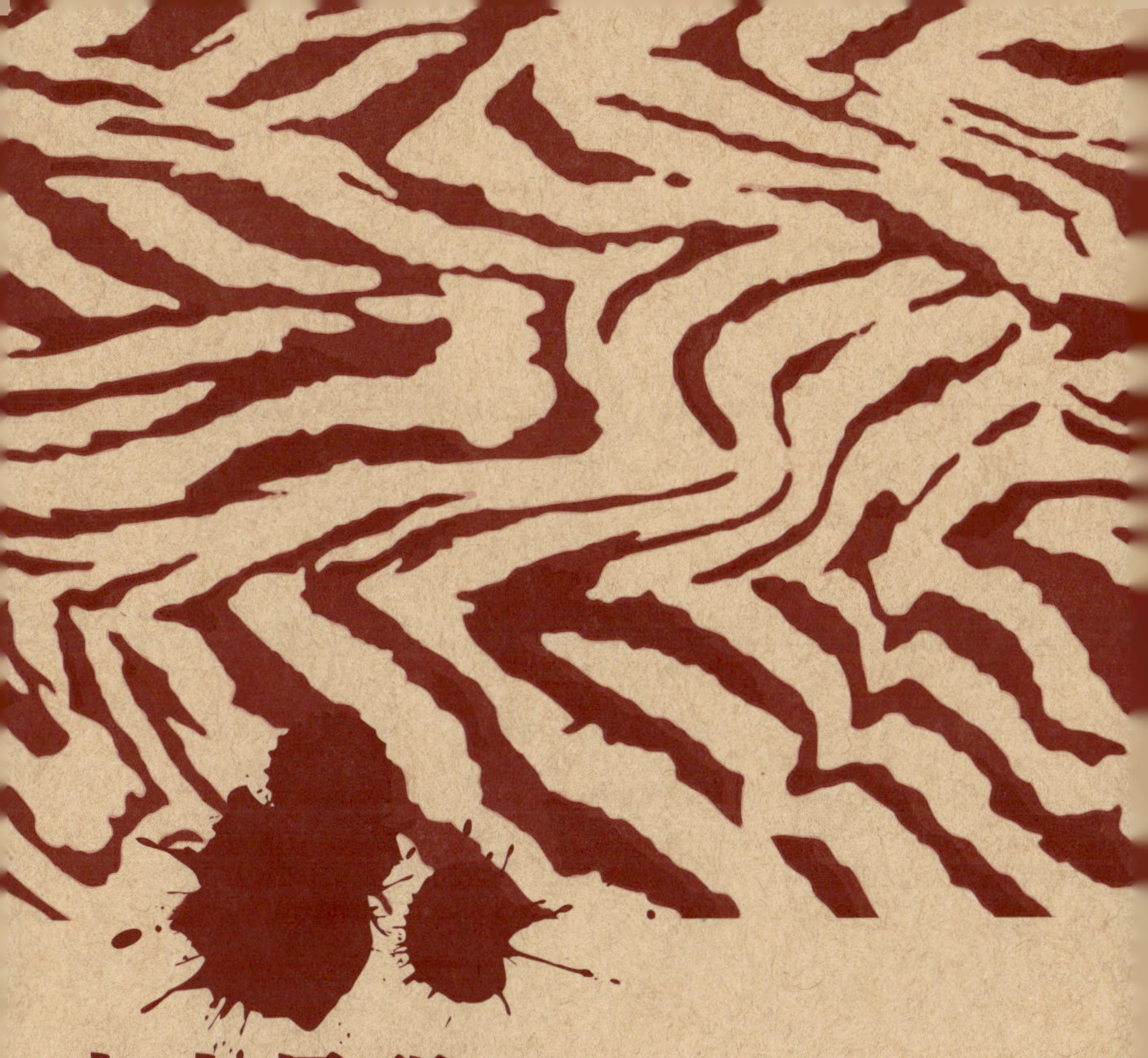

史上最恐の人喰い虎

436人を殺害したベンガルトラと伝説のハンター

デイン・ハッケルブリッジ 著
松田和也 訳

青土社

史上最恐の人喰い虎

目次

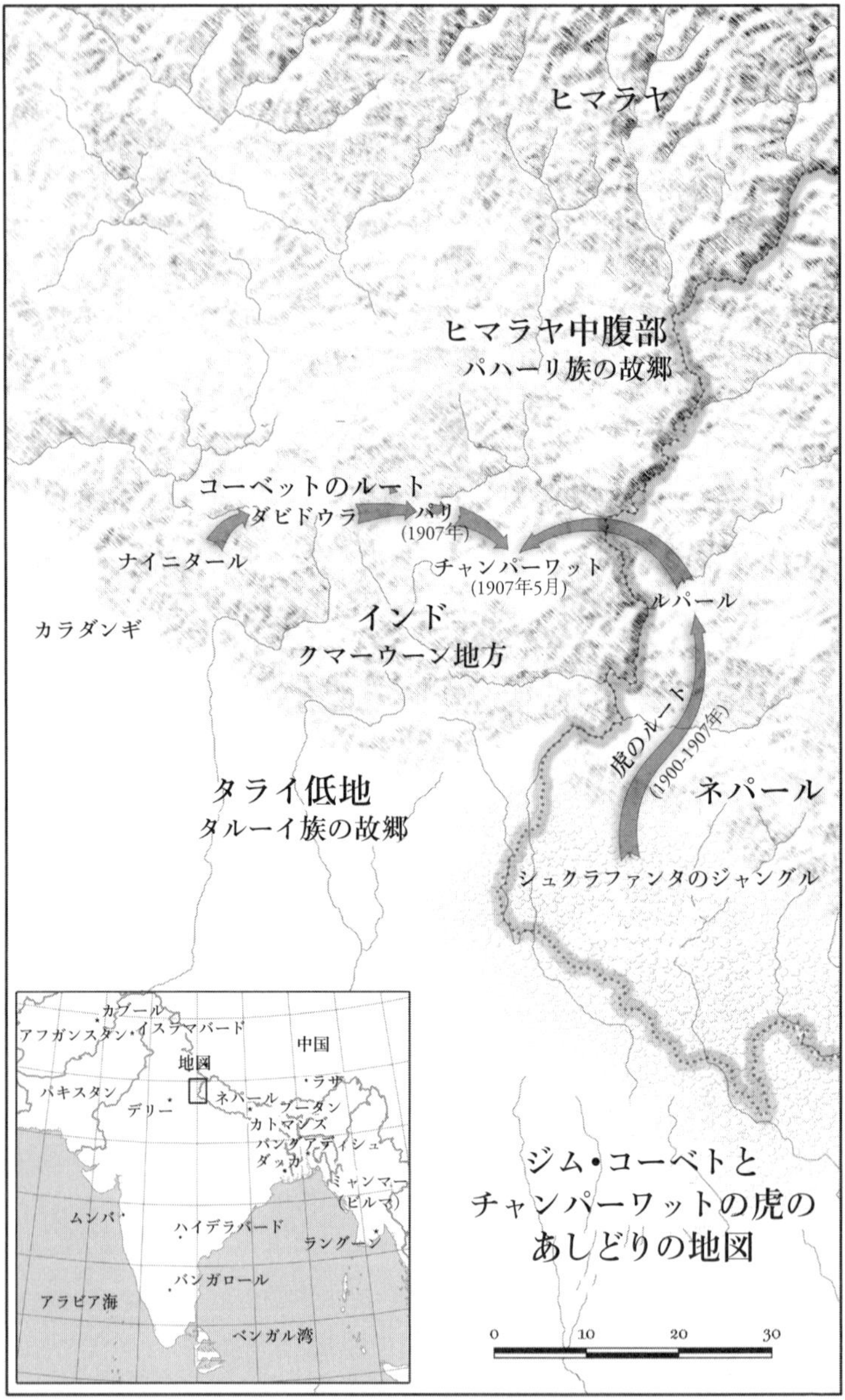

ジム・コーベトと
チャンパーワットの虎の
あしどりの地図

史上最恐の人喰い虎

436人を殺害したベンガルトラと伝説のハンター

「どんな猛獣でも、少しは憐れみを知っていよう。ところが、この身はそれを知らぬ。つまり獣ではないということだ」

——ウィリアム・シェイクスピア、『リチャード三世』

「神が虎を創造したことを責めることなかれ、それに翼を与えなかったことを感謝せよ」

——インドの諺

プロローグ

それがいつのことかは誰も知らない。その密猟者の名も記録にはない。だが、一九世紀末から二〇世紀初頭のいつ頃かに、ネパール西部はカンチャンプル郡近くのタライ〔訳注：インド亜大陸北方，ヒマラヤ山脈最南端部のシワリク丘陵南麓沿いに、ネパールとインドの国境部を幅三〇～五〇kmで東西にのびる沼沢性低地〕のどこかで、ひとりの男が致命的なミスを犯した。

一頭のベンガルトラを殺したいという誘惑に駆られたのだ。

たぶん若い男だったのだろう——十中八九。地元のタルー族は皆、虎には精通している。迂闊なことをやらかすのは若くて未熟なハンターだけだ。何にせよ、タルー族の間では虎狩りは厳粛な行為であり、まずは森の精霊バン・デヴィへの敬意の印として、雄鶏と山羊を捧げる儀式《プージャ》から始めねばならない。虎狩りは霊的にも世俗的にも深遠な意義を持つ行為であり、神々も地上の王も共に怒らせる危険がある。そのような決断は、たとえ考えるだけでも、グラウの手で聖なる草ラクシの祝福を受け、聖なる赤いリボンを身に巻いて聖別されねばならない。

だが、この辺鄙な地方にすら、変化の波は押し寄せていた。同世代の多くの者がそうであるように、この粗忽な若者はたぶん、インド国境を越えて持ち込まれた英国のジンと煙草の味を憶え、シャルダ川を渡れば手に入る西洋のスーツやクラヴァットを見たことがあるのだろう。それに、米の酒だのリボンで作った花環だのを用意している時間もない。彼にとっては虎はもはや聖なる精霊でも、森の王でも、万物のバランスを維持している自然界の守護者でもない。彼にとっての虎は、単に黄金の詰まった袋でしかないのだ――そのカネがあれば、土地を切り拓き、水牛を買って自らの農園を始めることができる。両親のように森から細々と得た糧、泥壁に大蒲葺きの家で生きていくなんて、考えただけでも身の毛がよだつ。いや、もうそんなのはご免だ。

　そんなわけで、彼は村を出奔したのだろう、使い古した先込め銃を肩に掛けて、何も知らない山羊を一頭引き連れて。踏み固められた地道を歩き、辛子や平豆の畑の縁を通り、曲がりくねった水路《ナラ》の乾いた底を辿って、沙羅の木立に到着する。ジャングルの本当の入口だ。森の空き地の泥の上に新しい虎の痕跡を見つけると、その近くに小さな見張り台《マチャン》を作り、地面に杭を打って山羊を縛り付け、マチャンに登ってできるだけ居場所を整える。

　午後の熱気は弥増し、山羊は物憂げに耳を動かす。聞えるのは交尾中の小野雁の断片的な奇声のみ。若者は額から汗を噴き出しながら、蚊に食われた部分を掻く。当初の興奮は徐々に退屈に、それから遂には苛立ちに変る。

　影が伸び、黄昏が近づく。痩せ細った山羊は依然として繋がれたまま、無傷で突っ立っている。若者は虎なんて来ないんじゃないかと考え始める。たぶん、村の老人たちの言う通りだったのだ、たぶん、そもそも森に来ようなんて考えること自体が愚かなことだったのだ、だって――。

　そして、ことが起る。それまで若者が見たこともない気品と力を湛えて、それは来る。攻撃。その力強さに茫然とし、その美しさに陶然とする。あたかも林床の斑模様そのものが俄に命を吹き込まれ、この哀れな生き物に襲いかかったかのようだ。黄と黒の縞の不明瞭な残像、そして躍動する筋肉の塊。山羊には身動きも、啼き声すら立てる時間もない――生きている、そして次の瞬間には死んでいる。計ることすらできぬ刹那の間に、その頸は折れている。

突如、若者は疑念に駆られる。目の前の虎を撃つなんて、あり得ないくらい傲慢なことだ、という気がしてくる。あたかも、これから試みるのが単なる獣の屠殺ではなく、王の暗殺であるかのように。その体躯は、安全な見張り台から見てすらも、あまりにも巨大だ。その両眼は、豚や鹿や、これまで見たどんな動物のそれよりも人間に近い。そしてさらに彼の決意を鈍らせるかのように、背後の木立から楽しそうに跳ね回る二頭の虎児が現れる。これはただの虎じゃない――お母さんだ。

だが如何に恐怖していようと、ずたずたにされた山羊の綱だけを手にすごすご戻るなんてさらに耐えがたいことだ。駄目だ、と決意する。やらねば。母親さえ仕留めてしまえば、虎児を片付けるのなんて容易なはず。当初の予定に二頭のおまけまで付いてきたんだ。慄える手で年代物の先込め銃を握り締め、年季の入った銃床を肩まで上げて、虎に狙いを定める。引金を引く前に、最後に一呼吸。

だが、それで十分。いかに幽かではあれ、彼のその動きの衣擦れを、虎の斑の耳は聞き逃しはしない。直ぐさま山羊を放し、ぴくりと頭を上げたところへ、木立から霹靂一閃――真紅の苦痛が顎に炸裂する。虎は虚空を襲うかのように後ろ脚で立ち上がるが、顎はだらりとして噛みつくことができない。自らの血の味が喉に溢れる。虎は身を翻して森へ逃れる。元来た鬱蒼たる下生えの奥へと。玩具のような二頭の虎児は一瞬躊躇った後、やはり素直に跳ね従う。

若者は銃に再び弾を込め、床几から飛び降りて、命中したか否かを確かめに走る。見ると、痛ましい山羊の骸のすぐ横に足跡が剔れ、傍には血痕、そして二本の折れた牙――虎の牙だ。撃ち洩らした、虎に手傷を負わせただけだ。直後、裂帛の咆哮。虎の声を聴くのは何も初めてではない、とはいえこれまでのそれはただ遠くから低い唸りを聞いたに過ぎぬ、今のこれとはまるで違う。こんなのは全く初めてだ。耳だけではない。胃の腑と胸の腔に轟然と響き渡っている。彼の知る、最も純粋な怒りの精髄だ。

闇の帳が降りる。視界を閉ざされたまま藪の中に突入し、怒り狂った虎と対峙するなど、この若者にとっては理解を絶している。考えも付かぬ悪夢。否、間違いなく自殺行為だ――最も原初的な死のかたちがそこにある。だからこそ、アドレナリンを大量に分泌しながらもなお、彼は年代物の銃を肩に提げ、弱った膝で村へととって返す。最初は歩いて、そして駆け出す、何度も何度も困り果てて振り返り、咆哮を聞くまいと両耳を塞ぎながら。この若者には、自分のしでかしたことの意味を、解き放ってしまった恐怖を、そして間接的に死に追いやることになる数多の命を、全く理解できていない。だが間違いなく、漠然と感じてはいる、あの引金を引いた瞬間、しんとした空気と濡れた沙羅双樹の葉を震わせる咆哮と共に、俺は生み出してしまったのだ、怪物を。

序　らしくないハンターたち

二〇世紀の最初の十年、世界史上もっとも多くの人間の命を奪い去ったシリアルキラーが、ヒマラヤ山麓を彷徨いていた。夜中に犠牲者を攫ってその身体をばらばらにするだけでは飽き足らず、その肉まで喰らっていたシリアルキラー。この十年の大半に亘って、警察、賞金稼ぎ、暗殺者、そしてネパールのグルカ兵の部隊から逃げおおせたシリアルキラー。

その正体は、一頭のロイヤルベンガルタイガー。

この虎は、「チャンパーワットの人喰い虎」と呼称されていた。たまたま人肉の味も憶えた頂点捕食者、というだけではない。それは——その殺戮が終る迄、明らかにならないであろう理由によって——明らかに、主食として人間に狙いを定めていた。そしてそのために、この鉄面皮の*Panthera tigris*は、一九〇〇年代初頭の峻険なネパール＝インド国境地帯で、衝撃的なまでに悠然と、神懸かり的な手際で定期的にホモ・サピエンスを狩った。報告によれば、最終的な犠牲者数は総計四三六人に上るという——人であれ獣であれ、単独の殺人鬼としては空前絶後、と考える者もいる。

だが、その異常なまでの食欲と狩猟能力にもかかわらず、これまでチャンパーワットの虎について書かれたものは驚くほど少ない。そして時たま、この虎に関する言及がひょっこり顔を出したとしても、それはたいていの場合は人間と虎の闘争を扱う広範な記事の興味深い脚註であり、『ギネスブック』の血なまぐさいトリビアに過ぎない。たった一頭の虎が、かくも長きにわたってこれほど膨大な数の人間を血祭りに上げたという事実が、歴史的調査や学問研究に値する主題として取り上げられることは滅多にない。物語としては面白かろうが、それ以上のものではないらしい。

そして確かに、それは面白い物語である。だから単に面白い物語として提供したいという誘惑に駆られる。その訴求力は普遍的であり、そのベーオウルフ的次元においてある意味文学的でもある――その地を恐怖のどん底に叩き込んだ人喰いの怪物、何度も追手の追跡を逃れるも、遂には勇ましい英雄が現れて、その塒《ねぐら》を突き止める。まさに時を超えた炉辺の物語。この種の法螺話がおしなべてそうであるように、単純で、かつ身の毛がよだつ。このような物語を聞きたくないという者がいるだろうか？　人間の恐怖の根源、その奥底に向けて語りかける物語を？

だがここには、語るべき物語がもうひとつある。それもまた確かに身の毛のよだつものだが、単純とは程遠いものだ。二〇世紀の最初の十年間にヒマラヤ山麓の森と渓谷で起った出来事は、単なる一連の奇妙な現象ではない。それは実際には、途轍もない文化的・生態的葛藤の不可避の結末であったのだ。その葛藤は当時のこの地域を――実際には、世界を――揺るがし、思いも寄らぬ形で人間と動物に影響を及ぼし、旧来の体制を混乱の坩堝へと投げ込んだ。人間対自然、あるいは善対悪の対決という三文小説どころか、チャンパーワットの虎の物語は遥かに豊潤かつ複雑であり、主人公は自分自身とすら対立することになる。

始まりは、言うまでもなく、実際の虎である。ベンガルトラは通常の状況では人間を殺したり喰ったりすることはない。半夜行性で、奥深い森に棲む捕食者であり、二足歩行のものに対する本能的な恐れを抱いている。少しでも人間の気配を感じたら、獰猛に襲いかかるどころか、直ぐさま踵を返す動物だ。だが二〇世紀初頭のネパールとインドでは、自然の秩序に極めて深甚かつ徹底的な変化が生じつつあった。その結果、本来なら用心深い動物であるはずの虎が、生まれ持った人間への恐怖を失ったのみならず、家にいる人間たちをほぼ週一ペースで襲うまでに至ったのだ——その牙と爪に掛った四〇〇人以上の人間たちにとっては、まさに悲劇としか言いようがない。この虎は、重要な点において虎として振舞うことを止め、全く新種の、未知なる怪物となった。そしてインド北部のクマーウーン地方において、村々を徘徊し、白昼堂々、男や女を付け狙った。

そこに登場するのがジム・コーベット。今や伝説のハンターである彼は、チャンパーワットの虎の暴威に終止符を打つべく、遂に英国政府の依頼を受けた。多くの者にとっては、今日のインドにおいてすら、彼はまさしく世俗の聖人であり、自らの命や四肢を危険に曝すことも厭わず、見棄てられた哀れな村人たちを守った勇敢にして無私の人である。またある者、特に植民地独立後の生態学を専門とする研究者にとっては、彼もまた植民地の経験を規定したヨーロッパ中心の父性主義の遂行者に過ぎない。どちらも公正な判断だ。だが真実は、その生涯がいくつもの時代、いくつもの世代、そしていくつもの帝国を跨いでいる、深い矛盾と葛藤を抱えた人物に相応しく、遙かに複雑にして微妙である。ジム・コーベットは多くの獲物を狩ったスポーツマンで、名声を博し、貴族たちと昵懇となり、彼らの関心を買うために虎狩りを利用した。だが彼はまた野生の虎の飽くなき擁護者であり、その保護のために後半生を費やした——その証拠が、今もなお彼の名を称える広大にして壮麗なインドの国立公園である。そう、彼は確かに、召使いや狩猟遊びや社交クラブを含む英国人閣下《サヒブ》の地位と特権を享受した。だが、植民地に定住したアイルランド人郵便局長の息子で、外国に生まれ、社会的弱者とされがちな彼は、また植民地化されるということが如何なる意味を持つのかを鋭く認識していた——しかもその地を植民地化しているのは、彼自身が一目も二目も置いている人々である。そして彼は確かにインドを、とりわけその国民を愛していた。この国を統治する側に嫌々ながら属してはいたが。

このことは不可避的に、われわれを植民地主義それ自体に逢着させる——一冊の本で扱うにはあまりにも広範囲で、多面的な主題である。ましてや、本書の主題は専ら人喰いの虎なのだ。とは言うものの、我らが人喰いを生み出す第一の触媒となったものがまさに植民地主義であり、そしてそれがほぼ普遍的にもたらす環境破壊であったということは否定しがたい事実である。最初にチャンパーワットの虎を人喰いに変えたのはネパールの密猟者の弾丸であったかもしれないが、それを本来の住処である野生の森林や草原から追い立て、かくも異常なまでの大量殺戮に至らしめたのは、インド亜大陸におけるほぼ一世紀にわたる凄まじ環境破壊に他ならない。より詳しく歴史を研究するなら、チャンパーワットの虎とは自然がもたらした脅威などではないということが明らかとなる——それは実際には、人工の災厄なのだ。ヴァルミク・タパーからジム・コーベットその人まで、どんな虎関係者であれ、普通の虎を人喰いに変えるさまざまな要素を指摘している——障害を引き起こすほどの怪我や病気、獲物となる種の喪失、あるいは本来の棲息地の剥奪。だがチャンパーワットの虎の場合、これらの要素のうちの一つではなく、三つとも全てが議論の余地なく関わっていたことが判明している。基本的に、一九世紀末までにインド北部の連合州の英国人、およびネパール西部のラナ王朝は、無責任な森林管理、農業政策、狩猟活動によって、環境的破局をもたらすのに絶好の状況を作り出していた。そしてその種の破局は今日もなお見出すことができる。例えば近年のレユニオン島における鮫の襲撃の激増、イエローストーン周辺における人間と狼の葛藤、さらにはインドのスンダルバンスの森林やネパールのチトワン国立公園のような場所で今も続く人喰い虎の脅威。今日のわれわれはようやく、有り難くも、われわれの生態系の健康を維持する上での頂点捕食者の重要性を認識するに至った——だがわれわれは依然として、どこか痛ましいまでに、彼らと共生する最善の方法を模索し続けている。さらに地球温暖化や大量絶滅に起因する、より浩瀚な問題については言を俟たない。それらはまさしく、同じく経済的な不始末と環境破壊の融合から生じた火急の事態である。頂点捕食者は一般に、環境の全体的な健康状態の指標と考えられている。だが今のところ、二酸化炭素排出量の増大と自然の生息域の減少とも相俟って、この先の展望は驚くほど心許ない。

それ故に、環境的葛藤を巡る本書の物語は単に時宜を得ているのみならず、喫緊にして必要不可決なものだ。その核心において、クマーウーンの渓谷からチャンパーワットの虎を駆逐せんとするジム・コーベットの探究はドラマティックかつ直接的なものだが、その背景にある緊張関係はそれよりも遥かに大きく、より深刻な諸問題の反響を含んでいる。そう、それは時代を超越した狡猾さと勇気の物語であるが、同時にまた極めて今日的な教訓でもある。それは森林伐採、産業化、植民地化が文化と生態系の脆弱な均衡を如何に脅かし、目に見えぬ圧力を創り出しているのかを物語っている。その圧力は、ある地点で、絶対に解放しなければならないものなのだ。

時には、人喰いの虎という形においてであれ。

第一部　ネパール

第1章　虎に関する全て

さて、どこから始めようか？　真面に語ろうと思えば、この物語は何千年とは言わぬまでも、何世紀もの長さに及ぶものだ。そのルーツと触手は英国の植民地政策、インドの宇宙論、そしてネパール王朝の盛衰のような広範な領域にまで延びている。さて、どこを出発点としよう？　そう、例えばバスコ・ダ・ガマに東インドへの渡航を命じた勅令から始めることもできるし、ジャンガ・バハドゥをヒマラヤ地方の最高権力者の地位に就けた王宮の陰謀から始めても良い。だが直近の問題は、もっと遙かに原初的な――何なら根源的な何かだ。遙か悠久の昔からわれわれの精神を形成し、われわれの神話に浸透してきた何か、われわれの恐怖の最深部に直接語りかける何かである。怪物に喰われること。生来の捕食能力にかけてはわれわれを絶対的に凌駕する怪物に追い立てられ、喰い尽されることである。ばらばらに引きちぎられ、あっという間に呑み込まれることである。そしてこの真実を念頭に置けば、その答えはより単純となる。実際、その黄金の眼は真っ直ぐわれわれの顔を覗き込んでいる――虎だ。物語はここから始まる。

「通常の虎は」と、博物学者であり、生涯の大半をネパールでこの巨大なネコ科動物の研究に費やした虎の専門家であるチャールズ・マクドゥーガルは述べている、「確固として人間を嫌悪する性質を示し、人間との接触を忌避する」。これは生物学者、公園保護官、ハンターらによって繰り返し確認されてきた事実であり、彼らは全員、野生の虎が実際には如何に臆病で人間を忌避するかを自らの体験に即して証言することができる。実際の虎を一度も見たことがないまま、虎の国で生涯を過すのも珍しいことではない。時折見かける足跡や、有蹄類の骨の痕跡に彼らの幻影のような存在が示されているにしても。この捕食者が大量に棲息する保護区の直ぐ傍で生活する今日のタルー族〔訳注：ネパール南部一帯から北インドのウッタル・プラデーシュ州のアルモーラ山地南麓にわたるタライ平原の原住民〕にとってすら、実際の虎の目撃はかなり稀なことだ。本書のための調査中、チトワンで筆者のホスト兼ガイドを務めてくれたサンジャヤは、地元の森で採集漁労をして育った男だが、その間、虎の姿を垣間見たのはただ一度きりだという。否、普通の虎は人間に対してほとんど興味を持っておらず、闘いを仕掛ける気はさらに無い。普通の虎は狩猟と交尾、そして縄張りから競争を相手を追い払うことにほとんどの時間を費やしており、人間などに感けている暇はないのだ。われわれは通りすがりに一瞥する価値もない。忌避すべき不快な存在、それ以上のものではない。

しかしながら、異常な虎――すなわち何らかの理由で、直立歩行の猿に対する根深い忌避感を棄て去った虎――にとっては、基本的に人間を殺す方法は二種類である。

攻撃の第一のカテゴリは防衛機構、すなわち防御の行為であり、これは虎が人間を自分自身もしくは虎児に対する脅威と見做した時にのみ採用される。母虎が森の中で不意を突かれた、あるいは手負いの虎がハンターに追い詰められた時、その自己防衛本能が発動し、爪が出る。この虎はしばしば咆哮し、恐ろしいほどの跳躍で跳び掛り、前脚で標的である人間を真正面から殴打する。その力は、ほとんどの場合、初撃もしくは二撃目で頭蓋骨を粉砕するに十分である。そしてそこから状況はさらに悪化する

――虎の専門家であるロシア人ニコライ・バイコフによれば、目障りな人間が林床に立ち入るや否や、「虎はその爪を頭もしくは胴体に可能な限り深く突き立て、衣服を引き裂こうとする。一撃で背骨が露出し、胸は切り開かれる」。これは純粋に闘争行動であり、捕食とは真逆である（ただし、防衛攻撃が時に捕食に移行することもある）。それは虎が差し迫った危険を感じた時に発現し、そのため、逃げおおせる《セイヴ・イッツ・オウン・スキン》ために相当の力を奮い起こす――比喩的にも、またブラックマーケットにおける虎の毛皮の価格を考えれば、文字通りにも〔訳注：「逃げおおせる save its own skin」は、直訳すれば「自らの皮を守る」の意味〕。

そしてこの行動の結果は、当然ながら恐ろしいものだ。それに遭遇するほどの不運と、それでも生き延びるほどの幸運を兼ね備えた稀な人間にしか語り得ないが。インド北東部のカジランガ国立公園で二〇〇四年に起った攻撃事例では、それを撮影したヴィデオが現存している――少しググればいつでも見られるだろう。象の上から撮影されたこのヴィデオでは、公園保護官の一団が、保護区の境界を越えて彷徨き、家畜を殺害し始めた問題の虎を追う姿を写している――ほぼ間違いなく、生息域の減少と獲物の不足の結果である。麻酔銃で武装した彼らの意図は虎を傷付けることではなく、むしろ怒り狂った百姓がそうする前にこれを捕え、公園内の棲息地に安全に戻すことにある。だが残念ながら、この四〇〇ポンド〔訳注：約一八〇kg〕のネコ科動物はそんな計画など知る由もない。画質は粗く、映像もブレまくってはいるものの、そこには自らを守ろうとする虎の恐るべき能力が十分明瞭に映し出されている。驚くべき速度と身体能力で、虎は鬱蒼たる草むらから出し抜けに出現し、爪を出したまま象の頭を軽々と飛び越え、掠める程度の一撃で、哀れな象の騎手の左手を引き裂いて真っ赤なリボンに変え、そのまま逃走した。分厚い皮膚で鎧った聳え立つような巨象を駆る重武装の男たちの集団にしてこの有様である――森をひとりで彷徨いている人間ならどうなるか、想像もつこうというものだ。銃など撃つ間もなく死んでいる。現に一九九四年に極東ロシアに現れた狂暴なアムールトラの事例では――地元のハンターの銃が撃鉄を起された状態で、だが発射もされぬまま、手袋の真横にあった。一方、ずたずたにされた彼の残骸は百フィートも離れた唐檜の木立の中で発見された。

だが、虎が何かを脅威ではなく、潜在的な獲物と見なした時に採用する、もうひとつの攻撃手段がある――爪よりも歯を用いるものだ。特に、現存するネコ科最大の三～四インチもある犬歯（そう、サーベルタイガーは除外される）は脊髄を切断し、気管をずたずたにし、頭蓋骨を貫通して脳に直接到達するように設計《デザイン》されている。そして彼らが通常好む獲物――水牛や鹿、猪などの有蹄類である――を考慮すれば、虎がこれほど巨大な犬歯を備えているのも当然だ。ベンガルトラの好む餌の内の二種――水鹿とガウル――はそれぞれ一〇〇〇ポンド、三〇〇〇ポンドにも達する。虎の巨大すぎる牙が生存にとって不可欠である理由も解ろうというものだ。それは世界最強かつ有角の動物たちを倒すのに利用できる、最も重要な道具なのだ。一トンもある野生の水牛の、筋肉で覆われた喉を粉砕するのは容易なことではない。だが虎の身体はその用途のために最適化されているのだ。

とは言うものの、虎の進化の歴史は何も、地響きを立てるマストドンの内臓を剔る、サーベルのような牙を持つ巨獣として始まったのではない。彼らは元来は木の枝の間を跳ね回る、小型の鼬のような生物だった。具体的に言えばミアキス科、すなわち今から六二〇〇万年ほど前にヨーロッパとアジアの森林に棲息していた原始的な肉食動物である。ふさふさとした尾に短い脚を持つこの先史時代の悪戯者は、主として面白くもない昆虫を食っていた。彼らの昆虫食はさらに四〇〇〇万年ほど続いた後、進化生物学の気まぐれな住民は枝分かれの道を選んだ――ミアキス科のあるものは現在の犬、狼、狐などを含むイヌ科へと進化し、第二のグループは長い長い年月を経てネコ科となる。当初、ネコ科には三つの下位区分があった。ヒョウ亜科、ネコ亜科、マカイロドゥス亜科である。この最後のものは現在は絶滅しているが、ここにはサーベルのような牙を持つスミロドンも含まれている。これは一フィートに達する牙と一〇〇〇ポンドの体躯を駆使して、毛むくじゃらのマンモスの内臓を抉り出すことができた。

一方、虎は第一の下位グループから出て来た。アメリカを経由してアジアにやって来た豹やライオンとは異なり（今日のインドにもまだ豹やライオンはいるが、ギル森林国立公園にごく少数が現存するに過ぎない）、虎はもともとアジア起源であり、およそ二〇〇万年前に現在のシベリアと中国北部に現れた。この縞のある祖先から九つの亜種が生じ、大陸全域に広がり増えて行く。その内の六種が現存しているが、いずれも絶滅寸前だ。

バリトラとジャワトラ、それにカスピトラは全て二〇世紀に絶滅した。お馴染みの生息域の破壊と乱獲の所為である。バリトラは一九〇〇年代初頭に地上から姿を消したが、その他の二種は少なくとも一九七〇年代までは生き存えていた。カスピトラの絶滅は、その広大な生息域を思うと、殊に不穏である――この大型の猫はかつて、イランとトルコの山中から、遙か東のロシアや中国まで、あらゆる場所に生息していたのだ。

現存する虎の亜種の中では、アムールトラ――シベリアトラとも呼ばれる――が祖先の故地に最も近いロシアのタイガに留まり、今もその地で獲物を求めて北方林を徘徊している。獲物というのは通常は猪や鹿だが、少なくとも、野生動物保護協会（ＷＣＳ）の研究対象となって発信器を付けられた一頭の個体は主として熊のみを獲物としていたと記録されている。このアムールトラには、熊を殺すお気に入りのやり方、例えば顎を引っ張りつつ背骨に噛みつくなどの攻撃方法があったのみならず、自分なりのこだわりを持ち、熊の腿と鼠径部の脂肪の多い部分を好んでいた。アムールトラの分厚い毛皮、高脂肪、薄い体色は極東ロシアの冬に上手く適応している。一般にトラ亜種の中で最大と考えられており、中には体重七〇〇ポンドに達する個体の記録もあるが、現代の計量ではインド北部とネパールのベンガルトラの方が、平均すれば遙か極東のソ連崩壊後の親戚よりも実際には大きいことが明らかとなっている。現在のアムールトラが何世紀も前のものより小型化している理由は不明だが、好ましい「トロフィ」となる大型の虎が遺伝子プールから取り除かれたことが一因かも知れない。今日の野生のアムールトラの生息数は僅か数百頭、棲息地もロシア東部と中国国境の僅かな山間に限定される。

東アジアの極北に少数のアムールトラが徘徊しているのに対して、南のより温暖な地域には *Panthera tigris* のさらに小さな亜種が分布している。例えばインドシナトラ、マレートラ、スマトラトラ、アモイトラなどだ。いずれもその個体数は目を覆うほど少ない。アモイトラに至っては不名誉にも、少なくとも近年では、世界で最も絶滅に瀕した一〇種の生物のひとつに数えられている。野生種はほぼ間違いなく絶滅したと見られているほどだ。全ての虎の未来は良く言っても「危うい」のだが、これらのしなやかなジャングルの住民、北方の親戚よりもかなり小型の種類に関しては、特に危機的状況にある。

一方、遙か西、インドやネパール、ブータン、バングラデシュなどの森林にはまた別の虎がいる。これもまた絶滅危惧種だが、奇蹟的にぎりぎり数千頭の個体数を維持している。これこそムガールの皇帝やマハラジャ、ラドヤード・キプリングやウィリアム・ブレイクの言う「虎」である。ヒンドゥ教の母なる神ドゥルガーが悪魔との闘いの際に戦場に駆る虎、反骨のティプ・スルターン——「マイソールの虎」の二つ名あり——が自らの旗に選んだ虎である。英国の将軍たちを象の背の輿《ハウダー》から引きずり下ろし、ビワプールの村々を丸ごとゴーストタウンに変え、過去四世紀の間に虎に殺されたとされる百万の犠牲者の圧倒的大多数を屠った虎である。子守歌に歌われる虎、悪夢に登場する虎、「虎」という言葉によってわれわれの想像力に喚起される虎である。科学者はそれに、*Panthera tigris tigris* という、まあ冗長とは言わぬまでも散文的な学名を奉っているが、万人は「ベンガルトラ」と呼んでいる。

——

ベンガルトラの肖像を描くのに、色合いやら筆致やらに困ることはない。だがまず第一に——ベンガルトラはデカい。雌はせいぜい四〇〇ポンドまでだが、成体の雄は通常、体重五〇〇ポンド以上に達し、特に大きな個体では七〇〇ポンドを超えたという記録もある。特に、「タライ」と呼ばれるサブ・ヒマラヤ帯のジャングル地帯に棲む「ロイヤル・ベンガル」と呼ばれる種類はさらに大きい。とある異常な個体は——これまた人喰いだったとされている、少なくとも一九六七年にデイヴィッド・ヘイジンガーに射殺されるまでは——体重八五七ポンド〔訳注：約三八九kg〕、体長一一フィート〔訳注：三・三五メートル〕以上、左前足の足型は「ディナープレートほどもあった」。最後の晩餐として、その虎は生きた水牛を、それを繋いであった八〇ポンド〔訳注：三六kg〕の岩ごと森の中へ引きずって行った。このバカデカい人・水牛喰いの命脈はその後すぐに尽きることになるが、それは今なお——スミソニアン国立自然史博物館を――徘徊している。同館の哺乳類ホールに常設展示されているのだ。
第二に――ベンガルトラは速い。短距離走なら時速四〇マイル〔訳注：六四km〕で走ることができる。常人の三倍近くであり、だいたいサラブレッド競走馬のトップスピードに匹敵する。言い換えれば、その気になった虎から逃げ切ろうとしても無駄だということだ。そしてその跳躍力ときたら、獲物に爪を突き立てるために凄まじいハードルをらくらくクリアしたという事例が山のようにある。一九七四年にネパールで記録された事例によれば、警戒した雌虎が虎児を守るために、頭上一五フィート〔訳注：四・六メートル〕の樹上に身を隠していた研究者をやすやすと攻撃した。前述のカジランガ国立公園の虎は、二〇〇四年に不運な象乗りの手から――少なくとも地面から一二フィート〔訳注：三・六六メートル〕ほどの高さにあると思しい手から――ほとんど助走も無しに指を三本も持って行った。そして二〇〇七年のクリスマス、サンフランシスコ動物園の開放型展示施設の、どう見ても脱出不可能な柵を越えて、一頭の虎（ベンガルではなくアムールだ、その能力はほぼ同格だが）が脱出した。自分を苛立たせた三人の若者をちょっと追いかけてやろうとしたのだ。何が原因なのかははっきりしないが――動物園側は被害者を非難した、揃いも揃って酒とマリファナをキメていた彼らが、虎を挑発して嫌がらせをしたからだと。生き延びた二人は頑強に否定した。だがいずれにせよ確かなのは、怒り狂った虎は三三フィート〔訳注：一〇メートル〕の空堀と一三フィート近い防護壁を飛び越え、穴の底から神の怒りのような唸り声と共に外へ出たということだ。警察が駆けつけ、ほぼ確実に死ぬ運命にあった若者の内の二人を救出した――初撃を喰らったもうひとりの方は、他の仲間たちほど幸運ではなかった――が、ともかく狂乱した虎を止めるのは容易ではないことが証明された。警官のひとりは、突撃してくる虎の頭部と胸に向けて四〇口径のピストルを三発も撃ったが、単にその怒りの火に油を注いだだけだった。第二の警官が四発目の弾丸を虎の頭蓋に至近距離から撃ち込んで、ようやく虎は攻撃を止め、地面に倒れた。これ以上の悪夢はちょっと想像しがたいが、少なくともこれだけは言っておこう——これはただの飼われている虎に過ぎない。大型の獲物を倒し、縄張りを巡って同族と戦うことに慣れた熟練の野生の虎は、通常、これよりもさらに身体能力は高いし、獲物を襲う時や防衛本能が発動した時の攻撃性は比較にもならない。野生の虎は——警戒し、気を張り詰め、黄褐色の毛皮の下で筋肉が脈動している——気怠げに欠伸するジークフリード&ロイのペットとは全く別の生き物だ。ウェストコースト動物園で飼育されている虎だって十分に危険であることを証明してみせたが、それも海を隔てた古えの森で狼を引き裂き、熊を倒している故郷の親戚に比べれば、ただの弛んだ家猫に過ぎない。

第三に——ベンガルトラは強い。この虎の顎は一平方インチあたり一〇〇〇ポンドの圧力を掛けることができる——あらゆるネコ科の中で最強だ。最も凶悪なピットブルの四倍であり、おそらくホオジロザメよりも強いと考えられている。体重一五〇〇ポンドに達するアラスカヒグマですら敵わない。この虎の咬合力は筋肉や腱をバターみたいに引きちぎり、傷んだプレッツェル・スティックみたいに骨を噛み砕く。そしてこの咬合ももちろん恐ろしいが、伸縮自在の前脚の爪の殴打もまたそれに優るとも劣らない。ベンガルトラの前脚は、一撃でインド野牛の頭蓋骨を砕き、頸を折ることができる。人間の頭なら吹っ飛ばせる。怒り狂った虎はクルマのバンパーを引きちぎり、野外便所を瓦礫に変え、餌を求めて家の壁をぶち破ったこともある。重さ一トンもの水牛をやすやすと引きずって林床を渡り、ちょうど母猫が仔猫を運ぶ時のように、アクシスジカの成獣の頸を銜えて苦もなく運ぶことができる。分厚い毛皮と脂肪を持つアムールトラでは解りにくいが、ベンガルトラの場合、その筋肉は一目瞭然だ――まさに動物界のミドル・ラインバッカーであり、パワーとスピードを完璧な形で兼ね備えている。

そして最後に――ベンガルトラは賢い。何であれ、獲物を狩るには知性が必要だ――肉食動物はどの獲物が最適か、どこで見つけるか、悟られずに忍び寄るにはどうすれば良いかを鋭く認識せねばならない。虎はその全てにおいて卓越している。長期にわたって母親の庇護を受ける内にそのスキルを獲得するのだ。虎児は一般に二年半にも亘って母親の元で過し、その間、彼女の絶え間ない世話を受けながら、狩りのための多くの複雑な策略を学ぶ。そして少なくとも幾つかの資料によれば、この策略こそ彼らの最大の特徴である。英国統治時代のハンターたちは、虎が水鹿の啼き声を真似ることができると記録している――博物学者で、虎の観察に長けたジョージ・シャラーは後にその音を、「大きく明瞭な『ポック』音」と記している。ただし、実際の狩りの際に音を立てることは滅多にない。北方と東方の寒冷な地域では、虎がツキノワグマの啼き声を真似るという伝承がある。こうして呼び寄せた熊の背骨を折り、脂身の多い肉を喰らうというのだ。虎は獲物に合わせて攻撃戦略を頻繁に変える。大型の動物は殺しやすいように深い水の中に追い込む、野牛は脚の腱を削いで地面に倒す、山嵐は鋭い棘に刺されないように仰向けにひっくり返す、等々、獲物を出し抜く技を素速く身につける。この知性と生まれ持った身体能力、巨大な体躯が、虎を異常なまでに効率的な天然の捕食者たらしめている。

実際、時速四〇マイルで運動する五〇〇～六〇〇ポンドの物体との衝突を物理的に計算してみれば、それは自然界のものというよりもむしろ、自動車の衝突に近いことがわかるだろう。しかもこのスバルは迷彩柄で、全地形型、凄まじいクラクションも備えている――さらにそのグリル部には肉吊りフックとステーキナイフが密生しているのだ。虎と言えば燃料タンクに入れるのが相場だが〔訳注：Esso の宣伝文句 a tiger in your tank に掛けている〕、この高性能の乗物を走らせるための燃料はほとんど肉だけだ――時には一回に八八ポンドも平らげることもある。一番の好みの獲物は、その地域で草を食んでいる、腹の膨れた肉々しい哺乳類だ。だが腹の減った虎は、ほとんど何でも食べる。

無論、飢えた虎のメニューにはもっとつまらない料理も載っている。亀、魚、穴熊、栗鼠、兎、鼠、白蟻――この情けないリストはまだまだ続く。だが条件さえ整えば、虎が獲物とするもっと印象的なアイテムもある。熊や狼に加えて、虎は一五フィートの鰐をずたずたに引き裂いた、二〇フィートの錦蛇の頭を引きちぎった、三〇〇ポンドの胡麻斑海豹を波打ち際から引きずり、浜辺でぶち殺した、等の記録がある。インド北部のベンガルトラは犀や象まで殺して喰ったことが知られている。言わずもがなの理由で幼獣を好むとはいえ、その両者の成獣も虎の餌食となっている。二〇一三年、インド北部のダファ国立公園虎保護区で、成獣の犀に対する虎の連続襲撃事件が起った。この時は三四歳の雌の犀――三〇〇〇ポンド〔訳注：一三六〇kg〕を越えていたことはほぼ確実――が殺されて喰われた。二〇一一年には、ジム・コーベット国立公園で二〇歳の象が虎に殺され、一部を喰われた。そして二〇一四年には、東のカジランガ国立公園で、複数の虎によって二八歳の象が殺され、餌食となった。成体のインド象は五トンを超える場合もあるということを思い起こして頂きたい。ベンガルトラはちょうどユーホールのトラックほどの大きさのものを倒し、貪り喰ったのだ。ああそう、忘れないうちに書いておくと――虎は豹も喰う。当の豹自身が恐るべき捕食者だというのにだ。豹はネコ科の動物の中でも最も筋質で獰猛なもののひとつであり、自身の五倍にもなる動物を倒し、その巨大な骸を樹上に引きずり上げることができる。にも関わらず、その程度のことなら意にも介することなく、ベンガルトラは彼らの斑点のある喉笛を噛み砕き、その内臓を喰らうのである。

だがこれほど幅広い動植物を常食とし、ラテン語の辞書で分類されたあらゆるものを喜んで食道に収めているにもかかわらず、ありがたくも、あからさまに彼らのメニューから欠落している種がある——ホモ・サピエンスがそれだ。たぶんそれはわれわれの奇妙な二足歩行の故か、鋭いものを持ち歩く進化上の嗜好のためか、奇怪な体毛の欠如と異常な体臭の所為なのかもしれない。だが何にせよ、*Panthera tigris* は通常はわれわれを食用の餌とは認識しない。知られている通り、彼らはわれわれとの接触を避けるためにわざわざ回り道をする。だが多くの虎の専門家が気づいたように、虎が通常はしない行為は、彼らにとって不可能なことなのではない。そしてチャンパーワットの人喰い虎の場合、正常さというものはわれわれの種がその牙の半分を奪った瞬間に消失したらしい——そして虎は、ネパールだけでもその異常行為を二〇〇回以上も繰り返すことになるのだ。

第2章　人喰い虎の誕生

大胆不敵なチャンパーワットの虎が村人を慄え上がらせ、農夫を畑から攫うようになる遙か以前、それはネパール西部の低地ジャングルの奥深くで回復を待つ手負いの獣であり、興奮し、攻撃的で、飢えに苦しんでいた。そしてほぼ間違いなく、それが初めて人を襲ったのはその地、豊かな植物相を持つタライの氾濫原、すなわち北部ベンガルトラのお気に入りの棲息地だった。タライはかつて――そして筆者も確認したが、幾つかの孤立した地域では今もなお――膨大な生物多様性と圧倒的な美しさに恵まれた地域である。密集した沙羅の森に絹綿と菩提樹が点在している。悠久の昔からそこにあるかのような、堂々たる樹木だ。森林地帯はさんざめく草の湖に取り巻かれている。その茎は人間の身長の二倍にも達する。アクシスジカは黄昏に川辺に集まり、猪は鼻で落ち葉を掘り返し、時にはガウルも姿を見せ、黄昏時に幼獣を引き連れて沼地で餌を漁る。だがある種の人々もまた、この地を住処としている――タルー族がそれだ。この地域の土着住民で、当時は（一部は現在でも）森のすぐ近くのタライに住み、森と調和して生きていた。泥壁に草葺き屋根の構造物から成る小さな村に住み、ローインパクトな農業と採集漁労に生きるタルー族は、人跡未踏の荒野で単に生きるのみならず、そこで繁栄する術を心得ている。傍に暮らす動物たちの精霊を崇め、樹木の中で最大のものを神殿として聖別する。簡単に言えば、彼らは自然界を大いに尊敬し、知る人々である。そしてチャンパーワットの虎の最初の犠牲者が彼らの一人であったことはほぼ間違いない。

たぶん樵夫か、家畜のために草を集める人だったのかもしれない。身を屈めて働くその姿勢は、人間というより動物に似ている。たぶん、彼はハッティサレ（王宮の象小屋で働くタルー族）で、象に食わせる長い草を刈るために森の奥深くに入る途中だったのだろう。今日でもネパールの森林保護区で繰り返されている情景であり、たちどころに思い起こすことができる。想像してみよう――火に掛けられたカレー味のレンズ豆、ダルバートの香辛料の香り、そして新鮮な象糞の噎せ返る臭気。我らがハッティサレはこれらの薫りの中を、鈍重な象に乗ってやって来る。ターバンを巻いた頭をひょいと動かして低い枝を避けつつ、この巨大な山を足で優しく突いて小屋から出し、濃密なジャングルへ、その向こうの草原へと向かう。

森はここでは今も野生の地だ。その外縁は切り拓かれて農地や牧草地となりつつあり、山の方から来た他所者が土地の買い上げを始めてはいるが。だが彼はその週は礼拝《プージャ》に従事していて、適切なヒンドゥの神とタルー族の精霊に献げ物をした。その上、彼は生まれてからずっとこの地で生き、働いてきた――彼はファネット、つまり何十年にも及ぶ経験を持つ上級の象使いなのだ。タライはずっと彼にとって恵みの土地で、何ひとつ怖れるものはない。彼はその地の生き物たちを愛し、その力を敬い、敬して遠ざけていた。敬ってはいる、そう、だが怖れとは？ 否、怖れる必要は何もない。

象は彼の下で唸っている。最後の食事だった米と糖蜜の布施《ダーナ》に満ち足りている。彼は優しく耳の後ろを掻いてやり、掛け声で命じて浅い川を渡らせる。目的地は、その先の背の高い大蒲の草原だ。通常、蒲の収穫は象の世話係《マハウト》と共に行なうが、今日はその少年を寝かせている。今日のような朝には象と二人きりでいるのが好きなのだ。頭のすぐ後の特等席に乗り、沼地から上がって菩提樹の木に纏わり付く蒸気の中をゆったりと進んで行く。ずしんずしんとゆっくり進む象の歩みには心を落ち着かせるような、一種の催眠効果のようなものがある。首の上に据えた御者台から、水辺で草を食むバラシンガジカを眺めたり、通りすがりの犀の幼獣を垣間見たり――あるいは、極めて稀だが、疾走する虎を見たりするのを満喫する。虎たちにとっても、彼と同様に森は故郷だ。その点に、彼は些少ならぬ親しみを憶える。

その場所に辿り着くと、合図を送って象を停め、鎌を取出す。象の前脚に手伝わせて下に降り、湿地帯の地面に慎重に歩を進める。頃合いの茎の前で身を屈め、鼻歌を歌いながら、短く鋭い鎌捌きで固い草を刈り始める。最初の一束分を刈り終えると、腰布《ドーティ》から細い紐を取出し、蹲って束ねていく。

最初に気づいたのは象だ――高い草のために男にはこの旧友を見ることはできないが、その不安げな鼻息は聞こえる。と、突然の唸り声。深く響き渡る、不吉な声。満更知らぬ声でもない、というよりその意味は知り尽くしている。たぶん仕事を急いだ方が良い。不味い時に虎が獲物を殺す現場に出くわすなんて真っ平だ。アクシスジカの悲鳴や、おこぼれを狙う猛禽の群れなどは見当たらないが。

だが、そこにもう一つ別の音がする。これまた聞き慣れた音、だがこれほど近くで聞いたことはない。あり得ないほど近距離からの咆哮。葉の茎がぶるぶると慄えるほどの近さ。心臓を鷲掴みにされ、恐怖で思考が明晰化する。衝撃を払いのけ、立ち上がる――刹那、逃走と闘争の二つの本能が激突する。だが結局、どちらの時間もない。明瞭に悟らされたのだ、彼こそが獲物なのだと。動かしがたい事実、彼は自らの死の現場に出くわしてしまったのだ。唸り声、何かを折る音、そして縞模様が躍ったと見るや、虎は彼の上にいる。猪や鹿を相手にするかのように、そいつは襲ったのだ。手負いの捕食者にとって、捕えたばかりのこの未知なる生き物はあまりにも遅く、弱く、手応えらしきものはまるで感じられない。それはある種の啓示である、どんな形であるにせよ、このような事柄が虎の心に啓示された。喉に素速く噛みつく、それで終り。抵抗もない。直ぐ傍の象はヒステリックな悲鳴を上げているが、為す術はない——飢えた虎は背の高い、さわさわ鳴る草叢の中に姿を消した。獲物を貪り喰うために。その五感は電気に触れたかのように、この全く新たな、そしていつでも手に入る獲物に狂乱している。

——

チャンパーワットの虎が最初に人間の肉の味を憶えたのはほぼ間違いなくこのようなシナリオで、一八九九年か一九〇〇年頃のことだった。ただ、それがインドに来る前の初期の殺人の詳細はよく解らない。この虎の初期の業績に関する数少ない一次資料のひとつであるジム・コーベットも、ネパール人の犠牲者に関しては人数以外は何も記していないのだ。そして今日においてすら、ネパール西部の辺境における虎の襲撃を記録するのは困難である——多くの襲撃事件は報告もされず、そして問題のある虎がマスコミに取り上げられるのは、異常なほど多数の犠牲者が出た後だけと来ている。当然、この地域における一世紀以上も前の特定の虎の襲撃の物的証拠なんぞ、ほとんど何もない。国境を接しているインド側の連合州とは違って、この地域には目撃談を出版したり遠くの書庫に記録を貯め込んでおくような植民地政府は存在しなかったからだ。

当時のタライ低地の住民の大部分を形成していたタルー族に関して言えば、彼らは伝統と機微に富んだ文化を所有してはいたが、それは基本的には口承文化だった——文字は、少数の特権者を除けば全く知られていなかった。伝統的に、虎は王族の所有物とされ、政府が関わるのは娯楽としての狩りの時だけ。狩りの獲物としての虎とは違って、人喰い虎はあまり注目もされず、公式の「記録」となるのはそれを退治した村の猟師《シカーリ》に与えられた虎の毛皮だけである。パンジャル・コレクション――ネパール政府とタルー族の間の遣り取りが解る数少ない歴史文書庫のひとつ――においても、問題のある虎が言及されるのは五〇通の王族文書の中で僅か二回。そしていずれの場合も、「虎の脅威から村人の生命を守る」責任は地元の族長に委ねられており、「もしもこの騒ぎを静め、この地を守ることができないなら、その収穫を取ること能わず」との警告が添えられている。基本的に、ネパール政府にとっては人喰い虎はタルー族の問題に過ぎなかったのだ――政府の問題ではなく。だから特段ハンターを派遣するでもなく、地元の者に始末させようとしたのである。

だが、虎の襲撃の記録が残らない理由はもうひとつある。しばしばそれに付随する文化的な不名誉だ。虎が人間を襲って喰うというのは、タルー族にとってはほとんど宇宙論的な異常事態だった。彼らはヒンドゥ教と、さらに古いアニミズム的な信仰を融合させた信仰体系を持っていた。虎が人間を襲うというのは、二つの隔絶された霊的次元が、極めて罰当たりな形で思いもよらず重なり合ったことを意味する。虎は自然界の――より詳しく言えば、タルー族にとって他の何にも況して生存の基盤である森の――力と美の顕現と見なされていた。通常の状況なら、森の虎は慈悲深き守護者、つまり森の守り手と見なされていた。だがもしもその森が、村を襲うために虎を遣わそうと決めたのなら、それは村の霊的な健全性が著しく乱れていることを示している。礼拝《プージャ》の献げ物に問題があるとか、霊的な誓約を破ったとか、あるいはそれ以外に、自然界の神々に対する何らかの酷い冒瀆があって、そこで誰の目にも明らかな縞模様のある天罰が下されたのだと。従って、虎に殺された者の霊は、少なくとも幾つかの不運な事例においては、悪霊《ブート》となって地上を彷徨うとされた。この悪霊は人々に不運や病気、場合によっては死をもたらす。そして虎の犠牲者はしばしば死体も残さず喰い尽されてしまうので、火葬にして川に流すというタルー族の必要不可欠にして複雑な葬送儀礼も困難となる。それ故に、ブートはさらなる祟りをもたらすこととなるのだ。この種の悪霊は二つの形態を取る。女であるチュライニと男であるマルトゥキだ。そして「グラウ」と呼ばれるシャーマンの助けを借りなければ、それを祓うことはできない。この亡霊はあまりにも怖れられていたため、タルー族の未亡人はしばしば、死んだ夫の口の上に松明を翳し、その霊に対してブートになって戻って来るな、皆を守る祖霊《ピトリ》となれ、と祈るのだった。もうひとつの複雑な儀式では、頭髪を剃り、クスの草で作った儀式用の指輪、菩提樹の枝等を用いて死後一三日目に悪霊化していないことを確認する。これらの葬送儀礼は村の中に聖なる均衡を生み出すために必須のものだが、犠牲者の身体の一部もしくは全部が喰われてしまうような虎の襲撃の場合は実施不可能となる――その結果、村全体が危険に曝される霊障が生じるのだ。このことを念頭に置けば、虎の犠牲者の家族がその襲撃事件について触れたがらないことや、その後に村に起った不幸の責任を負わされることも容易に想像がつく。

この種の汚名は、ネパールとインド北部のタライにおいては近年では幾分下火になっている。ブートの存在も徐々に宗教儀礼から古臭い迷信へと変りつつあり、人喰い虎も――後に見るように完全に消えたわけではないにしても――文化的記憶から薄れつつある。今日のチトワンでタルー族の「グラウ」と話をすると、虎の襲撃は神罰であるという認識は今も残っていることが判る。ただ、彼らは犠牲者の家族を災いの原因にしたり悪感情を抱いたりすることはないし、頼まれれば葬式も出す。実際、彼らの信ずるところによれば、冒瀆された神や霊はしばしば、一種の警告として村の周囲の地面の上に虎の髭を置くという。実際の虎の襲撃が起る前に、村が一丸となって過ちを改める機会を与えるのだ。だがウェストベンガル州のスンダルバンスでは、村の男たちは今も森へ入って魚を捕ったり蜜を集めたりするのだが、そこでは虎の襲撃は今なお日常的な脅威であり、虎の犠牲者に対する不面目は厳然として生きており、大きな問題とされる。地元民の多くは虎の話をしたり、その名を口に出すことすら憚る。その言葉を発するだけでマングローヴの森から唸り声と縞模様を召喚すると信じているのだ。そして実際に虎が姿を現し、襲撃した場合、犠牲者の関係者はしばしば同様に村八分にされる。彼女らは「虎未亡人」という身も蓋もない名が与えられて不浄の者とされ、時には親族から虐待されたり、村から追放の憂き目に遭う。しばしば災厄の根源とされ、孤立して暮らすことを余儀なくされる。身に着けられるのは白いサリーのみで、ジュエリーや腕輪などのあらゆる装飾は禁じられる。ほとんどの儀式や祭にも出られず、道を歩く時間も定められる。このような村八分は残酷と思われるかもしれないが――特に、既に愛する人を虎に殺された人物に課せられる場合には――それは生計を全面的に森に依存する人々の生々しい現実的な恐怖に由来しているのだ。彼らはもはや、森の怒りの爪に掛った者と付き合うことはできない。スンダルバンスの人々が祈り、献げ物をする森の女神は、本質的にはネパールやインド北部のタルー族と同じものだ――彼らはこの女神をバン・デヴィではなくボンビビと呼ぶが――そして彼らは虎からの保護をこの女神に頼っている。もしもその保護が為されない場合は、彼らはタルー族と同様、何らかの由々しき事態が生じて女神の愛顧を失ったのだと理解する。そしてこのことは、どんな形であれ、吹聴されたいことではない。

だが問題のある虎はネパールのタライからいなくなったわけではない。彼らは今も存在している。そしてチャンパーワットの虎の最初の悲惨な人喰いがどのようなものであったかを再現するためには、わざわざ遠い過去に旅する必要は全く無いのだ。

―

チャンパーワットの虎に関する縺れた情報の糸を解きほぐす時、避けて通れない入口はその犠牲者数だ。[*] この虎はネパールで二〇〇人、その後インドに移ってさらに二三六人を殺したとされている。四三六人の人間が、たった一頭の動物によって命を奪われたのだ。この身の毛のよだつような数字を現代に当て嵌めると、NBAの登録選手全員がだいたい四五〇人ほどだ。つまり基本的に――ほとんどの公表されている資料によれば――チャンパーワットの虎はNBAの選手全員を喰ったことになる。その犠牲者数を現代のプロスポーツチームの選手と比べるのは冗談のように思われるかもしれないが、それが二〇世紀の初めにネパール西部とインド北部のクマーウーンの住民たちに惹き起こすことになる恐怖とトラウマは腹の底からの、痛々しい現実だった。

だが、その数こそ可能性の領域を遥かに越えているとしても、歴史の頁を飛び越えた人喰いは他にもいる。それは大量の人間の捕食が、頂点捕食者にとっては決して不可能なことではないという事実を如実に示している。例えばフランスでは、一七六四年から一七六七年までの間に「ジェヴォーダンの獣」と呼ばれる一頭の狼――あるいはおそらく、狼と犬の合いの子――が一一三人に上る人間を食い殺し、遂に地元のハンターであるジャン・シャステルがこれを射殺、その活動に終止符を打ったという。これまたショッキングな数字だが、ちゃんとした記録が残されている。ジェヴォーダン地方の教会の葬儀記録だ。一八九八年、ツァヴォの人喰いライオンと呼ばれる番のライオンが、ケニアにおける英国の大規模鉄道プロジェクトを停止に追い込んだ。真夜中に労働者をテントから引きずり出していったのである。犠牲者の総数に関しては諸説あり、一説には一三五人とも言われるが、当のライオンの剥製を展示するシカゴのフィールド自然史博物館が実施した科学的調査によれば、実際にはせいぜい三五人というところだという。あるいはまた、犠牲者数という点では大したことはないものの、その迅速さにおいて、一九一六年にジャージー・ショアを恐怖に陥れた悪名高い鮫は、元祖「ジョーズ」の地位を獲得した。それがホオジロザメだったのかオオメジロザメだったのかは現在も論争の的だ——が、いずれにせよこの恐ろしい魚は二週間足らずの間に五人を襲い、四人を殺した。それと言うまでもなく、ブルンディのナイルワニ「ギュスターヴ」。話によれば体長二〇フィート以上、皮には弾痕があり、明らかに人間の肉を好んでいる。ヌーや河馬を常食としていたが、地元民によれば、それ以外に三〇〇人にも上る人間を喰ったという。以上はいずれも有名な事例だが、歴史上で見ると、同様に人間を餌とした捕食者の事例は豊富にある。犠牲者数はしばしば数十名から、時には数百名に及ぶ。豹、羆、鰐からコモドドラゴンまで——いずれも人間を襲い、喰ってしまうことがある。そんなにしょっちゅう起ることではないが、

＊証拠書類の詳細を知りたい方のために、本書巻末のエピローグでさまざまな植民地記録、新聞記事、そして特にチャンパーワットの虎に言及し、その襲撃に関する洞察を提供してくれる物的証拠をリスト化した。

確かに起っているのだ。

虎は状況さえ整えば人間を襲うことができるという事実に議論の余地は無い。われわれは彼らの好みの、あるいは通常の獲物ではないが、だからといって人間は彼らの栄養源とはなり得ないということでは全くない。何にせよ、われわれは肉でできているのだ。だが、チャンパーワットの虎の記録、すなわちファクトチェックに関して最善とは言いがたい状況で記録された数字で、記録上の他のあらゆる人喰いよりも多いとされる代物が、果して真実と言いうるのか？

ネパールでの犠牲者二〇〇人という数字は——犠牲者の総数四三六人と共に——厳密な学問的論文にも信頼すべき数字として引用されている。おそらく完全に正確とは言えぬまでも、かなり近い数字だろう。この数字は後にジム・コーベットが引用し、当時の英国植民地政府も暗黙の内に認めていた。そして現代の虎の研究家もハンターにも一様にこれもしくは似たような数字を繰り返している。とは言うものの、当初はこの数字に対して合理的な疑義を抱いていた者もいる。本書の著者もそのひとりだった。結局のところ、恐ろしいケダモノというものは何かと誇張を生むもので、チャンパーワットの虎の屠殺数は間違いなく、軽信の限界を験すものだ。専門家の一部は、そもそも成獣の虎が、チャンパーワットの虎のようにかくも長きにわたって人間だけを喰って生きていけるものか否かについて疑念を抱いている。だが手許にある大雑把な数字を見る限り、少なくとも計算は合っているようだ。傑出したインドトラの専門家であるK・ウラス・カラントによれば、成熟した虎が生存するためには、少なくとも週に一度、一二五〜一三五ポンド〔訳注：約五七〜六一kg〕の動物を殺さなくてはならない。チャンパーワットの虎が餌食にした人間の平均体重がその範囲に近いことからして、成熟した人喰い虎は、毎週の殺人スケジュールを守る限り餌の有蹄類を人間と置き換えても大丈夫そうだし、同じ割合で狩っていれば良いだろう、とは言えそうだ。そしてもしもチャンパーワットの人喰い虎が、後のジム・コーベットの計算によれば八~九年あまり活動していたのなら、その間、だいたい年間五二人を殺していた計算になる――その結果、犠牲者数の総計は四一六人から四六八人と仮定できるが、いわゆる犠牲者数四三六人というのもまさにこの範囲に収まる。言うまでもなく、こうした数字は精確とは程遠い――それにチャンパーワットの虎が人間を喰っている間も、依然として家畜や野生の小型有蹄類も食餌の中に入れていたというのも大いにありうることだ。だがこの数字は、控えめに言っても、ネパールとインドの総犠牲者数が、主食として人間を採用した一頭の虎に可能な範囲を超えているわけではないということを示している。純然たる統計的観点から見てだ。

とはいうものの、虎という連中は統計などさほど気にしない。チャンパーワットの虎の犠牲者数、特に曖昧なネパール側のそれに正当な信頼性を持たせるためには、より具体的な証拠が必要だ。実際、このような大規模な人喰いがそれほどあり得ない話ではないということを示す、本件に類似した、きちんと記録の残っている事例はある。大規模な人喰いの多くは近年の南アジア史を通じて記録されているからだ。最も適切な事例を見つけ出すのに、チャンパーワットの虎の狩り場からそう大きく外れる必要はない。一九九七年という最近の事例でも、二五〇ポンドの雌虎がネパールのバイタディ郡の村を脅かしている。チャンパーワットの虎のホームグラウンドからクルマで北へすぐのところだ。その年の一月末の時点、その虎は既に三五人ほどを殺していた。七月までには、その数は五〇人となった。そして一一月までにはさらに五〇人が加わっていた。結局、政府が遂にこの一頭の虎を処分するまでの僅か一〇ヶ月の間に、こいつは一〇〇人以上の人間を殺すことができたというわけだ。その犠牲者の多くは、悲しむべきことに、少年少女や若者たちだった。この虎のスケジュールが週に二・五人というハイペースだったのはほぼその所為だ（毎週毎週二人から三人の子供たちが虎に喰われるような場所で、虎の保護を推進しようとするなんて間違いなく不可能だと判るだろう）。もしもこのバイタディの人喰い虎が、邪魔されずにチャンパーワットの虎と同じくらい長期に亘って殺戮を続け、村境や森外れを徘徊し、十年近くの間、若い山羊飼いや薪拾いの女を攫い続けていたとしたら、その総犠牲者数は千人に達していたとしてもあながちおかしな話ではない。

そして二〇一四年、国境を越えたインド側で一頭の虎がジム・コーベット国立公園から脱走し、六週間の逃避行の間に一〇人の人間を殺した。平均すると週当り一・六七人。かつてのチャンパーワットの虎が長期に亘って彷徨いていたのとほぼ同じ地域である。そしてもしも、この現代の虎がかくも短い間に殺したとされる人数よりも不安なことがあるとすれば、この虎と百年以上前のチャンパーワットの虎の間の腰が抜けるほどの類似だ。最初の犠牲者であるウッタル・プラデーシュ州の農夫シヴ・クマル・シンは砂糖黍畑で切り刻まれていた。虎はほぼ間違いなく、砂糖黍を刈るために屈んでいた彼を通常の獲物と勘違いしたのだ。二番目の犠牲者は黄昏に散歩していた若い女で——名前は記録されていない——首を噛まれて森に引きずり込まれた。その後間もなく、用を足すために森外れに向かった人夫ラム・チャランが虎に噛みつかれて引きずられ、声を限りに叫んだ。叫びを聞きつけた友人たちが駆けつけると、彼は太腿の肉を剥ぎ取られて地面に転がっていた——そして程なくして死んだ。この最初の三人か四人の犠牲者は虎の勘違いによるものと思われ、身体は実際には喰われてはいなかった。だがその後、虎は遂に、この爪もなくて手足も弱々しい種族がいつでも手に入る良質の蛋白源だということに気づいた。それ以来、虎はこの新たな獲物を喰い始めた。最後の犠牲者は森で薪を集めていた年輩の男だった。虎が彼の両脚の一部と腹のほとんどを喰ったところで、驚き慌てた村人たちが鋤を振り回してこれを追い払った。そして薄気味悪いデジャヴのようだが、この虎もまた雌で手負いであり、人肉の味を憶えたばかりに、雇われハンターと象の軍団が群れ集い、地元民は恐怖に戦くこととなった——それによってますます虎は怒り狂った。

この二つの現代の事例——バイタディとコーベット国立公園——で、虎が人間を襲い始めた理由は本質的には同じだ。棲息地の喪失、獲物の喪失、そして歯や爪の負傷である。自分の縄張り内に比較的多くの無力な人間が住んでいる手負いの虎は可能な限りの期間に亘って恐るべき頻度で人間を喰う、という事実の明白な証拠だ。

チャンパーワットの虎のような人喰い虎が近隣の村に投げかける今日的な難題の実例を見たいなら、チトワン国立公園内で事足りる——現在ネパール最大の虎保護区であり、稀少種であるインドサイや豹、それに野生のアジアゾウの群れもいる。ネパールとインドの国立公園や虎保護区のほとんどがそうであるように、チトワンはかつて王族の狩り場で、数世紀に亘ってシャハ王朝とラナ王朝が虎と象——いずれも、度合いの違いこそあれ、王家の所有物と考えられいた——の供給源としてきた。国立公園に指定されたのは一九七三年で、この時初めてネパールの支配者は、かつては豊富にいた虎を殺すのを止めて現存する少数を保護する方向へと転換した。だが、その禁猟区としての地位はさておき、過去百年かそこらの間に変ったことはほとんどない——少なくとも、公園自体の中では。実際、地元の象舎《ハッティサル》は今では、狩りをする王族の一団よりも遥かに多くの外国人観光客を象の上に載せているし、虎をシューティングする道具はマティーニ・ヘンリー銃ではなく望遠レンズになった。だがそれ以外の点では、何も変らない。タルー族の集落は森の辺に点在しているし、村人たちは今も森の中で家畜に草を食わせ、餌や薪を求めて繁みに分け入る（時には法を犯して）。そして象遣いは今も森に入る前には森の女神に礼拝《プージャ》の供え物をしている。そして、周囲を人間や家畜に取り囲まれた虎の森では当然想像がつくことだが、人喰い虎は確かに、ときおり出現する。このような虎に対処する方法は、昔日のネパールの権力者と同様、武装して象に乗る狩人《シカーリ》と勢子であり、場合によってはヴィートと呼ばれる長い布を用いて虎を囲いに追い込む、一九世紀以来の方法が用いられる。これはラナ王朝の初期の支配者たちが考案したもので——唯一の違いは、現在では実際の銃火器よりも麻酔銃の方が好まれるということくらいのものだ。ネパール当局の目論見通りに生け捕りにすることができれば、その人喰い虎は有罪判決を受けはするが、死刑ではなく終身刑となってカトマンズ動物園に護送される。だが場合によっては——少なくとも最近までは——王家からの処刑執行命令を受けて銃弾が必要となる場合もある。

　統計から見ると、一世紀以上前にチャンパーワットの虎が如何にして、そして何故人間を殺し始めたのかについて、おそらく最も完全な説明を提供してくれているのはネパールの虎の専門家ビーム・バハドゥル・グルングの研究だ。数十年に亘るチトワン国立公園での虎の襲撃事例を入念に研究した彼は、人目を避ける野生の虎が如何にしてシリアルキラーになるのかに関するＦＢＩ並のプロファイルを創り上げた。一九七九年から二〇〇六年までの間に、三六頭の虎が合計八八人の人間を襲っている。犠牲者の平均年齢は三六歳だがその幅は広く、森の近くで野草を集めていた七〇歳の男から、自宅で襲われた四歳の少女にまで及んでいる。これらの犠牲者の中で、半分以上は何らかの動物の餌を刈り集めていた（森の中に分け入って身を屈める必要がある）。そして六六％は森境から一キロメートル以内のところで殺されている。つまり虎は森の奥の方から出て来て、人間の集落の周囲の境界域で狩りをしていたということだ。一九七九年から一九九八年までは年間平均殺害数一・二人だったが、一九九八年から二〇〇六年までは七・二人と激増している。この増加は概ね、チトワンの人口の劇的な増加のためだ。国立公園に制定された一九七三年には事実上〇人だったのが（そこに住んでいた家族は強制的に移転させられた）、一九九九年には公園内の新たな緩衝地帯に二二三、二六〇人近い人間が住んでいた。* 共有地の使用を限定する放牧制限によって問題はさらに悪化し、人間がより頻繁に（しばしば違法に）家畜に食わせる草や葉を集めるために森林地帯に侵入するようになった。これこそ、森林資源の採集と虎の襲撃の相互関係を示す強力な証拠である。その大半は人間と虎の居住域が重なり合う移行帯で発生している。そこでは、家畜の餌や家で使う薪を探し求める人間の数がますます増大している。

だがさらに興味深いのは、われわれがそれらの虎について学んだ内容だ。記録された人喰い虎の六一

＊一般には虎の保護におけるランドマーク的な出来事として賞賛されているが、チトワン国立公園の制定の際には、かつて中央の森を故郷としていた土着のタルー族が数十家族も強制移住させられた——今もチトワンの緩衝地帯の縁に住むタルー族を苛んでいるトラウマ的出来事である。伝統的な食べ物、餌、建築資材を集めるためにタルー族に中央の森へのアクセス権を与えるという点においては幾許かの進歩もあるが、依然として極めて限定的なもので、タルー族と公園当局との摩擦の源となっている。

％が、獲物の少ない劣悪な生息域にいた。研究者たちが調査した、問題のある一八頭の虎のうち、一〇頭は歯や爪の欠損などの肉体的損傷を負っており、これら損傷のある人喰い虎の九〇％は劣悪な生息域にいた。そして森を離れて村に侵入した（チャンパーワットの虎が最終的に行なった自棄的行動）人喰い虎では、事実上全てが劣悪な生息域に暮らしており、その全てに肉体的損傷があった。異常なまでに攻撃的な「非狩猟行動」というものもまたこれらの虎の一部に記録されている。これはつまり、象に乗った人間を前にしても獲物を放置して逃亡しなかったということを意味している。健常な地域に住む一般的な野生の虎ではほとんど聞かない行動である。グルングはこの攻撃性を、限られた縄張りを巡る虎同士の競争の増加と、それ以前の人間とのネガティヴな遭遇に帰している。つまり以前に遭遇した人間はまず間違いなく、殺された家畜の肉を自分たちで回収するために虎を追い払おうとしたからである。このような超攻撃的な虎のある者は、数分の内に五人の人間を殺した後、六人目が身を隠している木の下に蹲り、数時間に亘って唸りながら彼が降りて来るのを待っていた――シャイで人目を避けることで知られる捕食者にはあり得ない行動である。

だが、チャンパーワットの虎もこの種の行動を見せた――彼女もまた傷害を負い、環境の変化に直面し、人間に対して攻撃的になる正当な理由を持っていた。その殺害パターンを、現代のチトワンの最も攻撃的な虎たちも辿ったことはまず間違いない。人間狩りに慣れるに従って、まずは草深い低湿地と沙羅の森という自らの縄張りで、次には草で編んだ小屋と泥壁の家のある人間の縄張りで。時間が経つうちに、それは深い森の奥での樵夫や餌集め人との偶然の遭遇から、森境での草刈り人や牧夫との半分意図的な遭遇へと進行し、遂には村外れでの、畑で働く農夫や用足しに繁みに入った者の意図的な殺害に至ったのだろう。研究が示すように、最も問題のある虎——劣悪な生息環境、肉体的損傷、攻撃的性質——は人間に対する恐怖を一切失っていると思われ、それはまさにチャンパーワットの虎に当て嵌まる。低地タライに点在する人間の集落はもはや、通常の虎にとってそうであるような躊躇すべき危険な場所ではなくなり、紛れもないスモーガスボードの場と化していたのだ。かくして空前の規模の殺戮が始まった。

虎による襲撃事件を統計的に分析すればその根本原因に対する確かな理解が得られる一方、それに付随する恐怖を実感するにはデータのみでは意に満たない。人喰い虎による襲撃は滅多にないことではあるが、それは言葉のあらゆる意味においてこの上もないトラウマを残す。愛する者の死はただでさえその家族や共同体にとっては苦痛であるが、縞と牙のある二五〇キロものネコ科動物に愛する者がずたずたにされた、あるいは余さず喰い尽されたとあっては、その苦痛たるや耐えがたいものとなる。そしてここでもまた、現代のインドとネパールにおける事例は、野生の虎による襲撃の余波が如何なるものかについて——極めて不快なものであれ——幾許かの理解を与えてくれる。

致命傷だけで済んだという場合——虎が犠牲者を死に至らしめたが、その後気が変ったとか、追い払われたとかして喰うに至らなかった場合——には、その負傷に関する医学的所見が少数ながら残される。虎が自己防衛ではなく獲物として人間を襲う場合、たいていは通常の四つ足の有蹄類に対するのと同じような襲い方をする。虎の狩りは隠密である——地に低く身を屈め、肉球のある足は足音ひとつ立てることなく、尾を引き攣らせて最適な攻撃の瞬間を待つ。その瞬間が到来すると、待ち伏せ攻撃は電光石火、通常は側面もしくは背後から襲いかかる。時には初撃と同時に咆哮を喰らわせる場合もある——それも一一四デシベル、すなわちガソリン動力の芝刈り機の二五倍ほどの音量だというから驚く。虎は一般に、その巨大な爪で獲物の横腹もしくは肩あたりを殴打し、次に首に噛みついて殺す。獲物が小型の場合には余裕で脊髄を断ち切る――その歯は脊椎の間に打ち込み、その下にある繊細な神経組織に致命的な損傷を与えるように設計されているのだ。通常は項から、一瞬で。大型の獲物の場合、虎はまず相手をひっくり返し、それから気管に噛みついて窒息死させる。おそらくその過程で頸静脈を切断することになる。人間は一般に小型の方に属するので、虎が人間を狩る場合、直接脊椎を狙いに行くが、場合によってはまず爪の一撃や体当たりでひっくり返すこともある。

二〇一三年に『フォレンシック・サイエンス・インターナショナル』誌に報告されたインドのナグプール郡での襲撃事例がまさにこれだ。チャンパーワットの虎と極めて類似した事例である。犠牲者である三五歳の女は夫を含む数名と共に森の中でボンベイコクタンの葉を集めていた。夫が枝から葉をむしるために木に登っている間、この女は一時的に単独になった。すると繁みの中から「虎、虎」という叫びが聞えた。直ぐさま夫が駆けつけ、大声を上げながら石をぶつけて虎を追い払ったが、時既に遅し――彼女は事切れていた。その後、血に染まったサリーを除去し、検死が行なわれた。その結果、項への「四つの深い刺創」による「右頸動脈の完全断裂」および「犬歯による致命の一撃に用いられた莫大な咬合力の結果、虎の犬歯の完全貫通によるC3およびC6椎体の複雑骨折」が惹き起こされた。脊髄のこの部分は「大量出血を伴う完全断裂」の状態に至った。頸動脈および脊髄断裂に加えて、犠牲者はまた両腕、両肩、胴体に虎の爪による多数の深い刺創があり――幾つかは幅二インチに達していた――初撃だけで右鎖骨が骨折し、左胸鎖関節が脱臼骨折していた。この事例では、死因は「不慮の死」に分類される。これは法的にはその通りでも、虎の攻撃に見られる明白な意図は反映されていない。犠牲者の折れた頸の後ろに開けられた四つの虚ろな二五セント大の穴を写した胸を締め付けるような検死写真を見れば、この不幸な女の家族に対する強い憐れみを感じ、虎の殺害技術の凄まじさに身震いせざるを得ない。人間がしばしばやるような悪意を以てではなく、ごく自然に、優美かつ容易に、二〇〇万年に及ぶ捕食者としての進化がそれを行なわしめたのだ。

虎が如何に効果的に、迅速に殺すかについては、虎が生まれ持っている重要な道具を思い浮かべるだけで良い。既に述べたように、虎は四インチに達する四本の犬歯を持っている。さらに前脚にはそれに匹敵する長さの、計一〇本の爪。これはつまり、フルスピードによる襲撃の最初の数ミリ秒で、人体はスペインの闘牛の突進に匹敵するインパクトを受けて骨が粉砕されるのみならず、総計一四本の短剣に同時に突き刺されるということだ――内四本は通常、後頭部もしくは項に。初撃だけでこれである。もしもこの時点で既に重傷の犠牲者に戦う力がまだ残されていたとしても、それは次の瞬間には獰猛な、脊椎を折る首の振りによって、あるいは鋭利な爪の全てを動員したさらなる攻撃によって、根刮ぎにされる。当然、実際に虎に襲われて生き延びた者は数少ないし、稀にしか現れない。

とは言うものの、確かに存在してはいるのである。たいていの場合、虎の襲撃を生き残ることができた理由は、虎が仕事を完遂する前に怖じ気づいて逃げたか、あるいはそれが防衛的な攻撃であって捕食目的ではなかったかだ――いずれにせよ、その攻撃は栄養摂取よりも、抑止を目的としている（ただ、虎は防衛的な攻撃な際にも犠牲者を喰う場合があることが知られている）。このいずれも、一九七四年の襲撃事件の際に、チトワンの研究家キルティ・マン・タマング博士が幸いにも死を免れた理由だったとされる。この時博士は高さ一五〜一八フィートの樹上に陣取り――虎の襲撃を受けても安全と思われる高さ――研究チームが「ナンバーワン」と名付けた発信器付きの母虎からの信号をモニタリングしていた。だが彼は、母虎が仔を守るために発揮する能力については計算に入れていなかった。彼の同僚の研究者で、当時チトワンで研究に当たっていたフィオナとメル・サンクイストは、近くの象の上から目撃したその時の様子を『タイガー・ムーン』に書き記している。

キルティは木の上で動き回り、長いアルミのアンテナを向けた。彼が話し始め、皆が虎児の啼き声を聞いた……〈ナンバーワン〉は耳をつんざくような咆哮と共に草叢から飛び出してきた。彼女は一跳びで木に登り、次の瞬間にはキルティに迫っていた。彼は彼女の接近に気づき、アンテナで追い払おうとしたが、彼女は全く気にも掛けずに払い除けた。彼女は彼の両腿と尻に爪を突き立てた。それと脚には少し深く。その加速の力によってキルティは枝から捥ぎ取られ、両者は一五フィート下の地面に落ちた。……誰も眼前の光景を信じられなかった。キルティの妻パットは何度も何度も「オオ、マイ・ゴッド」と繰り返していた。その声はヒステリックに高くなったが、他の者は衝撃のあまり黙りこくっていた。誰もが身じろぎもできぬ内に、雌虎は再び攻撃し、その咆哮が沈黙をつんざいた。象は足を踏み鳴らし、恐慌に駆られて怒りの雌虎から逃げようと飛び出した。彼女を止める方法はなかった。悲鳴と叫びが交錯し、あちこちで機材が飛び交った。皆はロープに、あるいはともかく手近なものにしがみつき、がむしゃらに藪の中を逃げようとする象から振り落とされまいとした。

研究チームの象の多くは驚いて飛び出したが、中にはその昔、廃止前の王宮の虎狩り隊に加わっていた歴戦の古象がいた。それは虎をも怖れぬよう訓練されており、躊躇うことなくジャングルに戻って、倒れた研究者を手遅れになる前に発見した。タマング博士はショック状態だったが、まだ生きていた。腿から「グレープフルーツ大」の肉片が剔り取られ、両脚と臀部には深い爪痕が熊手のように刻まれていた。虎の基準からすれば、これはかなり手加減した攻撃である——好奇心の過ぎる研究者を抑止するために、母親がぴしゃりとやった程度だ——だがこの哀れな男にとっては、その結果としてカトマンズへの緊急搬送と多数に及ぶ皮膚移植が必要となり、その後は酷い感染症と苦痛に満ちた五ヶ月に及ぶ闘病生活が待ち構えていた。

この事例では外部の研究者が関わっていたが、虎の襲撃事件の圧倒的大多数は地元民の間で、虎の領域に接する緊密な田舎の共同体の中で起っている。そしてそれが起ると、当然ながらかなりの混乱、苦悩、悲嘆、憤怒が惹き起こされる。どう考えても痛ましい人間の悲劇だ。虎の保護を専門とするネパールの生物学者ヘマンタ・ミシュラはチトワン国立公園の数多くの人喰い虎の捕獲を担当し、何度も襲撃現場と遭遇した。一九七九年にネパールのマダンプール村で起った事例では、地元で愛されていた教師が首を噛まれて死んだ。だが村人たちが虎を脅して追い払い、教師の遺体は取り戻すことができた。怒り狂った群衆に対して、この件は任せろと説得したヘマンタ・ミシュラは——何にせよ、保護されている虎は法的にはネパール政府の所有物なのだ、一世紀前と同様に——次のように述べている。

教師の変わり果てた遺体は地面に仰向けに横たわっていた。ずたずたの顔は乾いた血で覆われていた。死んだ男の親戚が遺体の周りに蹲り、突然の悲劇を歎いていた。その周囲を村人たちの群衆が取り巻き、村唯一の教師を失った悲しみを静かに悼んでいた。その情景は重苦しく、悲しく、静かだった。死のアウラが空中を漂っていた。近くの小屋から聞える、教師の妻と二人の子供たちの悲痛な泣き声が時折沈黙を破る。白い綿の布と、切ったばかりの竹で作られた棺架が遺体の横に置かれた。死んだ男はヒンドゥ教徒だった。葬式のために白い綿の屍衣で胡桃、竹の棺架に縛り付け、川辺の葬儀場へ運ぶ必要があったのである。その光景は胸を締め付けると同時に身の毛の弥立つものでーー悪夢のような映画を思わせた。

目撃した光景に戦慄し、果して自分にこの人喰い虎を捕えられるのかと疑念を抱きながらも、ヘマンタ・ミシュラはマダンプールの村人たちとの約束を守ったーー請け負った虎を麻酔銃で撃ち、象に引かせて移送用の籠に移し、最終的にはカトマンズ動物園の囲いの中に護送することに成功したのである。そこで虎は終生、人間の代わりに山羊の脚と鶏を食って過ごした。

このような襲撃は不穏なものだが、これまで述べてきた件は最悪の事例ではない。実際に食事を始めた人喰いを追い払ったり中断させることが**できなかった**場合、事態は遥かに陰惨なものとなる。虎のお気に入りの食事法は、殺したばかりの獲物を森の中の隔離された場所へ引きずっていき、満腹になるまでひたすら喰い、暫く近くで休み、水を飲み、それからまた死体のところに戻って来て続きを喰う、というものだ。この習慣を利用して、ハンターたちは餌を仕掛けて虎を探し出すーー虎が獲物を殺すと、通常は数日間その傍にいるからだーーだが裏を返せば、ひとたび遺体が森の奥へ持ち込まれてしまうと、無傷で発見されることはほとんど無いということだ。ここでヘマンタ・ミシュラによるもうひとつの事例を見よう。一九八〇年のネパールでの襲撃事例の後、現場を検証した際のものだ。この虎は「タイガー一一八」と名付けられていた。

犠牲者の下肢の一部と頭蓋骨を除いて、雌虎はその男のほとんど全てを喰い尽していた。日の光に輝く鉄の鎌が犠牲者の足先にあった。ネパールのトピ（一種の帽子）と血塗れの服の切れ端が殺人現場の至る処に散乱していた。私は胸を痛め、二人の村人がその親族の残骸を集めてジュートの袋に入れる様子を見た。

誇張でも何でもなく、異常なまでに不穏な結果を迎えているが、この情景こそがありのままの人喰いの事例だ。爆弾を身体に巻いた自爆テロの結果と奇怪なまでに似ている。しばしば現場に残されるのは人間の頭部と手足の末端のみで、食事場には大量の血とずたずたの衣服が散らばっている。そして場合によっては、それすらも残らない。一九九七年に極東ロシアで起ったアムールトラの襲撃では、森の中で若いハンターが殺された後に残されたものは事実上、血塗れの布の山、一足の脱げたブーツ、時計、十字架だけだった。実際の身体の残骸――幾つかの骨の破片と肉片――はコートのポケットにでも入る程度のものだった。愛する者が殺されただけではなく、巨大な捕食者に文字通り喰い尽され、そいつが今も森の中を彷徨いていると聞かされた友人や家族の心中は想像に余りある。そして既に述べたように、ヒンドゥ教とタルー族の葬儀が厳密に行なわれるネパール西部とインド北部においては、遺体の五体が揃っていないことは肉体的なそれに加えて霊的な侮辱でもあり、この悲劇をさらに一層トラウマ的なものとするのだ。

とはいえ、さらにトラウマ的なのは人喰いが舞い戻ってくる可能性である――人肉の味を憶えた虎が、この新たな獲物を反復的に求めるようになるということだ。こうなると襲撃はもはや森の中の偶然の遭遇ではなくなり、虎は意図的に村人を付け狙い、場合によっては家の中にいる人をも襲うまでになる。インドとネパールでは人喰いの豹は犠牲者を家から引きずり出すことで知られているが、虎もまた同じことをする。前述の襲撃事例に加えて、ヘマンタ・ミシュラはまたその回想録において、ネパールのマディ渓谷での事例を記している。この人喰いの雌虎はジョギ・ポティと呼ばれていた。チャンパーワットの虎と同様、この雌虎は人目を避ける夜の捕食者であることを止め、白昼堂々村々の周辺を襲撃し始めた。そしてやはりチャンパーワットの虎と同様、この虎もまた発見や捕獲は極めて困難であり、あたかも殺害を行なった直後に近くの谷に身を隠す戦略を心得ているかのようであった。村人の家は泥と木、草葺き屋根でできた質素な構造物で、安上がりだが頑丈ではない。つまり虎はやすやすと侵入して犠牲者を家の中から引きずり出すことができる。これは一九八八年にバンカッタ村で起った事例に極めて近い。地元のヨギ――表向きは禁欲主義の聖者――はたまたま、未明に連れの女と密かに楽しんでいたところ、ドアにノックの音がしたような気がした。彼の「客」は、そのドアに向かって返事をするという過ちを犯した。そして――

ノックの音を聞いて、ヨギの女友達は木の扉の穴から覗き見た。驚いたことに、そこにいたのは巨大な虎であった。彼女は恐怖のあまり、息を振り絞って悲鳴を上げた、「Bagh! Bagh!」（「虎よ！虎よ！」）。ヨギはベッドから跳び上がり、彼女と共に、小屋にあった壺や鍋を投げつけ、助けを呼んだ。彼らの叫びは森を越えて村に届いた。斧とククリ（ネパールの鉈）で武装した村人たちがヨギの小屋に駆けつけ、虎を近くの谷へと追い払った。

聖者としてのヨギの名声は地に堕ちたかもしれないが、彼自身と客の命は助かり、虎は家の中に侵入して殺害を完了する前に恐れをなして逃げ出した。

人喰い虎が木のドアや泥の壁をぶち壊して侵入し、寝ている犠牲者を引きずって行くと考えただけで酔いを醒ますのに十分だが、それでも足りないなら、水や川をものともせずに舟上の人を攫ったベンガルトラの話もある。異常に攻撃的な虎で知られる前述のスンダルバンスでは、虎は水中を泳いで舟上の人を攫うことが知られている。マングローヴは公式には立入禁止だが、地元民は今も保護林に立ち入って薪を切り、動物を密猟している。つまり孤絶した環境で食料不足の虎が多数棲息する場所に踏み入る危険を冒しているわけだ。人と虎との遭遇事件は不可避である。二〇一四年に発生した事例がまさにそれ。ラヒリプール村の六二歳の老人が二人の子供たちを連れて舟に乗り、コラッカリの森の小さな川に蟹獲りに出掛けた。すると、付け狙っていた虎が川岸から跳躍し、川を飛び越えて舟に乗り込み、直ぐさま父親を攻撃した。男の息子は、その悲劇を鮮明に記憶している、と『ザ・タイムズ・オヴ・インディア』は言う——

突然、妹が叫びました。「父ちゃん、bagh（虎）だ」。私は肝が潰れ、身体はぴくりとも動きません。ただ見えたのは、黄色い閃光だけです。次の瞬間、目の前に恐ろしい光景が展開していました。父は完全に獣の下敷きになってしまいました。ばたばたさせている脚しか見えません。私は勇を揮って棒を掴みました。モリナもまた、ジャングルで葉を払うのに使う長い刃物を手にしていました。二人で虎を殴り、突き刺しましたが、どうにもなりません……一跳びで岸に跳び去りました。目の前で、父を咥えたままジャングルの奥に姿を消してしまいました。

実際、虎は通常の家猫と違って水を怖れない。そして時には水を利用した攻撃戦略まで立てる。有名な映画制作者で虎の専門家であるヴァルミク・タパーによれば、彼がインドのランタンボール保護区で見た虎は水鹿を湖に追い込み、水で立往生させた後、水中に引きずり込み、水面下で殺したという。同様のことが、一九九七年にスンダルバンスで人間相手に行なわれたらしい。ジャマル・モフマドという男が、辛うじて水死を免れた。彼が釣りをしていたところ――

その虎は前脚で私を突き刺しました。私の両脚に爪を突き立て、水中へ引きずり込んだのです。私は水中で藻掻き、一〇フィートくらいまで潜りました。虎は私を放しました。私は水の深いところを、懸命に泳ぎました。暫くして水面に上がりましたが、虎の姿はありません。暫く川を泳ぎ続けると、舟が見えたので大声で助けを求めました。

ジャマルはスンダルバンスの地元の伝説となった。というのも、彼は生涯に三度も——そう、三度も、——虎に襲われて生き延びた唯一の男だったからである。このように散々な目に遭いながらも、彼は森へ入ることを止めなかった。例によって食料や薪、家畜の餌を求めてである。一世紀前のタルー族と同様だ。だがチャンパーワットの虎について言えば、この虎は人間が寄ってくるのを待つだけでは満足しなくなっていた。そいつは一九〇〇年代の最初の数年間に、森の隠れ家を出て、人間を探しに出掛けるようになっていたのだ。そして人殺しから人喰いへ、そして積極的に人間を狩る者へと変貌を遂げたのである。新鮮な獲物を求めて、それは最終的には生まれ故郷である湿地の草原と深い沙羅のジャングルを棄てて北へ向かい、その先にある人の多い山地に到達するだろう。

第3章　流浪の王

チャンパーワットの人喰い虎のネパール側での経歴の開始に関する文書記録は少ないが、全く記録がないというわけではない――特に、口頭伝承に深く根差した文化においては。そして皮肉にも、初期の活動に関する説得力ある記録を明らかにしたのは歴史家でも研究者でもなく、元ハンターなのだ。ピーター・バーン（一九二五年生まれ）は昔から生ける伝説のような存在だった――自ら認めているように、波乱に富んだアイルランドの国外追放者であり、ネパール王家の元猟区管理人であり、昔日の伝説的な虎狩りを直接目撃し、そして最後にはそのエネルギーを虎の保護活動に向けた。王家の虎猟師《バグー・シカール》の伝統に参入を許された数少ないヨーロッパ人の一人であり（その物語は、酒場の乱闘でネパール貴族に加担して彼らの寵愛を得たことに端を発する）、戦後、ネパール王に仕える猟区管理人と猟師の組合に加入する稀な機会を得た。このネパールの虎猟師たちとの昵懇な仲のお陰で、彼は初めて、「ルパールの人喰い虎」の話を耳にした。二〇世紀初頭、ネパール西部で何十人もの村人たちを血祭りに上げた虎だという。さらにネパール人の友人の年老いた父親から直接話を聞く機会まで得た――ナラ・バハドゥル・ビシュトという名の老紳士である。九三歳のこの男は、少年時代の想い出をバーンに話した。村が虎に脅かされたが、最終的にルパールに大規模な狩りが組織され、それを食い止めたと。

地図を一目見れば、二つの瞠目すべき事実が明らかになる。まず第一に、ネパールのルパール村はインドのチャンパーワットから国境を挟んですぐのところだ。そしてこの時期や、武装した村人たちの反応の詳細を考えれば――その詳細は、後にジム・コーベットが語っている話と寸分違わず一致する――ほとんど否定の余地はないと思われる。すなわちルパールの人喰い虎とチャンパーワットの人喰い虎は同じものなのだ。両者は同じ虎に対する二つの呼び名であり、ネパールの方が先に、そしてインドのそれが後に付けられたに過ぎない。

それでは、二つ目は？ ルパール村は、元来の虎の生息地であるタライ奥地の北に――驚くほど北にある。今日のネパールにある虎保護区――チトワン、バルディア、バンケ、シュクラパンタ――を見れば、それらが地元でタライと呼ばれるヒマラヤ山麓の熱帯の氾濫原に沿って緑の数珠のように固まって見えるのは偶然ではない。国立公園に指定される前にはそれらは王家の狩猟場であり、王家の虎狩りに使われていたのだ。狩り場として選ばれたのは、そこが元来の虎の生息地であり、ロイヤル・ベンガルが多数棲息していたからである。縞模様のネコ科動物はここにいたのであり、自然な生存の好適地なのだ。現代においてすら、虎は寒冷で乾燥した山地に挑むよりも、低地タライの沼地と草原に拘泥している。世界野生生物基金がスポンサードした二〇一四年の研究によれば、ネパールで最も虎の生息数が多い場所は「川沿いの氾濫原、草原、水辺の森林、湿地帯周辺の地域に集中している……」。シュクラパンタでは、虎はマハカリ川河岸の沼地を圧倒的に好んでいた。一方、その周囲の産地の乾燥した硬材の森にはほとんどいなかった。主として餌不足のためである。草食の鹿とそれを餌とする虎はその下の、豊かな草原とタライの氾濫原の湿地帯のジャングルに留まっている。そこは単純に温暖で、緑が多く、生物が多様な環境であり、チャンパーワットの虎が生まれたのもほぼ間違いなくここだ。

だが、われわれの虎が人喰いとしての最初の名前を奉られたルパールはタライの低地ではない。それは遙か北、シワリク丘陵を越えて、マハーバーラト・レク、すなわち小ヒマラヤ山脈の始まりにある。鋸歯状の崖に鋭い松の生える峻険な地だ。冬は凍てつく寒さで、大型動物は稀少。もしも――比較的妥当な仮定と思えるが――チャンパーワットの虎の故郷が遙か南の、元来のベンガルトラの棲息地、すなわち今日ではシュクラパンタ保護区と呼ばれる青々と茂る低地の沙羅のジャングルであるなら、当然の疑問が生じる。何故それは生誕地を遠く離れて、遙か北の峻険な谷と岩だらけのヒマラヤの麓まで移動し、しかる後に空前の規模で人間を殺し始めたのか？　結局のところ、歯や爪を負傷した手負いの虎というものはネパールでは以前からいたし、また人喰い虎も前代未聞ではなかった。だがチャンパーワット／ルパールの虎の場合、何らかの前代未聞の出来事が起ったらしい。そのような緯度にそれが現れることなど、ヘミングウェイの豹がキリマンジャロにいるのと同じくらいあり得ない。ではそれは、何のためにそんな苛酷な環境にいたのか？

何故本来の生息域であるタライを離れたのかという疑問に答えるにあたって、唯一合理的な手段は当時のタライで何が起きていたかに注目することだ。明らかなのは、この生態系とその中に住む人間との間の長年に及ぶ力学が、一九世紀後半に著しく変化したということである。タライの森林伐採と土着のタルー族の移住はしばしば、一九五〇年代における薬剤散布によるマラリア撲滅のためだとされている――それはある程度は事実だ。だが、きちんと歴史を分析すれば、タライとタルー族、そして虎を結びつけていた精妙な糸が、二〇世紀には既にほぼ完全に解かれてしまっていたということが明らかとなる。それは既に遙か以前に擦切れていた――一九世紀半ば、新興のラナ王朝の政策が確立され始めた頃に。

そしてこの相互に絡み合い依存し合う糸に加えられた初期のダメージこそが、巡り巡ってチャンパーワットのそれのような虎の出現を説明するのである。この糸が解けた時、それは世界に類を見ない人喰いを解き放ったのだ。

——

今から五千万年ほど昔、全てのネコ科の祖先であるミアキス科が樹上を駆け巡っていた暁新世の真っ盛り、途轍もない衝突が発生した。一億年以上前にアフリカから分離して以来ずっと孤島だったインド大陸プレートが、ユーラシアプレートにぶち当たったのだ。「ぶち当たる」と言っても地質学的な意味だから、人間の基準からいえばずいぶんゆっくりとした衝突、すなわち年速一五センチメートル以下の速度である。だが、にも関わらずそれは劇的であり、最終的には巨大な山脈を創り出すに至った。ヒマラヤ山脈だ。世界で最も高くて若い山脈は、大陸同士の正面衝突によってのみ生み出される座屈から生じたのである。地殻が上方に衝き上げられ、それが最終的には、高さ二万フィートを超える鋭い頂の連なりを生み出した。その長さは一五〇〇マイルに及び、現在のパキスタン、インド、ネパール、ブータン、中国にまで広がっている。雪を戴いたその頂から、次にこの山脈は三つの巨大な川を生み出す。インダス川、ガンジス側、そしてツァンポ＝プラマプトラ川である。ヒマラヤという名前はサンスクリット語で「雪の住い」の意味。サンスクリット語とは古代のインド＝ヨーロッパ系の言語で、ヒンドゥ教にとっての聖なる母語であり、少なくとも紀元前二千年紀、その最初期の話し手が西から流入し始めた時からこの亜大陸に存在していた。とは言うものの、彼らはこの山脈を故郷と呼んだ最初の人々では全くない。考古学的証拠が示すところによれば、今日のネパール、カトマンズ盆地には少なくとも一一〇〇〇年前には人類が居住していた。サンスクリット語を話す新参者のインド＝アーリア人は、先住者たちのすぐ傍らに住み着き、多くの場合は混淆し、山脈の頂と盆地に散らばる民族集団のパッチワークを形成した。

時には、ヒマラヤ地域に到達したインド＝アーリア人グループ——大きな物差しで見れば比較的新参者——は、慣れ親しんだ地勢に拘泥し、理解できないものを遠ざけた。彼らは後者の領域を先住の土着民に与え、彼らを形だけは自らの新興の王国に組み込んだ。これが他のどこにもましてあからさまだったのがネパールである。ヒマラヤ山脈の麓や山中に、立て続けにヒンドゥ教の王国が勃興した。まずはネパールの一部を一二世紀まで支配したタクリ王朝。一八世紀まで支配したマッラ王朝。そしてシャハ王朝は、一八世紀末に多くの地方の戦乱の諸王国を統一してゴルカ王朝を創り上げた。これらの山間の王朝はネパール語を含むさまざまなインド＝アーリア系言語を話し、カースト制度を含むヒンドゥ教の住民と伝統を擁していた。

彼らが行なわなかった唯一のこと——少なくとも頻繁には——は、山を離れてその下にある湿地帯の草原やジャングルに入ることだ。これがタライ、ガンジスの豊饒なる北の氾濫原、ヒマラヤの南側の麓に沿って広がる緑の地帯である。*terai* という言葉自体はウルドゥ語で、「沼地」とか「鹽」といったような意味。まさにこの地域を正しく言い表している。長大な大蒲——時には七メートルに達する——が湿った土地の広い部分を覆い、鹿、犀、ナマケグマ、野生の象、そして言うまでもなく虎のための豊かな生息域を提供した。平坦で波打つこの草原を、上の山脈から流れてくる大河の支流が分断し、濃密な森（別名ジャングル）を点在させる。ジャングルの顕著な特徴はよく知られた沙羅の木、それはタライにおいては年中葉を伸ばすことができる。ご想像通り、この氾濫原の土壌は極めて豊饒で、適切な灌漑設備があれば、米や粟のような穀物を大量に収穫できる。だがヒンドゥ教のパハーリ族——上の山岳地帯に住む——は一般に、下の平坦で湿った土地には行きたがらなかった。その尤もな理由のひとつは、全地で猖獗を極めていたマラリアである。その地が約束する豊かな実りは、致命的な住血性寄生虫の感染という極めてリアルな危険によって相殺されてしまうのだ。タライに、とりわけ温暖なモンスーンの季節に入るなど、ネパールの山に住む部族にとってはほとんど死刑宣告に等しかった。植民地の森林調査官トーマス・W・ウェッバーは、一九〇二年に記している。「パハーリ族は一般に、一一月一日以前、もしくは六月一日以後にタライで寝ると死ぬ」。そして寒冷な時期ですら、感染の危険は依然としてある。マラリア蚊はほとんど年中存在しており、大規模な定住を思いとどまらせている。年中タライに住むなんて、ほとんどのネパール人にとっては全くの問題外なのだ。

そんな中、ひとつの部族はタライを快適に感じていた。タルー族だ。インド＝アーリア人到来以前の先住民族であり、何世紀もの間にマラリアに対する遺伝的耐性を獲得していたのである。彼らは熱帯の低地で生き延びるだけでなく、そこで繁栄することができた。その地で、家族を基盤とする小さな氏族単位で生活していたのだ。隣人であるパハーリ族は北の山の中の密集した村と段々畑に固執していたが、タルー族はその下のタライのジャングルと草原に沿って伸びる小さな共同体を形成し、隔絶した暮らしを守っていた。さまざまなタルー族の集団内には、言語、伝統、信仰の違いがあった（今もある）。多くは最終的には隣人たちのインド＝ヨーロッパ系の言語を採り入れたが、一部は、例えばネパール極西部のラナ・タルーは自らがタルー族であることすら認めず、古代のラージプト王家の子孫を自称している。だが、極西部のラナ・タルーから中央部のチトワン・タルー、そして東のコチラ・タルーまで、全てのタルー族が共有しているのが「森の民」というアイデンティティだ。彼ら自身の自己の感覚は、タライの自然環境と親しく分かちがたく結びついている。それは彼らの母であり、家である。そして一九世紀のほとんどの期間、彼らは存在のあらゆる側面においてそれに依存していた。

とはいえ、これは何も彼らが環境に対して何の影響も及ぼさず、相互作用もしていないという意味ではない。間違いなくしている。ますます廃れる一方の観念に、土着部族は生態系と調和してエデンの園のように無垢な形で生きている、そういう生命維持を基礎とする生存戦略を採用している、というものがある。だがどこの部族でもそうであるように、タルー族に関しても、全くそんなことはない。タルー族は収穫を増やすための灌漑水路を作っていたし、家畜を食わせるために焼き畑農業も行なっていた。その多くは彼らが捕えて飼い慣らした象だった。そして必要とあらば材木用に木を切り倒し、好機と見れば森を切り開いて農地としていた。だがそれを行なうのはあくまでも、森が自然の、再生可能な資源として利用できると判っている場所のみだ。森とそこに住む動物たちを破壊することは、文字通りではないにしても、文化的な自殺であった。彼らは建設資材、薪、家畜の餌、そこにしかない多種多様な天然の食料を森に頼っていた。そこには、鹿や猪や兎などの獲物の他、魚や淡水産の巻き貝である *ghonghi* も含まれる。これは当時も今も、タルー族の非公式な郷土料理だ（しかもその味は格別だ。ホストであるサンジャナに改めてお礼を言う。涙が出るほど辛い生姜カレーのソースを掛けて、密造酒ラキシーと共に振舞ってくれた）。食用の羊歯、茸、野生のアスパラガスは毎日のように採集するし、必要な時にはさまざまな薬草も採ってくる。タライの生態系は紛れもなく、生存に必要な資材と食材の豊饒の角《コルヌコピア》だ――それなくしては、住む家もなく、炊事の燃料もなく、育てる動物もなく、文字通り食べ物もない。森を健やかに、生産的に維持することは何よりも優先される。

そのために、タライ一円のタルー族は持続可能な形の短期の休作を挟んだ耕作で、米、辛子、レンズ豆を育て、休作によって土壌を回復させている。その半遊牧生活によって、タルー族は泥と草に対してローインパクトな構造を保ち、一箇所には数年しか住まず、森を切りすぎない、狩りすぎないようにしている。特にチャンパーワットの虎の故地ネパール西部では、タルー族は *Badaghar* と呼ばれる家族毎のロングハウスで共同生活する――資源を蓄え、生産を最大化し、環境負荷を最小化する集団労働戦略である。総合的に見て、生産的な森に依存しつつもこれを保護する生活様式だ。

当然ながら、この消費と再生のシステムの持続にはバランスが不可欠であり、タルー族にとって、釣り合いを維持することは単なる農業や労働戦略だけのことではない。そこには霊的な次元もあったのだ。名目上はヒンドゥ教徒でありながら、タルー族の大部分は（現在もなお）古いアニミズム的信仰を基盤とする混淆的な宗教を実践している。彼らは、山に住む隣人から借りてきたインド＝ヨーロッパ系のヒンドゥの神々のお馴染みのパンテオンを拝み、献げ物をしているが、同時にまた、シヴァやヴィシュヌがタライに来る前からいる膨大な森と動物の精霊を崇めてもいる。前者の儀式――特に葬式――を司宰するのはたいていバラモンの巡回司祭で、マラリアのない季節に山から下りてくる。だが後者となると、地元のグラウ（「グル」という語と同語源）の主宰で、タルー族の宗教のより伝統的で部族的なものが執行される。グラウは一般に村の守護者であり、タルーの人々と、彼らを取り巻く草原や森に棲むさまざまな精霊《ブート》――善悪ひっくるめて――とを仲介すると見なされている。タルー族が拝むのは石造りの神殿ではなく、重要な偶像が安置された家の祭壇で、また*than*と呼ばれる森の中の特定の場所で行なわれる儀式もある。そこでは聖なる木の下でさまざまな動物の精霊を拝むことができる。地元民を世話するグラウには二つの種類がある。ガル・グラウは家庭医のような存在で、パタリティヤ・グラウは村全体に影響する大きな問題に対処する。例えば未知の霊障によって惹き起こされた家族の病気はガル・グラウの担当で、彼は不吉な霊を慰霊して森へ帰す。一方、村や地域全体に蔓延る病気はパタリティヤ・グラウの管轄である。グラウになるためには、数年に亘って師であるグラウの下で修業する。秘儀参入を終え、村や家と契約の儀式を経て新たなグラウとなった者は、あらゆる形の霊的不均衡から村や家を守る責任を負う。このような儀式は山羊や鳩、ラキシーを捧げるプージャを伴い、火事や不作から動物の襲撃に至るあらゆることから守護する盾となる。

その中には虎も含まれる。グラウは村を多数の危険な動物から守る責任を負う。特に犀、象、ナマケグマ、そして豹だ。だが、グラウが特に神聖な関係を築くのは虎である。虎と共に生き、交信できることは、強いグラウの印と見なされた。ネパール王室、シャハやラナの虎狩り隊がタライにやって来た時には、必ず地元のグラウの助力を請うことになっている。この巨大な動物を森から召喚する力を持っているのは彼だけだと考えられていたのだ。そして今日においてすら、特に年輩のタルー族の間では、真に力のあるグラウは虎に乗り、信じがたい速度で村々を巡ることができると信じられている。中にはそれをこの目で見た、と誓う者もいる。そして彼らは、萎びた老シャーマンが巨大な縞模様の虎の背に乗り、木々を駆け抜けて飛び去っていく様子を詳細に語るだろう。チトワンの近くの幾つかの村のグラウとの会話の中で、筆者は何度も「ラージ・グル」の名を聞いた。これは彼ら全員の知己であった、最近死んだグラウで、ラキシーには目がなかったが——明らかに、その呑みっぷりでも有名だった——今も虎を自在に召喚して、困っている村の病人の許へ駆けつけるのだという。部外者にはそんな話は到底信じられないが、タルー族の宇宙論に浸った者にとっては全く合理的な話なのだ。虎と調和して生きることと——むしろ虎を支配することと——こそ究極の霊能力に他ならない。何故なら虎はかつても今も、森の畏怖すべき力の究極の現れと見なされているのだから。虎の力を御する者は、事実上、何でもできる。タルー族にとって虎は撲滅すべき怪物などではなく、制禦して理解すべき自然の力なのだ。真に偉大な人間とは虎を殺すことのできる者ではなく、虎と和解する者であり、その牙と爪を善用する者である。その力と交信し、言わば何か建設的なことに使える者である。

そしてこれこそ、まさにタルー族が彼ら独自のやり方でやって来たことなのだ。タライの中で独自の持続可能な生き方を維持する鍵は、一見反目し合っているように見える諸力の間に健全なバランスを維持することである。タルー族は肉の供給先として野生の鹿と猪に頼っているが、両者は共に、数が増えすぎれば彼らの作物を食うだろう。虎はこの問題を上手く解決し、有蹄類の数を健全に、増えすぎないように維持してくれる。しかしながら、もしも虎の密度が高くなりすぎると、家畜を襲い始める——だから十分な棲息地が必要となる。そしてタルー族は建築資材や家畜の餌も森と草原に頼っているので、ますます生態系を生産的に、完全な形に維持することに専心する。これによって有蹄類の数は保たれ、それによってまたしても虎の数が育まれる……云々。これは精妙なバランス活動であり、始まりも終りもない鎖であり、タライの人間と植物と動物を結びつけている。だがタルー族はこのバランス活動に長けているのだ。彼らは畑を耕し、家畜に草を食わせ、森で狩りや漁をし、草原を焼いて餌を集める。それを常に、野生の虎の健全な数を維持しながらやってきたのだ。

しかしながら、だからと言ってタルー族は完全な孤絶状態で生きていたわけではない。生まれ持ったマラリアへの耐性のお陰で、彼らは他所者には住むことのできない野生の地に住むことができた。だが彼らは周囲の諸文化から完全に隔離されていたわけではない。実際、タライの地は何千年にも亘ってこの地方のさまざまな王国や公国に取り込まれ、今日のネパールとインド北部の国境に跨がるさまざまな国の十字路となって来た。シッダールタ・ゴータマ——仏陀という呼名の方が有名だが——は二五〇〇年ほど前にルンビニに生まれたと信じられている。これは古代のシャキャ国にあり、今のネパールに当たる。人や物資、信仰は何千年にも亘ってタライの集落を出入りし、その住民はその地の封建領主に敬意と税金を支払ってきた。平時も戦時も、そして支配者がムスリム、ヒンドゥ教徒、仏教徒と移り変わっても。だが国境と納税先が時と共に移り変わろうとも、タルー族の日常生活と文化は比較的安定したままだった。ネパールのシャハ王朝の創設者プリトヴィ・ナラヤン・シャハによって周囲の王国が制服・統一された時ですらそうだった。一七四三年から一七六八年の間に、本拠地である山間のゴルカ王国を起点に、隣接する国々をひとつひとつ攻め落とした彼は、遂にそれをひとつの統一国家に纏め上げた、その版図はだいたい今のネパールと一致している。一八世紀中葉以降、タライの谷のタルー族は、首都カトマンズから遠く離れながらも、新たなネパール王の臣民となった。

この関係の構築には長い時間が必要だった。建国直後のネパールのシャハ王朝の君主たちは、当初タライの原野を潜在的な農地と見なし、タルー族に土地の払い下げやインセンティヴ・パッケージを通じて課税可能な農作物の増産を奨励した。だが間もなくシャハは、タライの森と草原を未開拓のまま保つ切実な理由があること、そしてタルー族を森の破壊者にするよりも、その守護者とした方が遙かに有用であるということに気づいた。

この戦略的方向転換の背後にあった理由は複雑だ。だが中でも重要だったのは、この亜大陸における特定の種の保護を軽んずるべきではなかったということである、特に産業化以前の時代においては。その種とはつまり *Elephas maximus*、アジアゾウである。不整地走行車やブルドーザー、重砲など現れる遙か以前から象はいて、インダス渓谷の諸王は青銅器時代からそれをそれらの代わりに使役していた。ネパールでは、少なくとも紀元前六世紀から国家支援による象管理が行なわれていた記録がある。リッチャヴィ朝の王マーナデーヴァは、ガンダキ川に何百頭もの軍象輸送専用の橋を架けたのだ。『アルタシャーストラ』のようなサンスクリット語文献には、象の管理の詳細な指導が縷々記されている。そしてムスリムのムガール帝国は一七〜一八世紀を通じて、ネパールの山々の隣国との関係を固めるために象を譲渡していた。象はしばしば、その出所来歴を問わず王家の所有物と定められた。その身体能力の凄まじさ――建設的にも破壊的にも――を考えれば、王家に珍重されたのも当然だ。雄は体重五トン以上、肩高最大一二フィートにも達し、鼻は四万以上もの筋肉からできている。アジアゾウこそは、恐るべき力と驚くべき器用さを兼ね備えた動物である。建設目的なら、これらの特徴を自在に制御すれば、木を倒し、石を引きずり、柱を立て、壁を固定するのに利用できる――そのいずれも、拡大する王国のインフラにも儀式にも必要だ。そして破壊目的なら――まあ、戦争ともなれば、騎手の操る象にできないことはあまりない。文字通り当時の攻城兵器として、牙にスパイクを装着し、背に強化した輿で完全武装した象は、シャーマン戦車と同等の機能を果した。最高時速は二〇マイルに達し、皮膚は雨霰のような矢やマスケット銃を無力化する。訓練された軍象はどれほど精強な敵陣をも突破し、歩兵隊を蹂躙し、武装された牙で騎馬を刺し貫く。騎乗の指揮官には圧倒的な俯瞰を、射手や狙撃兵には格好の射角を提供する。数を揃えた軍象部隊は、ネパールを初めとする、当時の野心ある地域大国にとっては必要不可欠な軍事力であり、その価値はシャハの諸王にとっても間違いなく健在だった。彼らは文字通りにも比喩的にも、よく訓練された軍象の背の上でその広大な帝国を築いたのだ。

しかしながら、象の飼育にはタライの保護にこの上ない重要性をもたらすひとつの側面があった。飼育下での繁殖の困難さである。ライヴァルの雄同士の攻撃性と、極めて長期に亘る妊娠期間——多くの場合、二年に及ぶ——のために、飼育下での象の繁殖はほとんど不可能であり、野生の子象の捕獲が絶対的に必要となる。そしてネパールでは、タライの森こそが野生の象の生息地であった。そして野生の象の捕獲と訓練にかけては、一日ならぬ数世紀の長を持つ人々がいる——タルー族だ。比類なき象使いとして、タルー族はシャハ王朝によって王国の象の備蓄を常に十全に保つ役割を託された。これはつまり、多くのタルーの村に王立の象舎《ハッティサル》を建てるということであり、それはやがて互恵的な取引の一部となった。地元のタルー族は、必要に際して象を自分たちの農作業や建設事業に使うことができる。しかしながら、必要とあらば王の求めに応じていつでも出動しなければならない。これには王族の狩りも含まれている。その際には、シャハの王がタライを訪れ、犀や熊、豹、そして言うまでもなく、中でも最も高貴なロイヤル・ベンガルを追う。虎狩りにはシカーリが象の上に乗ることが必要で、地元のタルー族が常に象騎手《マハウト》を務める。タルー族は王と共に、ネパール独自の虎の囲い込みの技術まで開発した。「リング」と呼ばれる技法だ。これは一頭の虎を数十頭の象で取り囲み、遂にはこの trumpeting と嘶く牙のある動物の頑丈な壁の中に閉じ込めてしまうというものだ。タルー族はこの狩りへの近侍によって、ネパールのシャハの王から莫大な褒美を貰う。土地や捕獲した象、あるいは「栄誉《バガリ》のターバン」まで賜ることもある。これを受けた者は誇りを以て生涯それを巻くことを許される。これらの褒美によってタルー族の忠節は固められ、そうすることで野生の象の生息地であるタライもまた守られたのだった。

だが象だけではない。やがて判明することになるが、この地方で拡張主義的野心を持つ者はネパールのシャハだけではなかったのだ。東インド会社の後援を受けた英国人は、一六〇〇年代初期からインドでの拠点作りのために動いていた。一七五七年までにはその支配は確立されており、同社は自らの私兵を用いて、その最も実入りの良い交易ルートを統制し、うまうまとそれをベンガルのほとんどに対する事実上の統治権に仕立て上げていた――すぐ北のネパールの王らにとっては安穏とはしておられぬ近さである。逆もまた然り。プリトヴィ・ナラヤン・シャハの統治するゴルカ王国がライヴァルの領土を次々と併呑して統一ネパールを形成するにつれ、この二つの地域大国の衝突は不可避となった。遂に英国人は北の敵国に侵攻するかと思われた。

ただひとつ、小さな問題があった――具体的に言うなら、タルー族が何世紀にも亘ってタライにまあまあそれなりに安心して住み着くことを可能とした、あの小さな原虫である。山に住むネパールのほとんどの部族を低地のジャングルに寄せ付けぬ働きをした同じマラリア原虫は、侵入してきたブリトン族をも楽々と撃退したのだ。もうひとつ、関連した事実として、この土地自体が天然の要害である。野草は高さ二〇フィート以上に達し、象に乗る以外に踏破する方法はない。氾濫原は文字通りの泥濘で、人も機械も寄せ付けない。周囲のジャングルは意図的に放置されており、道路もない。その密林の中を進むのは他所者にはほとんど不可能だ。ネパールを南の侵略者から守ることにかけては、タライそれ自体が有刺鉄線の働きをする。タルー族にとっての故郷は、ヨーロッパ族にとっては致命の罠なのだ。

荒野のタライが提供した防御壁の最も鮮やかな歴史的事例は、一七六七年のキャプテン・ジョージ・キンロックの悲惨な戦役だ。カトマンズの戦い——偶然にも、こちらはシャハ王朝が統一ネパールの覇権を確立した戦い——の直前のことだった。英国東インド会社はシャハの拡張主義的野心など全く意に介さず、キャプテン・キンロックをネパールに派遣してカトマンズ盆地の包囲を解こうとした。プリトヴィ・ナラヤン・シャハ麾下のゴルカ軍は既にその全域に喉輪攻めを掛けており、最高の交易ルートから英国人を駆逐していた。両陣営はまさに同じ土地を奪取せんとしている。キャプテン・キンロックは典型的な植民地主義者の虚勢を見せて、司令官に断言した。「シドリーよりネパウルへ、この道や良し……渡るべき川なし、越ゆるべき山なし」。彼の計画は是認され、彼は二四〇〇人の兵と共に北のゴルカ軍を討つためにインドより出陣した。確かにしばらくは徒渉できぬ川もなく、登攀できぬ山もなかったが、やがて彼はタライという苛酷な現実に直面することとなった。降り止むことのないモンスーンの雨の所為でバグマティ川は辺り一面に氾濫し、彼の兵士たちは、キンロック自身が「深き水路」と記す泥濘の中を、大砲を引きずって行軍するという拷問のような苦行を強いられた。目の前の道には糧食の補給線もなく、「数多居る野生の象、虎および熊以外には生き物の姿とて」なかった。キンロックが実際に虎に遭遇したか否かは推測に任されているが、彼らの咆哮が夜のジャングルに谺し、兵士たちはおちおち眠ることもできなかった、とだけは言えるだろう。そして四六時中、酷い大雨は止む気配もなかった。キンロックはそれと知らずして、兵士たちを死の陥穽に向かってまっしぐらに進軍させていたのだ。それに続く地獄のような三週間には謀叛あり、マラリアの猖獗あり、おまけに一三日連続の飢餓状態があった。だがたぶん、無慈悲な自然よりもさらに悲惨だったのは、その住民たちの防戦だった。キンロックは地元の族長《チャウダリ》に、兵士たちに穀物を供給するよう委託していたが、全く約束は果されず、またそれ以外のタルー族については、キンロック曰く、「ジャングルの民は今や、極めて厄介なるものとなり、部下が数碼も遅れを取れば、この上なく残虐に切り刻まれる」。錯乱、壊滅、降り注ぐ矢と槍。哀れなキャプテン・キンロックには、自ら尻尾を巻いて命からがら敗走するしか手はなかった——というか、その高熱からして、たぶん敗走の兵に担がれていただけだったのだろうが。そしてタライの中心から奇蹟的に脱出することこそできたものの、タライは実際には彼を逃さなかった。彼は翌年死んだが、その死因が噎せ返るジャングル奥地で罹患したマラリアであったことはほぼ間違いない。

言うまでもないが、もしもキャプテン・キンロックが、当初の想像通りやすやすとネパールに進軍できていたなら——よく耕された畑の間の道をのんびりと、親切な道々の百姓たちに助けられて——彼と兵士たちはカトマンズのシャハを撃破し、われわれの知るネパールは存在しなかっただろう。だがタライの荒野とその土着の住民は彼を阻み、そしてシャハ王朝はその意味を理解していた。その日以来、非公式の同盟が組まれた——そしてそれは、一八一四年の英国とネパールの二度目の戦役において、さらに強化された。この時、タルー族とタライはまたしても、カトマンズを外的の侵略から守ったのである。確かに、この英国との二度目の戦いは一度目ほどには上手くは行かず、シャハはクマーウーンを含む西側のかなりの領土を失ったのではあるが。だが彼らは明確にタルー族の忠義の価値を理解しており、それに相応しい褒美を与えた。

この連合の証拠は、今もパンジャル・コレクションにある。カトマンズのシャハの王たちとタルー族の間で交された文書を集めたものだ。主として人口の多いタライ帯の東側のものだが、タライ西部の記録も幾つかあり、全体の力学を良く示している。文書の多くはラル・モハル、すなわち事実上の土地の払い下げ勅書で、地元のタルー族の族長に――通常は何らかの奉公か、忠誠を誓う代わりに――管理権を与えるものであり、幾つかは一八一四年の対英戦争における象部隊にまでさかのぼる。タライのほとんどは荒野であったとはいえ、それは管理された荒野であり、タルー族こそは適切な方法でそこを耕し、居住し、管理するのに最適な人々であった。シャハは間違いなく穀物税を好んでいたが、それと同様に、その野生象の群れや広大な虎狩り場、踏破不能なマラリアの辺境を激賞していた。それら全てを守るため、シャハは一般に、タルー族の村の土着のヒエラルキーを尊重して族長《チャウダリ》の権威もそのままとし、しばしば彼に山地のバラモンと同じ特権を与えていた。そしてヒンドゥ王朝の寛大さを示す驚くべき事例だが、彼らはタルー族の土着の信仰体系の中で機能し、村の生活を管理していた。次に示す一八〇七年の法令は、ギルヴァン・ユッダ・ビクラム・シャハが地元のタルー族のグラウに与えたものである――

> ベラウダハ・プラガンナ、ダナウジ村のテトゥ・グラウに告ぐ。汝にナンカル・ジャーギールとして、ベラウダハ・プラガンナのダナウジ村の未開拓地、森林、荒地、および国税を除くその地の税収を授く。また、サジョット・プラガンナのガハルワルの地をナンカル（免税地）として授く。その地を耕し、人々を住まわせ、また人々を象、虎、悪霊、病、流行病の害より守るべし。これな

るナンカル・ジャーギールの地の産物の全てを恣にせよ。これなる地区に住み、これらの災いより守り得ぬなら、その産物を得ることあたわじ。

この勅令は単に、地元のタルー族の霊的指導者にタライの荒地の相当な支配権を与えるのみならず、野生の虎や象の管理を本質的に霊的な事柄であり、グラウにしか扱えぬものと見なしている。問題の村はチトワンの外れにあり——ネパールの王にとって主要な虎と象の狩り場だった。王が逃げた虎や象から環境を守る仕事を、国軍兵士やシカーリではなく地元のシャーマンに与えていたという事実は、シャハ王朝とタルー族との間に存在したより大きな関係の特徴だ。そこでは後者は単なる臣民ではなく、王国の極めて重要な部分を管理するパートナーであり、パイオニアであった。パンジャル・コレクションには、一八世紀末から一九世紀初頭までの同様の土地の払い下げ勅書や勅令がふんだんにあり、さらには少数の優れた象に関する言及もある。

この時代を再構築すると、タルー族とシャハの王との関係は、彼らと森との関係と同じく、共生的かつ互恵的なものであったことが明らかになる。タルー族は生まれ持ったマラリア耐性のゆえに、王国内の余人が足を踏み入れることのできぬ部分に生き、耕すことが可能となった。移動耕作を主体とする農業によって、タライが供給する自然の防御壁を危険に曝すことなく租税を徴収することが可能となった。彼らは英国による侵略の際の第一防衛線となり、そしてただ彼らだけが、王国の軍事力にとって死活的な象を捕え、飼うことができた。これらの奉公の代償として、シャハはタルー族に相当の自治権を与え、ラル・モハルを通じてチャウダリに村を管理する権威を授けた。これは本質的に、シャハの王の側の慈悲ではない――結局のところ、彼らは他国の王と同様、徴税が好きだった――むしろ信頼の置けない外国の植民地勢力に相対して自らの国境を守るための効果的な戦略だった。そして一八一六年までには、実際に何度も戦端が開かれていたのだ。タライは戦略的な目的に有用であり、タルー族はその生来の番人だった。その両者を守ることこそが正しかったのだ。

それは、英領インドとの間に不可侵の国境が必要である限り維持される関係だった――だがその協定は、実際的な理由によって一八四六年に終りを告げる。この年、ネパールの傑出した家の出である若く野心ある成り上がり者、ジャンガ・バハドゥル・ラナが、ネパール政府内の内紛を利用し、クーデターで権力を奪取した。王宮大虐殺事件――彼と兄弟たちが、四〇名ほどの廷臣を王宮内で罠に嵌め、殺害した事件――を画策した後、国王ラジェンドラ・ビクラム・シャハを追放、政府の全権を掌握し、国王の息子スレンドラ・ビクラムを王位に据えて傀儡とし、新たなラナ政権を発足させた。追放されたシャハの王が後にネパール王位を奪取しようとして捕えられた時、その場所がタライ、すなわち常に彼の王家によく仕えてきたネパールの地域だったことは注目に値する。彼は残りの人生を軟禁状態で過し、以後一世紀以上に亘ってラナ家がネパールを支配することとなる。

シャハ王家を退け、ネパールで権力を固めたラナ家の最初の仕事のひとつが、インドの英国人との関係構築であった。ジャンガ・バハドゥル・ラナは改革者であり、西洋のテクノロジーを愛し、ヨーロッパの制度を崇拝する男だった。インドで長く過した彼は、英国の植民地制度を、ネパールを「近代化」して地域の真の超大国にするモデルと見なした。シャハ家が精強な軍によって独立を保ったのに対して、ラナ家はそつのない外交によってそれを維持しようとした。そのためには、南の英国人との強い絆が不可欠である。ジャンガ・バハドゥル・ラナは一八五〇年のロンドン訪問によって英尼関係の雪解けを開始した。そこで彼はヴィクトリア女王の熱烈な歓迎を受け、豪華絢爛な晩餐会に出席した。その主催者は、前任者のシャハとタルー族の連合軍がタライのジャングルで虐殺した、あの英国東インド会社である。彼は伝統的なバラモンの禁忌まで破って、異国の女である高級娼婦ローラ・ベルと一夜を共にした。これには大枚二五万ポンドが支払われたと言われている。単なる花代か、それともすっかりのぼせ上がって気前よく贈物をしたのかは今も議論の的だが、ともかく彼は文字通りにも比喩的にも西洋を抱擁することに何ら良心の呵責を感じていなかったわけだ。

　ラナ家は英国からの歓待と友好に対して、北イタリアで勃発していた叛乱鎮圧への自国の「グルカ」兵の派兵、およびネパール王家の虎狩りへの招待で応える。この伝統は二〇世紀まで続き、一九六一年に女王エリザベス二世のために催された信じられぬほど豪奢な虎狩りで頂点に達する。この催しのために、タライのド真ん中に仮想の都市まで建設された。この時はさすがに英王室も躊躇して、専らホスト側に虎を撃たせるに任せた。だがそれ以前の君主たちはそのような遠慮とは無縁で、自ら勇んで狩りを楽しんでいた。一九一一年、国王ジョージ五世と英国貴族たちは、ラナ家の懇請に応えてチトワンで伝統的なネパールの「リング」に参加し、一〇日間の狩りの末にナマケグマ四頭、犀一八頭、虎三九頭を仕留めた。このような狩猟は一九世紀末から二〇世紀初頭にかけてのネパールでは一般的で、慣習的な王家の虎狩り《バグー・シカール》を、かつてシャハの王がタルー族との同盟関係強化に用いた聖なる儀式から、ラナ家が宗主国との外交関係を固めるための手段に変えてしまっていた。

　そしてそれは効いた。この新たなラナ王朝の下で、インドの英国人はネパールと軍事同盟を結んだのみならず――また熱烈な通商相手ともなったのである。ラナ家は国境の向こうの新たな友人との交易を熱心に奨励し、自らの金庫を富ませて隣国の経済政策を模倣する道を追い求めた――基本的には、昔ながらの経済の「近代化」と「最適化」である。これを成し遂げるための最も解りやすい道のひとつは、タライ低地――ベンガルトラの砦――の経済的アウトプットを増やすことだ。

英国の軍事的脅威が過去のものとなると、タライという自然の要害は最早無用の長物となった。そしてラナ家は自分たちのやり方でそれを食い物にした。ラナが権力を奪取してからの数十年で、インドとの交易は花開き、西部国境は主要な通過点となり、英領クマーウーンは商業主義のハブとなった。幅広い製品が交易された。染料、織物、香辛料、金属、家畜。だが、ネパールからインドへの二つの主要品目――木材と米は極めて重要である。一八七二年から一八七七年までの僅か五年で、インド北西地方とアウドへの年間輸出額はほとんど零から三五二万二二八〇ルピーに跳ね上がった――ネパールが国境の向こう側のインドから輸入する額のほぼ二倍である。この輸出総額の内、五四万八一九三ルピーは木材、そして目玉の飛び出る一二二万五五八四ルピーは穀物である。そしてこれら主要産物、すなわち木材と穀物はいずれも、ネパール西部のタライから直接、インド北部へ届けられた。荒野の辺境から国内随一の穀倉地帯へというタライの変貌は、既に一八七〇年代までには進行していた。当然、これは森林の伐採と草原の開墾の増加を意味する――いずれも、この地域に深甚な影響をもたらした。

無論、この変貌はまた、土着のタルー族と中央政府との伝統的な関係にも変化をもたらした。それもポジティヴとは言えない変化を――それは事実上、人々から自治権と、土地の管理権を剥奪したのだ。シャハ家からラナ家への権力の移譲の中で、タライは保護すべき辺境から、搾取すべき資源へと変貌した。タルー族とシャハの王との古えの同盟は——数十年に及ぶ共同での象狩り、開拓地での農業、英国への抵抗の中で培われた同盟は、ラナ家の志向する近代ネパールのヴィジョンには合わなかったのだ。それに伴って、タルー族に与えられていた相対的な自治権とタライの地の自己管理権はラナのヘゲモニーにとっては障害となった。そんなわけで、タルー族自身もタライの管理に当たる有益な同盟から、政治と農業の改革に立ち塞がる邪魔者となってしまった。

この障害を排除する段階は早くも一八五四年に出現している。新たに権力を得たラナ家は、ムルキ・アインの創設を決定した。これはネパール人に法令で定めたカースト制度を課す法律文書で、タルー族を「飲酒する奴隷《マシネ・マトワリ》」と呼ばれる下位の不浄な地位に貶めた——以後、百年以上に亘って続く法的呼称である。これは国民としての彼らの権利に影響し、山に住む上位カーストを相手に土地や労働の問題で取引する際に、一方的に不利な立場に置かれることになる。そしてそれからちょうど七年後の一八六一年、ラナ家はジミダリと呼ばれる土地管理制度を課した。新たな首長すなわちジミダルは、上位のタルー族の家のチャウダリが成る可能性があるが、その地位は徐々に山に住む上位カーストのバラモン、特にラナ家の友人や親族に与えられるようになった。まさに純然たる身内贔屓である。タルー族はしばしば、使用している土地に対する公式の許可証を持っていなかったので、森林やほとんど開拓されていない地域はしばしば、事業を行なうジミダルの地主にタダ同然で払下げられた。その際の条件はその土地を水田にして小作人を雇い、税収を増やすというものだ。「雇う」というのは正しい言い方ではない。現存する当時のカマイヤの労働契約書を見れば、要するにそれは年季奉公であり、場合によっては純然たる奴隷であった。ジミダルに与えられた土地は通常は世襲財産《ビルタ》で、それによってこの新たな社会構造はしっかりと確立された。古き制度は破壊され、古き盟約は消えた――シャハ家の時代にタライのタルー族に与えられていたラル・モハルが何十にも及んでいたのに対して、以後の一〇四年間に亘るラナ家の治世では僅か三つである。土地は政治的便宜と引き換えに、山に住むエリートたちに与えられ、与えられた彼らはそれを存分に開発した。

この変容の効果は波紋のように広がり、文化も土地も動物たちをも揺さぶった――一九五〇年代の化学薬剤によるマラリア根絶の時ほど破壊的な変化ではなかったが、何にせよダメージだったのは間違いない。かつては採集漁労を専らとし、森での侵襲的な農業は最小限に留める半遊牧民だった人々が、初めて年季奉公人として土地に縛りつけられたのだ――事実上、小規模の自給農業ではなく、輸出用の余剰農産物を生産するための小作人である。伝統的なタルー族の生活を支えてきたさまざまな森林資源はラナ家にとってはますます不要なものとなり、彼らが均衡を保ってきた鹿、象、虎などの野生動物は農地のために追いやられた。この文化的変化がもたらした最終的な物理的効果はそれまで保たれてきたタライの生態系の破壊であり、残された野生の生息域は限定された袋小路へと追い込まれた。確かにラナ家はチトワンやバルディア、シュクラパンタなどの伝統的な虎の狩り場を維持していたし、大規模な虎狩りも実施していた。それは彼らの権威を誇示するための、そして後には、よく知られているように、外国の賓客に追従するための贄を凝らした狩りであった。そして確かにタルー族は依然としてそのような場所のハッティサルで働き、次の王の訪問を辛抱強く待っていた。しかしながら、ラナの統治者たちは確かに虎狩りを愛してはいたが、一方で保護区の周囲の土地が生産的な酪農場や水田になるのを見て喜んでいた。経済発展と農業改革によって隣国である英国植民地に追いつきたいと願う支配者にとって、これらの土地にそれ以外の利用法があっただろうか？
間違いなく、ただ虎に遊ばせておくわけにはいかない。狩り場を一歩出れば、虎なんぞはネパール政府の経済発展と生産性という新たな時代精神に対する脅威以外の何ものでもない——新しい何かをもたらすものどころか、旧きネパールの残滓でしかないのだ。何しろ彼らは家畜を殺し、樵夫や出稼ぎ労働者を脅かす——事実上、王立公園の草木の地を外れれば、何の利用価値もないのである。そしてまた、昔日のシャハ家が地元のタルー族のシャーマンに村の霊的均衡と虎からの防衛を任せていた場所でも、ラナ家は間違いなく、国境の向こうの英国人に見習って高額な報奨金と強力なライフルに頼った。保護区の向こうの耕作地に侵入した途端、虎の生命は危険に曝される——最も有効な安全策は、農地も村も迂回して、僅かに残された断片的な野生の森に隠れ潜んで過すことだ。

そこにはひとつのかなり重要な問題がある。野生の虎は信じられないほど縄張り意識が強いということだ。特に雄はそうだが、雌であっても自分の領域を他者と分かち合うことにかけては寛大などとはとても言えない。アフリカのライオンは、進化のどこかの時点で、群れで共同作業する方が開けたサヴァンナでは遙かに容易に狩りができるということに気づいた。これに対してジャングルに住む虎は常に単独行動であり、社会的関係よりも隠密行動で餌を獲ろうとする。子育てと交尾という例外を除いて、彼らは孤独な動物である。それぞれの虎の縄張りの大きさは、獲物の供給量と虎の性別によってかなりの幅はあるが、ほとんど全ての場合において、必要とされる空間はその虎に確保できるもの、あるいは森が提供できる区画を上回ることになる。一九六〇年代にインドのカナ国立公園でベンガルトラの研究に従事したジョージ・シャラーは、研究対象とした一頭の雌の虎の縄張りをだいたい二五平方マイル、雄の虎は三〇平方マイルと見積もった。その一〇年後にネパールのチトワン国立公園で調査に当たったフィオナ・サンクイストは、雌の縄張りは平均六〜八平方マイル、一方雄は遙かに広く、五〇平方マイルを超えると述べた。そして虎が人喰いに転じた場合、獲物の人間を探すため、縄張りはさらに大きくなる。獲物の豊富な場所なら特定の地域に留まる場合もあるが、そのような場所を見つけるためには長期に亘ってあちこち放浪せねばならない。伝説的な虎ハンターのケネス・アンダーソンは一九五〇年代に、一〇〇平方マイルから六〇〇平方マイルもの領域をカヴァーした人喰い虎を記録しているし、ジム・コーベットその人も、一五〇〇平方マイルに及ぶ縄張りをもった人喰い虎を記述している。あり得ない数字だと思われるかもしれないが、例えば自然の獲物がインドやネパールに比べて遙かに少ない極東ロシアでは、アムールトラの縄張りは通常数百平方マイルに及ぶ。場合によってはあまりにも広すぎて、もはや一箇所に定住する捕食者であることをやめ、燃える星の下で凍える夜に延々と終わりなき徘徊を続けているようにすら思われるほどだ。

正確な数字はさておき、ひとつ明らかなことがある。虎には移動するための空間が必要であり、一度見つけたその空間を、他者と共有することはほとんどないということだ。だからこそ、自然の生息域が少しでも分断されると、極めて厄介な問題となる。結局のところ、野生の虎の平均寿命が一二年程度であることにはちゃんとした理由があるのだ。これは捕獲された虎の半分程度である。つまり縄張りを巡る争いは苛酷であり、老いた虎はしばしば、その縄張りを狙う若い虎にずたずたにされてしまうのである。この激突は、縄張りを守ろうとする雄同士の間では特に激烈で、彼らは後ろ脚で立ち上がり、前脚の爪と牙で互いに相手を切り刻む。どちらかが死ぬか逃げ出すまでだ。だがこのような烈しい激突は雌同士でもありうる。だが何にせよ、虎が自分の縄張りを肉体的に守れなくなったら、逃亡するしかない。そしてそもそも初めから手に入る領域が限られているなら、通常は逃げた虎が本来の生息域と通常の獲物を失い、最終的にはどこか別の招かれざる場所へ行って、本来の場所ではないところで餌を漁るしかないのだ。このようなシナリオはしばしば老いた虎に起るが、ライヴァルとの戦いで――あるいは、本書の主題でもあるのだが――人の手で傷つき、手負いとなった若い虎にも起りうる。

チャンパーワットの虎に起ったと思われるのと同じ事例が、またしても最近のチトワン国立公園の人喰い虎にも見られる。問題の虎は研究者から「バンゲ・バレ」と呼ばれていたが、一九八二年から一九八四年まで公園内の首位の虎だった。だがその地位は「ラッキー・バレ」という若くて強い虎がその縄張り内に侵入し、挑戦した時に終った。バンゲとラッキーは対決し、バンゲはボロ負けした。傷ついたバンゲは這々の体で縄張りを去り、以後、普通の獲物を捕えることはできなくなった。予想通り、除け者にされたこの虎にはもはや縄張りはなく、また鹿を狩る手段もなくなったので、この新たな状況を受け入れ、人喰いとなった。バンゲの最初の犠牲者は公園の南西部で草を刈っていた男である。二番目は、ナラヤニ川西岸で薪を集めていた男。三番目は水辺の草葺きの泥小屋で寝ていた猟師――虎は壁をぶち破って侵入し、彼をベッドから引きずり出した。だが四番目は、これまでの三人よりも幸運だった。象乗りである彼は、象用の草を刈るための鎌を持っており、それを使って虎の攻撃を凌いでいる内に、友人がこれを追い払ってくれたのだ。とは言うものの、無傷とはとても言えない状態ではあったが。この乱闘の間に、虎はその歯を彼の顔面に打ち込み、神経と筋繊維に酷い損傷を残したのだ。虎はその後、首尾良く捕えられ、公園内の他の人喰い虎と同様、カトマンズ動物園に送られて、残りの生涯を檻の中で過した。
これと同じような闘争によって、チャンパーワットの虎は生まれ故郷の低地タライを追われたのだろうということは想像に難くない。そしてライヴァルの雌と出逢って一悶着あったかもしれないし、もし虎児がいたなら、成体の雄とも戦ったかもしれない。雄の成獣はライヴァルの雄の仔を殺そうとするのだ。母虎が虎児を守ることはよく知られている。死ぬまで守り抜くのだ。一九八一年、インドのランザンボア保護区で、ヴァルミク・タパーは滅多にないような、母虎と狂暴な雄の対決と遭遇した。翌日に発見された痕跡から、ヴァルミクはこの対決を再現して見せた。以下の通りである。雌虎は近づいて来る雄の気を惹くような求愛で気を逸らせ、その間に二頭の虎児は慌てて逃げ出して身を隠した。だが虎児はあまりにも早く戻って来るという過ちを犯した。邪魔された雄は怒り狂い、虎児を引き裂こうとした。母虎は、二キロメートル彼方の監視所にまで轟き渡る咆哮を上げた。ヴァルミクは記す――

雄は即座に虎児に跳び掛ったに違いない。母虎は電光石火で対応せざるを得なかった。雄の背後から跳び掛り、右前脚を引き裂いた後、犬歯を突き立て、殺してしまったのだ。これは本能的反応の驚くべき実例である。虎児の命を救うため、雌虎が成体の雄虎を殺したのだ。

だが、雌虎の復讐はそこで終らなかった。猛り狂った母は実際にその尻肉を解体し、脚一本を丸ごと食ってしまったのだ。虎というものが、自分の縄張りや所有物への侵害に対してなあなあで済ませたりしないことを示す確固たる証拠だ。

とは言うものの、この雌虎が相手の虎を首への一撃で片付けてしまったのに対して、チャンパーワットの虎には犬歯が揃っていなかった――重大なハンディキャップであり、健常な虎を相手にすれば為すがままにされてしまうだろう。ましてや他の種については言うまでもない。縄張りを奪いに来るライヴァルのみならず、野生の虎は他の危険な動物とも戦わねばならない。獲物となる動物ですら、特に猪は、ちゃんとした犬歯の揃った健常の虎にとってすらも問題となりうる。例えば、インドの森林管理官J・E・キャリントン・ターナーは、このような対決の悍ましい事例を語っている。

その虎は川岸の柔らかい砂に降り、猪の周囲をぐるぐると回ると猪はそれに対峙して身体の向きを変えた。双方は三度か四度そうやって回っていたが、突如、虎は猪に跳び掛り、渾身の力で一撃を加え、それから、最大の速度で横に跳び退いた。猪はこの襲撃に対して巧みに向きを変え、肩の部分で受けた。このようにして虎は猛攻に次ぐ猛攻を加えた……。その猛攻は効果を発揮し、猪は両肩から流血した……。虎は、攻撃やその後の回避のたびにバランスを崩したり着地に躓いたり、あるいは柔らかい砂に足を取られたりしていた。これを好機と見て、驚くべき速さで理解した猪は、真っ直ぐ虎に突進し、そして、その剃刀のように鋭い「牙」を虎の腹に突き立て、何度も何度も切り裂き、その驚くほどの力と凄まじい体重によってその刺突の威力を最大限に高めた。この上ない骨折りで、虎は何とか猪から逃れることに成功した。……腹が裂け、内臓の多くが垂れ下がっていた。その内臓を引きずりながら彼は土手に向かってのそのそと歩き、そこに上って棘のある低木の中に姿を消した……。

これほど強い獲物のみならず、他の捕食者もまた、身を守ることのできない手負いの虎に容赦しない。豹、狼、ナマケグマ、野犬ですら、手負いの虎にとっては脅威となる。時には健常の虎にとってもだ。先に登場した虎ハンターのケネス・アンダーソンはかつて、野犬の群れ――全部で三〇頭近くいた――が雌虎を追い立て、最終的に寄って集って殺してしまうのを見た。だが虎の方も死ぬ前に死力を尽して「ぴしっという鋭い音」と共に一頭の背骨を折り、さらに五頭を爪の餌食にした。

これら全てが、チャンパーワットの虎にとっては深刻な問題となっただろう。事実、それは依然として信じられぬほど狂暴な怪物であり、ものの数秒で人間を殺すことができる。だがホモ・サピエンスを屠ることと、自然界で最も大きく最も狂暴な動物を相手にするのでは話がまるで違う。ライヴァルたちや狂暴な雄を相手に縄張りを守れなくなり、通常の獲物の多くも倒せず、また他の捕食者を追い払うこともできなくなったその虎は、重大な生存の危機に直面していた。本来の生息域を追放され、その向こうの人間の領域で手に入る限りのものを喰うために、彼女は新たに二本足の獲物を狩るようになった。問題はただ一つ――マラリアのお陰で、タライにはまださほど人は住んでいないということだ。不在地主による伐採や農業によって風景は間違いなく人間の方に変り始めていたが、タルー族の居住地もまだぽつぽつと、広域に広がっていた。つまり、人間以外の獲物をほとんど喰わない虎にとって、ここは最高の狩り場でもなんでもなかったわけだ。

だがさらに北を目指せば、湿地性で平坦なジャングルが、峨々たる高山となる。マラリアの脅威は遙かに少なく、人間の居住密度も高い。頂にも谷にも山岳民族パハーリ族の村々と段々畑が点在している。至るところに人目に付かない繁みが豊富にあり、身を隠すのも簡単だ。正気の虎なら、うるさい街の郊外だの、ネパール中腹の鹿もいない森だのを住処とはしない。だが、他に行く宛てとてないのだ。この世界で生きていくためには、慣れ親しんだタライの大蒲や沙羅を永遠に棄て去らねばならない。実際、生存は他の場所、霧の掛った山上にしかない。一世紀以上を経た今でも、われわれはその道のりを想像することができる。徘徊、潜伏、狩猟を繰り返しながら、草原を抜けて北へ、バイタダの古代の石像を過ぎ、ダイジの辺境を通り……それから、シワリク山脈の最初の登り坂。新鮮な肉を求めて、虎の金色の眼は閃く。最初の尾根に上ると、内マデシ渓谷への下り坂。身を隠すものは増えるが、依然として途上、喰える人間は少ない。そこで虎は進み続ける、耳を欹てて人間特有の音を聴く。鼻孔は拡大し、人間の臭いを嗅ぐ。すぐにまた登り坂。重厚なオークや毛羽立つ松の木立を辿り、マハバラト山脈の頂へ、そこはまさに、ヒマラヤの入口……。

そして遂にチャンパーワットの虎はそれを見つけ出す。自分だけのニルヴァーナ。ダンデルドゥラ郡の重畳たる山懐に押し込められたルパール村。人間を狩るには最適の場所、そしてこの虎には、もはやそこを去る理由は——少なくとも自然的な理由は、何もない。かくして、死の天使のように、それは谷に舞い降りる。

——

今日においても、ルパール村を上から俯瞰すれば、厳然たる事実が浮かび上がる——この村は、ほとんど文字通りに、絶好の狩り場だ。衛星軌道上から見れば、人口密度の高い、ベージュの家や農地が立ち並ぶ爆撃目標であり、周囲を急勾配の緑の丘と、びっしり樹の生えた雨裂で囲まれている。ネパールにおける、チトワン以外の場所で記録された最近の虎襲撃事例から判明しているのは、「成功を収めた」人喰い虎――捕獲されることなく、定期的に殺人を続けたという意味だが――のほとんどは、村境で人間を攫い、そのまま木の茂った急勾配の雨裂へと素速く引きずり込むという技法を身に着けていたということだ。そこに逃げ込まれると、ハンターが追跡しようにもしようがない。かくして、人喰い虎は邪魔されることなく殺害を終え、止めようとする者を避けることができる。

ルパール村でも、虎はその通りに行動したらしい。人口の多い山間の居住地、しかも周囲の全てを樹木の多い渓谷に囲まれたこの村では、虎は文字通り、全方位から襲撃できる。村人は常に怖れ、心の安まる時がない。周囲の全てを取り囲まれているから、逃げ場がないのだ――それでもなお、畑には出る、薪は集める、そして村境で餌は集める。その全てに虎襲撃のリスクがある。何しろ相手は樹木境界線から急襲し、首を咥えてかっ攫い、雨裂の暗い奥地へと行方をくらます技法を心得ているのだ。人喰い虎にとって、これほど理想的な状況で人間を攫うことは、樽の中の魚を撃つようなものだっただろう。

かくして、ついにチャンパーワットの虎の行程の謎が解けた。普通の虎にとっては、急勾配で岩だらけのネパールの中腹など、理想の生息域とは程遠い。低地のタライの方が遙かに快適で、獲物も多く、交尾相手との出会いもある。だが、自分の縄張りを確立する見込みが限定され、しかも自然の獲物を捕まえることのできない、普通でない虎にとっては、タライはもはや十分ではなかったのだ。妥協して人喰いとなった虎にとって、タルー族の疎らな居住地の人間だけでは身が持たなかった。さらに、減少する生息域を巡る同種との争いが増える一方とあっては、ライヴァルの虎相手に自らの縄張りを守ることもできなかっただろう。一方、北の山はまさにチャンパーワットの虎の求めるものを提供してくれる

――餌となる人間で一杯の、手つかずの領土だ。この虎が故郷を遠く離れて、聳え立つヒマラヤ山脈のルパール村の外れを徘徊するようになったのは、偶然でもたまたまでもなかったのだ。何にせよ、虎は知能の高い多才な捕食者であり、環境と獲物に合わせて狩りの戦略を変えることができる。チャンパーワットの虎がこの場所を選んだのは、それが彼女の新たな狩りの様式に役立ったからだ。つまりそれは事実上、戦略的選択だった。そして戦略としては、極めて効果的なものだった。

というか、効果的すぎた。この虎は何年にも亘って賞金稼ぎやプロのシカーリを躱し続けたために、遂にその週当りの犠牲者数は、何らかの抜本的な手段が必要なまでになってしまった。誰がその決断を下したのかについては、話によって見解の相違がある。ジム・コーベットによれば、チャンパーワットの虎は「二〇〇人を殺した後、武装した一群のネパール人」に狩られた。以後、多くの歴史家はその見解に乗っかり、それはネパール軍の部隊だったとか、政府に属するシカーリの幹部連が事態終息のために投入されたのだとか推測した。村人たちは武器など持っていないので、外部の者を編成して狩りに参加させる必要があっただろう。もしそうなら――そして特に、虎狩りではよくあるように、象部隊の大規模投入があったのなら――少なくとも何らかの政府の介入があったに違いない。もしかしたら、当時権力の座にいたラナ家の首相、チャンドラ・シュムシェル・ジャンガ・バハドゥル・ラナ直々の命令だったのかもしれない。何にせよ、ルパール村はラナ家のお気に入りのタライの狩り場から僅か二日の距離であり、何百人もの村人を殺している流亡の虎というのは既に興味深い話題になっていたかもしれない。時折現れる人喰い虎の話は前代未聞でも何でもなかったが、たった一頭で二〇〇人も喰ったとあらば、話は全く違ってくる――前代未聞の災厄には、前代未聞の対策が必要だ。言わば、武力の誇示が。

尤もな話だ。だが、ナラ・バハドゥル・ビシュトの話とは少し食い違う。ビシュトはピーター・バーンの取材を受けたネパールの老紳士で、この襲撃事件の当時、ルパール村にいた少年だった。彼の記憶によれば、ラナ家は村人の嘆願には耳を貸さず、どのような請願書を送っても黙殺されたという。その結果、チャンパーワットの虎に止めを刺すための大規模な山狩りは主として草の根で組織されたというのだ。つまり、どこからも助けは来ないと悟った村人たちが、自ら山狩り部隊を編成し、二〇マイルの範囲にある全ての村から千人の男たちを徴集、次なる襲撃に備えたのだと。このようなシナリオは確かにあり得る話だが、ビシュト自身、一九五一年の革命——ラナ家の支配に終止符を打った反乱——以後、二〇世紀後半のネパールに根強くあった反ラナ感情に影響されていたことも大いにありうる。革命の余波の中、部隊を編成したのは人気のない指導者ではなく、一般大衆だったのだと信じたい気持ちは大いに理解できる。

真実はどうもその中間らしい。どの話を見ても、それに続く山狩りは極めて大規模であり、兵站的にも万全のものだった。手を伸せば届く距離を歩き、できるだけ大きな音を立てるのが仕事の勢子が、地元の志願者だったというのは大いにあり得ることだ。そして彼らが、狩りを要請し兵站を組織した村長の統率の下で動いていたということも。一方、象や武装したシカーリ、兵士などは、たとえラナ家自身でなくとも、少なくとも政府高官の認可のもとに動いていたはずだ。ハッティサルが王家の訪問の合間は概して半自治的なものであったことからして、狩りの訓練を受けた象が、少なくとも地元の役人の暗黙の了解の下に徴集されていたと考えるのは全くあり得ないことではない。

出来事の詳細については、近年にはこれと比較できるような虎狩りの記録はない——ネパールでは一九七二年以来、虎狩りは禁止されており、それ以前の数十年間、王族が写真や映像の撮影を許可することは滅多になかった。とはいえ、より古いネパールの狩りに関する記述、そして麻酔銃を使った近年の虎の捕獲については、写真によってそれが如何に印象的なものであったかが窺える。

まず第一波として、最後の殺人が行なわれた場所に向かって、木立の中へ千人の勢子が――その多くは間違いなく、その虎に愛する者を殺された――全員で肺の限りの大声を出し、曲ったククリ刀をがちゃがちゃ打ち付けながら、虎をおびき出そうとする。その背後に、背に武装したシカーリを乗せ、毛を逆立てた歴戦の象部隊が、雄叫びと地響きを立てている。真面に踏み潰されれば、さしもの虎とてひとたまりもない。そして最後に、殿に控えるネパール兵の大部隊、すなわちライフルを抱えたグルカ兵、百戦錬磨にして殺る気十分な強者たちが、虎が第一陣を突破した場合に備えている。本物の軍隊がチャンパーワットの虎を始末するために召集され行軍してきたのだ。餌として渓谷を引き連れてきた山羊か水牛の仔を遣い、虎の居場所をじりじりと包囲していく。そしてルパール村の地勢からして、彼らの次の戦略を推し量るのは難しくはない。村の周囲は全て峻険な山と雨裂で取り囲まれている。タライの低地で行なわれていた伝統的なネパールの「リング」には適さない。しかし、谷から西へ出てシャルダ川へ通ずる出口がひとつだけある。この人間と象から成る部隊でU字陣形を作り、巨大な鋏のように徐々に虎を囲い込んでいけば、最後には虎をこの狭い道に追い込み、それから川の峻険な土手に追い詰めることができよう。たぶん、その通りのことが起こったのだ。

この虎のネパールでの最後の瞬間を再現する試みにおいては、たぶん幾許かの憐れみを憶えずにはいられないだろう。既に人間の銃弾によって肉体も本能もずたずたにされていたこの野生の虎は、全く出し抜けに、囂々と流れる川の上の崖に追い詰められ、為す術とてない。眼は泳ぎ、心臓は肋骨の下で半鐘のように打つ。森の中の幽かな蹄の音を、あるいは長い草を通る毛皮の音を聞き取るために設計された敏感な耳は、千人の男たちのわめき声、百挺のライフルの銃声、何十頭もの象が放つ咆哮、全てが渾然となった轟音に圧倒されている。岩の縁にさらに一インチ躙り寄る。爪は虚しく地を掴むが、あと一歩近づけば墜落は必至。だが彼らが森を突破し、象の上に立ち上る煙、足下で粉砕される小石を目の当りにした時、虎は知る、何をどうしようと、ただ一つの希望は川の向こう側、その見知らぬ地への脱出だけだ。咆哮と跳躍。虎は落下する。オレンジと黒の縞が灰色の岩石を背景に躍る。シカーリの一番隊が崖に到達した瞬間、それは水飛沫と共に姿を消している。彼らは遙か下の逆巻く水に向かって銃を撃ちまくる。そして遂に濡れ鼠となった虎が、川の向こう岸に姿を現した時も、まだ撃ち続けている。だが時既に遅し――数秒も経たぬ間に、それは姿を消している。インドに。クマーウーンに。

全く新しい狩り場――そしてハンター――が、それを待ち受けている。

第二部　インド

第4章　ファウナの精華

エドワード・ジェイムズ・コーベットが初めて、後にチャンパーワットの虎と呼ばれることになるものの話を聞いたのは一九〇三年のこととされている。当時の彼は著名な虎の関係者でも人喰い虎の追跡者でもなく、何ならインド帝国騎士団員でもなかった。彼は二〇代後半の、単なる下っ端鉄道員で、高卒のアイルランド人郵便局長の息子だった。その話が出たのは友人のエディ・ノウルズと共にマラニの森でのハンティング旅行中。このエディは、コーベット曰く「人生のありとあらゆる最高のものを所有する大変な幸運に恵まれた極少数者の一人」。コーベットとは違ってノウルズは特権階級の出身で、インド軍内でもまた植民地社会でも高い地位を誇っていた。これが英国なら、今コーベットが参加しているようなマラニ旅行など考えられなかっただろう――ヒンドゥ教徒と同様、イングランド人にもまた彼ら独自の古えよりのカースト制度がある。そして「射撃」は貴族だけに許された儀式なのだ。ノウルズのような青い血の者は、コーベットのような辺鄙な田舎出身の「田吾作《カントリー・ボトルド》」鉄道員風情と歩調を合わせ、家門の地所をハイツイードで歩いているところなど、死んでも見られたくないところだろう。だが、ここはインドであってイングランドではない。そして植民地生活の移ろいは、社会階層の境界線を流動的にしていたのだ。

友人たちにはもっぱら「ジム」と呼ばれていた彼は、勤勉な家庭出身の極めて人好きのする奴で、出身は卑しく将来の展望もないが、その辺り一帯では知らぬ者はなく、そしてみんなに敬愛されていた――イングランド人にも、インド人にも。それ以上に、彼は好奇心の人だった。定住植民者としてクマーウーンで生まれ育った彼は、二つの異なる世界のどちらでも寛いでいられる稀な人間の一人だった。クマーウーン語で駄弁るのも「クィーンズ」で話すのも同じくらい気楽だったし、ジャングルで水鹿を追いかけるのもハイ・ティーでブリッジするのもどちらも楽しい。当時のヴィクトリア朝文学は「野生児」だの「高貴な野蛮人」だのといった観念、特にターザンやホークアイなど、ヨーロッパの血筋を持つそれに取り憑かれていた。人生のほとんどを土着のシカーリと共に地元の森で偵察やハンティングに費やしたジム・コーベットのような男の中に、エディ・ノウルズのような裕福なブリトン族は間違いなく、こうしたロマンティックな観念の具現化を見たのであろう。コーベットは豹のぐるるるという唸り声や虎のしゅーっという威嚇の息を、ディナーパーティの全員を慄え上がらせるくらい正確に真似ることができた。水浸しの森で獲物の足跡を追う彼の能力は、最高に鋭敏なブラッドハウンドさえ顔色なからしめた。詮ずるところ、インド北部の苛酷な辺境では、ノウルズのような植民地エリートにとってすら、ジム・コーベットは友人にしておくのに都合が良く、面白い人物だったのだ。そして何より、ことハンティングとなれば、コーベットは射撃の名手としてその名を広く知られていた。

最初にその話が出た時の状況は想像に難くない――フィールドカーキに身を包んだ二人の若者、その折目にうっすらと汗の染みができはじめ、物憂げに鳥打ち銃を肩に担いでいる。コーベットは痩せてはいるが筋肉質、ちょっとシャイ、ノウルズもほぼ同様。両者は遙かイングランドの言葉と様式を共有しているが、コーベットは少し違っている――表情の背後に抜け目ない閃き、眼の隅にケルト的な煌めき。

早すぎる薄毛とすらりとした体格にもかかわらず、彼には一種のタフネス、底知れぬエネルギーがあった。困難の何たるかを知った肉体、不撓不屈の肉体であり――そしてまた、以前のハンティングに同行した経験から、ノウルズはその肉体がトラップのように即時に発動することを知っている。だがこの日は終始愉快な一日で、二人の友人たちはやや気楽に構えている。午後の陽射しは、彼らの探索を暢気な散歩に変えた。道々、二人はハンティングの四方山話を語り合う、コーベットの言う「シカーリの駄法螺」だ。そして例によって、ノウルズはとっておきの話を持っている。たぶん、英国の高官らと酒を呑みながら猪狩りをした話、あるいはマハラジャたちと共に象の上からトリックショットを決めた話――コーベットはその全てに礼儀正しく、だが超然とした興味を以て耳を傾ける。この友人にとってはハンティングは完全な気晴らしであり、楽しいアドレナリンと応接間の戦利品の源泉に過ぎない。だがコーベットにとっては、それは早死にした父に代って家族を養う手段のひとつだった。一五人きょうだいの一人としては、テーブルに肉を置くことは実際、大変な仕事だった――青春のほとんどは、兄たちとカラダンギやナイニタールの森で食料を探して過した。それでもコーベットはこの友人の話を聴き、合間に相づちを打つ。見え見えの話によそ事を考えている時も。

だが、ノウルズは突然虎を持出した。特に一頭の虎に、コーベットは驚いた沼鹿のように耳をぴくりと欹てた。二〇〇人？　あり得ない数だ。思わずノウルズに聞き返す。ノウルズはその数字を確言し、これまでの話の概略を語った。ネパールで二〇〇人だ、多少の増減はあるにしても。しかも、あの勇猛果敢で知られるグルカ兵の部隊ですら、それを止めることが出来なかったのだ。ただ川に追い詰めて、クマーウーン方面に追い払っただけなんだ、と。当然ながら、コーベットとて人喰い虎の話は聞いている――英国支配下のインドで、聞いたことのない者がいるだろうか？　だが、これほどの大量殺人は初耳だ。その虎は、東の国境全域に大惨事をもたらしたという。彼らは賞金を懸け、シカーリを雇った――アルモラの軍隊まで派遣した。

だがノウルズは、その怪物の命数はもう尽きている、と確信している。曰く、政府は既に、この仕事に最適な人物を送り込んだ――彼自身の義兄である森林局のB・A・レブシュ、世界最高の虎シカーリだ。事実、彼らはまさにこの時のために彼を選んだのだ。

――

ジム・コーベットは虎の咆哮が谺する場所で生まれ育ち、発育期を地元のシカーリと共にカラダンギのジャングルを駆け巡って過して、自らも熟練のハンターとなった。文字通り、この巨大なネコ科動物は自家薬籠中の物である。実際、このデカすぎる捕食者と渡り合ったことは一度や二度ではない。消せない傷痕も付けられた。子供の時、父の死から暫くした頃に、森の中を一人で歩いていて、真面に巨大なベンガルトラに出くわした。プラムの繁みから彼を睨み付けていたのだ。爪を一振りすれば、その虎はいともやすやすと少年コーベットを食材にもできただろう。だがそうしなかった――その射貫くような黄金の眼で、好奇の眼差しで彼を見つめ、それから背後の森へと消えたのだ。忘れられない体験だ。

だがコーベットは、虎に関する造詣の深さこそ卓越してはいたが――それにかけてはおそらく当時のインドにいた全てのヨーロッパ人を凌いでいたが――ほとんどの英国人とは違って、虎を狩ることに興味はなかった。彼はこの頂点捕食者を、カラダンギとナイニタールで共に過した地元民と同じく、畏怖と尊敬の入り混じった感情で見ていたのだ。「森羅万象の中の虎の機能は、自然の均衡を保つことである」と後にコーベットは書く、「そしてもしも、恐ろしい必然に駆られるという稀な機会に、もしくはその自然な食料が無慈悲にも人間の手で絶滅させられた時に、虎が人を殺すとしても……これらの行為のゆえに、虎全体が残酷だとか、血に飢えているとか決めつけられるのは公正ではない」。彼にとって、インドの虎は「そのファウナの精華」であり、一九〇三年にノウルズと最初の重要な会話を交した時点ですら、彼は既に知識において遥かな高みにいた。

ジム・コーベットは若い頃、数え切れないほどの夜を辺境の小径を彷徨って過し、星空の下を褥としてきた。麓のパハーリ族とも平地のタルー族とも交わって暮した。後者は毎日、虎と共に草を刈り、薪を集めていた人々だ。彼は虎が自然の精妙な天秤を頂点から保つのに果している役割を知り抜いていたし、彼らの気性や能力について、何の幻想も抱いてはいなかった。コーベットはヒンドゥ教徒でもなければタルー族でもない。だが動物に関する彼の記述の中に、彼は何か全能なもの、神聖とも言えるようなものを見出していた。つまり彼は、森と真に共生する者にしかできないような形で理解していたのだ、森へ足を踏み入れることとは別の支配者の王国へ入ることだと。インドのジャングルでは、虎は究極の支配者である。それは彼が初めてその輝く黄金の眼と初めて遭遇した時に学んだ経験だ。

当時のインドにおける英国人植民者の間では、このような洞察は比較的稀少であったとは言え、虎の聖性——実際には虎の必然性——は、古代以来、この亜大陸の信仰の一部だった。紀元前四〇〇年頃にインドで初めて書かれた——というより、実際には碑文に「彫られた」だが——偉大なサンスクリット語の叙事詩『マハーバーラタ』に、次のような一節がある。

虎の棲まう森を切るな、森から虎を追い出すな。森なくしては虎は滅ぶ、そして虎なくしては森は滅ぶ。ゆえに、虎は森を見守り、森は虎を守らねばならぬ。

虎を一種の霊的守護者と見なすこの認識は、ヒンドゥ教の宇宙論の深層に埋め込まれ、ヒンドゥ教の宗教文書を通じてさまざまな形で再現される。インダス渓谷の古代文明にとって、虎は至高存在の駆使する有能な乗物であった。この世界から悪と暗黒を駆逐する役割を担う戦女神ドゥルガは、悪霊と戦う際にはほとんど常に虎に乗った姿で描かれる。インドで森を崇拝する人々の間では、彼女の守護者としての役割は霊的守護者であるボンビビ、あるいはバン・デヴィという形を取る。いずれも虎に乗り、悪の諸力から自らのジャングルの王国を守る。樵夫や蜂蜜採取人は何世紀も前から常に、特に彼女に帰依し、野生動物からの守護を願ってプージャの献げ物を行なう伝統がある。

人間と虎との絆は、単なる象徴ではない――多くのインドの創造神話によれば、それはまた文字通りのものでもある。北東部の州ナーガランドに発祥する伝説によれば、人間と虎は同じ母から生まれ、穿山甲の巣穴から霊として出現した。ボンベイ北部に住むワルリ族の間では、虎神ヴァガデーヴァに献げ物をすること無しに、結婚式も田植えもできない。この神の祝福は生産的な行為に不可欠の一部であると見なされていたのだ、農業でも、子作りでも。これら全ての場合において、虎は外界の敵ではなく、大地の豊饒と安寧を守る自然の同盟者として現れる。彼らの力は尊敬すべきものであり、もしも可能なら、生と死、光と闇の力の均衡を保つ手段として活用すべきものである。虎なき世界は空虚であり、悪疫の場であり、横倒しになった地である。

強力かつ永遠なる神々と虎との密接な関係に鑑みれば、多くのインドの王たちが競って虎の象徴を採用したのは何の不思議もない。紀元前三〇〇〇年に遡るハラッパー王朝の玉璽には紋章化された虎が記されており、自然の諸力と王令との間に儀式的な繋がりを取り持っていた。幾つかの王族、例えば八五〇年から一〇一四年までインド南部の大部分を支配したタミール族のチョーラ王朝は虎を自らの公式の紋章に採用し、コインや旗の図案に用いた。ベンガルトラは多くの王のために、当時はまだ多くは未開拓の荒野であった国土の各地への象徴的な死者の役割を担った。七世紀にインドを旅した唐代の訳経僧玄奘三蔵は、この果てしなき国を「色濃き密林と森林に覆われ、周囲には川が流れ、霊力に満ち満ちている」と述べている。つまり人間の集落は疎らで、虎たちが栄えていたということだ。王の権力の投影として、虎は全能であり、遍在していた。一八世紀に至っても、マイソールのスルタンは全身虎の縞を纏い、「虎は神なり」と宣言する旗を敵に見せつけた。

　インドの多くの領域を支配した全ての王朝の内、虎と最も昵懇な関係を持ったのはムガール帝国である。一五二六年から一八二七年まで、中央アジアに起源を持つこのムスリムの王朝は、最盛期には現代インドのほぼ全てを版図とする帝国を支配した。そして競技者として、かつ野心ある帝王として、ムガールは早くから王家による虎狩りの儀式的な重要さを認識していた。狩り自体は古代から存在していたが、各地で徴集された勢子、豪奢な野営地、宝石で飾られた象などを伴う、真の意味でのインドの狩猟《シカール》を確立し集大成したのはムガールである。ムガールは鷹狩りからチーター追いまで、あらゆる形態の狩猟を楽しんだが、由緒正しき虎狩り《バグー・シカール》は常に、王の権威をこの上なく明瞭に示す手段であった。帝国各地の王室狩猟場を巡幸して催行される贅を凝らした虎狩りには、外交的、軍事的、さらには宗教的機能まで担っていた。地元の村人を勢子として、村長を責任者として組み込むことで、遠く離れた属国との間に協力的な同盟関係を築くと同時に、その同盟が崩壊した場合のために彼らの軍事力を見せつけることにもなる。最終的に虎――インドの砦の主――を殺すことで、彼らは儀式的に、政治的食物連鎖の頂点という自らの地位を強調する。

当初、ムガールのバグー・シカールは虎の個体数やその生息域にはほとんど影響を及ぼすことはなかった。幅広く分散する森を巡回して催行される上、主として用いられる武器は弓や槍であるため、これらの狩りは虎の個体数を激減させたり地域の捕食者を駆逐したりするほどのものではなかったのである。実際、虎は王家の貴重な所有物とされ――それを狩る権利を持つのは王とその太守のみ。その彼らとて種としての生存を脅かすような規模でそれを行なうことはほぼなかった。一六〇五年から一六二七年まで帝位にあったジャハーンギールのような狩り好きですら、持続可能な割合で獲物を殺していたとされている。帝位に就いてからの一二年で、彼は八六頭のライオンと虎を殺したとされている――確かに大した数だ。だが一年あたりで換算すれば、平均七頭ということになる。狩り場を定期的に変える限り、その地の虎の個体数は容易に補充できるだろう。ジャハーンギールのようなムガール王は、虎に畏敬の念を抱いていた――自らの領地に虎が棲むことにこの上ない価値を置き、虎狩りの伝統に大いに誇りを抱いていた。領土全体の虎の健全な個体数の保全は単なる家訓の類いではない――インドの王としての責任なのだ。

インドの――そして虎の――未来は、ヨーロッパ商人の到来と共に永久に変ってしまった。アジアの香辛料と絹は、既に中世から富裕なヨーロッパ人に買い求められていたが、一五世紀ともなると、シルクロードのぼったくり商人から買うのに嫌気が差して、中間商人の排除を積極的に求めるようになっていた。だが、クリストファー・コロンブスがインド諸国への航海という企てに失敗した――宿命的な失敗ではあったが――一方で、バスコ・ダ・ガマはそれに成功し、一四九八年にはポルトガル人の船乗りがアフリカの喜望峰を回り、インドのマラバル海岸にあるカリカットの港に到達していた。イングランド人もこれに続いた。一五一一年には国王ヘンリー八世は既に、「インド諸国は発見された」と宣言し、貿易のために「我らの活動をそちらへ向ける」ことを王に促す商人たちの嘆願書を受け取っていた。とはいえ、最初の深刻な侵略が行なわれるのは一六世紀後半である。一五八三年、三人のロンドン商人――ラルフ・フィッチ、ウィリアム・リーズ、ジェイムズ・ストーリ――がに東に向けて出帆した。船の名は適切にも、Ｔｙｇｅｒ号。トリポリで下船した彼らは、亜大陸までの残り三〇〇〇マイルを徒歩で踏破した。途上、彼らは「ありとあらゆる香辛料に薬物、絹と絹織物、象牙と数多くの陶磁器、多くの砂糖」を見つけた。だが、砂糖と香辛料だけではない――ラルフ・フィッチがインドの深い森の中に発見したものは、虎を含む猛獣であった。彼の知る何ものとも似ていない捕食者であった。

インドに関するフィッチの話は、故国の人々の想像力を掻き立てた。クリストファー・マルロウのような劇作家は、船乗りたちが「船に黄金と宝石を山と積む」と夢見、ジョン・ミルトンは「大ムガルのアグラとラホル」の伝説の富者を歌った。このような物語はイングランドの吟遊詩人たちの心に浪漫を呼び起こす一方、商人はそれを金袋と見なした。フィッチの物語はロンドンの特に野心的な商人の一団を駆立て、彼らは女王エリザベス一世に、国の宝箱を富ませる美味しい申し出をした。女王は了承し、一六〇〇年、新たに設立された東インド会社に特許状を与えた。これは彼らの会社を、英国と東洋の富裕な商港とを結びつける主要な窓口と認めるものであった。当初、彼らの関心は香料諸島に集中していたが、オランダとの葛藤の結果、やがてその目はインドに向けられることとなる。かくして侵略が開始され、一六一二年までに東インド会社はムガール皇帝ジャハーンギール――あの伝説の狩人にして、虎の愛護者――に、スーラトの港での商売の許可を認めさせた。この商売上の小さな譲歩は、この時点では特に大したものとは思われなかったかもしれないが、その効果はその後数世紀に亘って甚大なものであることが解る。そんなことは露知らぬまま、ジャハーンギールはインドにおける英国植民地時代の始まりを助け、迂闊にも彼自身の王朝の破滅に調印してしまったのである。カルカッタを植民地の首都として、この大胆不敵な英国人たちは――東インド会社の庇護の下――インドにおける事業を拡大し始めた。まずはムガールのホストと共同で、後にはこれを公然と無視して。

次の世紀には同社の権力は段階的に強化され、土着の支配者たちとヨーロッパのライヴァルたちの間に緊張が高まった。この緊張は一七五七年、プラッシーの戦いにおいて頂点に達する。同社の私兵が、土着ムガールの太守とフランスの連合軍を戦場で撃破し、その結果、ベンガル全土を同社が直接支配することとなったのだ。その後、インド土着の法律の見せかけ上の遵守は、少なくとも亜大陸の東側においては、事実上排除された。ベンガルの拠点から、東インド会社はそのヘゲモニーを西へ、南へと拡大し、一八世紀末から一九世紀初頭にかけて、残る全インドを手中に収めた。従順な地域は「藩王国」として存続を許されたが、反抗的な地域は情け容赦なく武力で弾圧された。英国人の役割は根本的に変った。彼らは最早、ほどほどの利益のみを追求して事足れりとする異国の商人ではなかった――今や、彼らこそが新たな支配者となったのである。地球の裏側にある小さくじめじめした吹きさらしの島が、東インド会社を通じて、全く与り知らぬ広大で複雑な亜大陸を統治することとなったのだ。暴力と狡猾さの両方を駆使して、英国人はムガールを簒奪し、インドの大半を支配する権力を手に入れた。残された課題は、どのようにそれを行使し、維持するかだ。

その解決策は、インドの弱小貴族との飴と鞭式の協力関係だった。特に、忠誠および貢税と引き換えに領土の維持を許された地方の藩王と、これを監督する英国人総督の間のそれである。このようにして、地元のマハラジャは自らの臣下を支配し、日常の行政事務を継続することを許されたが、一方英国総督には、各藩王国を監視し、会社の利益の拡大を確実にする軍隊の後ろ盾が付いていた。次にこの協力関係はインド人と英国人植民地エリートの間に、両者が共有する文化的空間を生み出す。互いの貴族的伝統の交換も珍しくなくなった。マハラジャの子供たちはクリケットの遊び方を習い、オクスフォード・イングリッシュを話した。一方英国の公使たちは聳え立つ象に乗ったりジャングルの保護区での贅沢な狩りを気に入るようになった。この交換の中で生まれたのが、植民地式虎儀礼である。

植民地式虎狩りに関する最初の記述は、一七八四年四月付のサー・ジョン・デイの書簡である。彼が初めて虎と遭遇してから数十年の間に、このような組織化されたシカール遠征は裕福なブリトン人にとっては一般的なものとなっていたが、彼の書簡の時点ではそれはまだ極めて新奇、かつ「エキゾティック」なものだった。以下に、デイによるこのビッグ・イヴェントの記述を引用する。それはベンガルはチンシュラ近郊のガンジス川岸辺で行なわれたという。

事の次第は斯くの如く、思慮深く整えられた。天幕は前日に送られており、野営は我らの企てを目にする密林から一哩《マイル》半の場所に拵えられた。そしてこの密林には、生い茂る長い草と葦の繁みが多くの場所で高さ一五呎《フィート》に達している。今朝一時、召使いとあらゆる飲食物を積んだ三〇頭の象が出発した。……われわれは各自の象に乗り、密林へと進んだ。

途上、われわれはありとあらゆる獲物を見た。兎、羚羊、野猪、野牛。だが何であれ、かの獰猛にして堂々たる獲物からわれわれの眼を逸らすものはなかった……。

密林を過ぎて五〇〇碼《ヤード》も進まぬ内に、左に「Baug、baug、baug！」との馴染の叫びが上がる。「虎だ！」を意味する叫びである。これを聞いてわれわれは向きを変える。そして新たな列を組み、巨大な密林に入る……最初の銃声で、情景はそこにいた歴戦の虎狩人らが、これまで見た中で最高と褒めそやすものを提示した。五頭の成熟したロイヤル虎が現れた……彼らは同じ密林の中の新たな隠場に身を屈めた。全てに印が付けられた。われわれは追いかけ、半月の列を作る。密林の両端を囲むように。中心には輿付の即ち盛装した象がおり、射撃の名手と、彼らを慰め励ます御婦人方が乗っている。

ゆっくりと、慎重に、第一の虎がいるところに近づくと、虎はわれわれが直ぐ傍に迫るまで動かない。すると、雷鳴の如き咆哮と共にわれわれに跳び掛ってきた。象は直ちにとって返した……だが五〇碼ほど逃げたところで踵を返し、再び虎が居座っているところに迫った。密林の外れへ向かって、虎はまたしても駆け出し、三人の現地人の乗った象の横で跳躍し、一撃で彼らが座る当て物の一部を切り裂いた。騎手の一人は恐慌に駆られて落下した。しかるに虎は、敵が大挙しているのを見て取ると、激怒しながらゆっくりと隠れ家へ戻った。印を付けられたままその場所に蹲る。射手長の、良く狙いを付けられた重厚なる弾丸が放たれた。そこに殺到したわれわれは暴れ回る瀕死の虎を見た。虎は唸り声を上げ、泡を吹きながら息絶えた。

われわれはさらに他のものを探して進んだ……似たような状況で、全て殺した。しかしながら、最も年嵩で獰猛なものは、初めからいたが、極めて聡く、修羅場を逃れ、国内の他の場所へと脱出した……。

追跡は終り、われわれは意気揚々と野営地へ引き上げた……。


サー・ジョン・ディの手記が示す通り、伝統的な王族の虎狩りの要素の多くが新参者の植民者に着服されている——実際、イングランド人が採用した技法は、ムガールの先達のものとほとんど変らない。両者は同じハウダーに座り、同じ象に乗り、同じ地元のシカーリが案内人として仕えている。そして同じ村人たちが徴発され、虎を藪から追い払う役目に就かされる。狩りの調度は同じく華美に飾り立てられ、軍事力に関するあらゆる含意もそのまま、そしてムガール時代さながらの儀礼的意味も帯びている。だが抜本的な違いは、その儀礼の意味するところだ。虎の持つ意味は英国人にとって、ムガールやその他のインドの支配者にとってのそれとは異なっている。

前者にとって、この動物の儀礼的屠殺は新たな意味を帯びている——そして虎自体、地元の叛逆の意味を担うようになっている。例えば「ティプーの虎」である。これはかつて、反抗的なマイソール藩王国の支配者だったティプー・スルターンが所有していた人気のある機械仕掛けの実物大の虎である。多くの隣人たちとは異なり、ティプー・スルターンは東インド会社に降伏することを拒否した。獰猛なまでにプライドが高く――実際、スルターンは自ら「マイソールの虎」と名乗り、この獣を自らの公式の紋章としていた――自らの領土への英国の侵略を許さず、あるいは如何なる形であれ彼らとの同盟も認めなかった。それは勇気ある戦略ではあったが、成功はしなかった。スルターンは第四次マイソール戦争に敗れ、最終的には英国軍が彼の宮殿に殺到した。そこで彼らは奇妙な、この上なく不穏な光景を見た。一七九九年の東インド会社の文書には次のように記されている――

楽器に充てられたとある部屋に……特に注目すべき品があった。これまた、英国人に対するティプー・サイブの深き憎しみ、極度の嫌悪の証拠である。これは機械仕掛けのこの上なく興味深い珍品で、ちょうど実物大、ロイヤル虎が横たわったヨーロッパ人将校を喰うところを表している。動物の体内には、本位の音を出す鍵盤がある……これは苦悩する人間の声と、それに混じる恐るべき虎の咆哮を出す仕掛けである。この機械の仕掛けは、この極悪な音楽が奏でられている間、ヨーロッパ人犠牲者の手が上がり、頭は痙攣したように後に仰け反って、その無力な、悲しむべき状況を表現する。機械の全体は木で作られ、ティプー・スルターン直々の注文と指導によるものである。彼は午後、この嘆かわしき象徴的勝利で楽しむことを習慣としていた……。

この不気味なオルガンを持つ機械仕掛けの装置は、実際の出来事を模している――前回のマイソール戦争の際にティプー自身の父を破った英国の将軍の一人息子であるヒュー・マンロウが、一七九二年にベンガル湾で友人たちとハンティングをしていて、虎に喰い殺されたのだ。だがこの虎の記念物としての側面は、その象徴的なメッセージの影に隠されてしまっている。そのより大きなメッセージは、たまたまそれを見つけた英国兵にとってもあからさまだった。勝利の虎が表すものは、現地に生まれたインド王が生まれ持つ頑強な獰猛性に他ならない。彼はその神権を揮って異国の侵略者を撃退しているのだ。これに対して泣き叫ぶ英国士官が表しているのは――まあ、泣き叫ぶ英国士官でしょうな。ティプー・スルターンはこの紋章、すなわち虎を、英国に対する彼自身の抵抗の投影として使用していたが、英国人は喜んでこのアナロジーを捻じ曲げ、自らの世界観に適合させた。インドの王が虎を、彼自身の王朝の力強さと寛大さの象徴と見なしたのに対して、英国人はその全く同じ動物を疑念と軽蔑を以て見た。そして虎狩りがかつてはインドの支配階級にとってはアイデンティティの確認であったのに対して、英国人の支配下ではそれは植民地支配の儀式的再演となった――反抗的なティプー・スルターンの屠殺を、再び演じて見せているのだ、スケールを縮小した上で。虎を殺すことは、インドにおけるあらゆる異邦のもの、危険なものを征服することを意味している。その行為自体が国を安全にし、英国に近づけるのだ。野生の虎の存在は、象徴的にも文字通りにも、英国のヘゲモニーに対する直接的挑戦と見なされた。その挑戦を返り討ちにすることこそが――植民地の――征服であり植民地政府によって大いに奨励されたのだ。

この新たな英国植民地のレンズを通して見れば、虎狩りの目標もまた変化する。ムガールの王や地方のマハラジャにとって、実際に虎を絶滅させるなどという考えは荒唐無稽に思われただろう。虎を狩るのは彼らの神聖なる権利であり、神聖なる確言の儀式である。だが全ての虎をインドから駆逐するなどということは、彼ら自身のアイデンティティを危機に曝していただろう。だが英国人にとっては、虎の絶滅は進歩と、「文明」と同義なのだった。彼らは近代に対する障害物であり、必ず除去する必要がある。英国の総督と、その命令を遂行する軍当局にとって、虎は、『インドの虎撃ち』という文書が示している通り、「狡猾で音なき野蛮なる敵」であり、自らのヨーロッパ中心的な目から見て「原始的」な国を「文明化」するために頑張っている人々に対して「恐るべき残虐行為」を働く。闇に潜む五〇〇ポンドもの血に飢えた捕食者がいる場所で、野心的な植民者はどうやって茶葉のプランテーションや、牧畜の事業所や、きちんとした学校を設立できるだろうか？　インドの英国人にとって、これは修辞的質問であった。

このような態度の実例は、当時の植民者が出版した射撃や狩りに関する多くのフィールド・マニュアルの中に、山のように見出すことができる。一八〇七年に出た『オリエンタル・フィールド・スポーツ』と題する書物の中で、キャプテン・トーマス・ウィリアムスンは虎を根絶する利点を詳説している

――

虎の探索、その結果としての絶滅の重要性のほどは、ベンガルの幾つかの部分において、その暴虐のために、もしくはこのような苦難のようなものが自然に生じるとの懸念のために人口の激減した地区が、粘り強い尽力により、彼らの災禍より解放されたという事実により明らかとなった。かつまた、丈高き草や茨などに蹂躙される代わりに、そこに彼らが持ち込んだ農耕の栽培の状態によって注目すべきものとなった。おそらく、この国の中でこの事実の確証となる一番の土地はカシムバザー島である。その地は、悪が一掃されたわけではないにせよ、荒野の状態から、豊かな農業地

帯に変ったのである。いまだ荒地のままの場所もある。しかしながら、それは必ずや絶滅しうるであろう、おそらく虎がかつて絶え間ない恐怖の対象であったのと同程度に、極めて稀少なものとなるならば。

この短い一節に、この善良なキャプテンは事実上、虎に対する、そしてインド全体に対する初期の英国人の態度の全てを要約している。彼は森林や草原を、単に綺麗に整地して鋤を入れるべき場所としか見ていない。そこに棲む捕食者を、征服もしくは根絶を拒む純然たる「悪」としか見ていない。これぞまさしく植民地主義である。

しかしだからと言って、虎に対する植民者のそのような態度が全くの事実無根だったというわけではない。一般的にはシャイな隠遁者ではあるものの、虎は時折家畜を殺すし、時には実際に人間も殺す。銃創だけが彼らを人喰いに変える障害なのではない——老化、歯の摩耗、山嵐の棘ですら、時には普通の虎を人喰いに変えてしまう。そして虎による襲撃事件は英領インドにおいても未聞であったわけではないのだ。一七六九年、ビワプール周辺の森の虎たちが四〇〇人以上を殺し、ひとつの村を廃村にしたと言われている。そして一七九二年に英国の将軍の息子である哀れなヒュー・マンロウがベンガル湾で縞模様に喰われた時から五〇〇年以上を経ても、ベンガル州だけで年間七〇〇人以上の人間が虎に殺されていた。明らかに、虎は無害ではなかった——何にせよ、彼らは頂点捕食者なのであり、畏怖すべき力と恐るべき能力を備えているのだ。結局のところ、全ての人間は喰うことのできる肉なのだ。だが彼らの真の脅威を他の動物と比べてみると、彼らのもたらす危険が偉く誇張されていることは明らかだ。当時の年刊の官報を見ると、虎よりも他の動物の方が遙かに脅威だったことははっきり判る。例えば毒蛇は、一九世紀と二〇世紀初頭のインドにおいて一貫して虎の二〇倍の人間を殺している。その他の「野獣」、例えば狼、熊、豹、犀なども、年あたりの犠牲者数はだいたい虎を上回っている。植民地時代のインドでは毎年、だいたい二万から二万五〇〇〇人が野生動物に殺されていたが、虎による犠牲者はだいたい八〇〇から一〇〇〇人に過ぎない。虎による死者が年間一〇〇〇人と聞けば大変なことに思われるかもしれないが、一九世紀末の時点で既にインドは人口が三億に到達していたことからすれば、死亡率としては極めて低いと言わねばならない。考えてみて欲しいが、例えばアメリカでは——一九世紀のインドとだいたい同じくらいの人口の国だが——毎年五〇〇人近くがベッドから落ちて死ぬ。であれば、ごく少数の孤立した状況と地域を除けば、虎がごく普通のインドの村の憂慮となることはほとんど無いということが解るだろう。そして虎が実際に脅威となったという稀な事例においてすら、植民地の支配者たちの記述とは異なり、人々は全く無力というわけではなかったのだ。多くの村には、それぞれの虎対策があった——何にせよ、彼らは何千年とは言わぬまでも、何百年に亘って虎と共に生きてきたのだ。例えば一八〇五年のマドラスの判事の報告によれば、七〇〇人の村人が彼らの村を脅かしていた「虎を囲む輪」を作り、槍で止めを刺したという。村人が徒党を組み、網や毒矢まで用いて厄介な虎を始末するという、似たような話はいくつもある——大概は虎の真の脅威からは程遠い街中のバンガローに住んでいる英国人なら、厚かましくも「スポーツマンシップに欠ける」とか何とか批判しそうな話だが。まあ彼らにとっては、象の背に乗って高性能のライフルで虎を大量虐殺する方がずっと勇敢なのだろうが。

植民地主義下における虎の悲劇的運命はまた、人間の側にも意図せざる帰結をもたらした。一見、直観に反するようだが、虎を狩る機会が増えると、虎に殺される人間の数もまた増えたりするのだ。当然ながら、殺される虎の数が増えすぎると、いずれは逆転不可能な点に達する——まさしく、二〇世紀後半のインドで起る状況だ。かくして虎は絶滅の危機に瀕する。だがこの殲滅の過程のより早い段階で、多くの人間が森に入り、積極的に多くの虎を狩ろうとする時期がある。単純に人間と虎の接触が増えれば、不可避的に致命的な事故も増えるわけだ。そして既に見たように、単にライフルを持っているというだけでは、その気になった虎の襲撃には必ずしも十分な防御とは言えない。

ヴァルミク・タパーがこの相互関係に気づいたのは一九七〇年代、インドのランザンボア公園だった——虎狩りが政府によって全面的に禁じられ、虎による襲撃の数が急激に落ちた後の話だ。より説得力のある、そして逆の事例研究が、一九九〇年代に極東ロシアで初めて纏められた。ソヴィエト連邦崩壊後、絶望的な経済状況のために多くの地元民が森へ入るようになった。食料を狩るためと、アムールトラの密猟のためだ。その結果、次の二〇年間に、虎による襲撃が空前の規模で激烈に増えた——その多くは報復攻撃で、虎に発砲したハンターに向けられたものだった。さらに信じがたい事例が二〇〇四年に記録されている。全地形車でスポットライト・ハンティング〔訳注：照明で目をくらませて狩猟する方法〕をしていたロシアの密猟者が、虎を発見して発砲した——虎は直ちにそのクルマに突進し、上に跳び乗り、マヌケなハンターをずたずたにしてしまった。また、すぐにぶっ放すハンターに対して直接反撃するのではなく、後になって虎が「復讐」するという事例まである。銃弾を受けた手負いの虎は、極東ロシアの凍てつくタイガの森では、比較的ありふれた存在となった。彼らは通常の獲物を狩ることができないので、そもそも最初に自分を傷付けた足の遅い動物に狙いを変えたのだ。ロシアのプリモライで一九九七年に密猟者の銃弾で不具にされた虎は、ジャーナリストであるジョン・ヴァイラントの優れた記事によれば、復讐に取り憑かれていた――自分を撃った人間の家を探し出して雪の中で辛抱強く待ち、帰宅した彼を殺して喰ったのだ。この手負いの虎はさらにもう一人を襲って喰い、この殺戮を止めようとした地元の役人の一団を攻撃した。遂にアサルトライフルによって仕留められたこの虎を調べたところ、この虎はその生涯に、異常なほど大量の鉛弾を喰らっていたことが判明した――たった今喰らったばかりの止めの銃弾に加えて、左前脚にも化膿した傷があった。右脚には二つの異なる銃から発射された鹿弾が残り、さらにまた別のライフルの鋼弾、そして全身至るところに鳥打ち用の散弾が刺さっていた。原始的なネコ科の復讐の本能にせよ、単なる飢えにせよ、人間からこれほどの目に遭わされたネコ科動物が、人間に対してあれほどの敵愾心を発揮したのも当然だ、とみんなが思った。チャンパーワットの虎と同様、このアムールトラは生まれながらの人喰いだったのではない――人喰いに変えられてしまったのだ。

事実上、一九九〇年代のプリモライで起ったのと同じことが、一九世紀のインド全域で、遙かに大きなスケールで起っていたのである。かつては王たちのみに許された儀式的行為であった虎狩りは、植民者のための人気のある娯楽となった。ほとんど全ての英国将校は虎を「仕留める」ことを望んだ。インドのシカールは植民者の客人にとってアフリカのサファリと同じものとなり、亜大陸のツアーはそれ無しには考えられないものとなった。虎の皮に換算すると、一団のヨーロッパのハンターが僅か数回の血みどろの狩りで、ジャハーンギールのようなムガール皇帝の一生分を狩ったことになる。虎の虐殺は、英国人の到来と共に、空前の規模で開始された。一八七二年だけでも、ゴードン・カミングズという植民者はナルマダ川流域で七三頭の虎を殺した。ウィリアム・ライスという男は四年間にラジャスタンで一五八頭の虎を射殺した。悪名高きナイティンゲール大佐は少なくとも三〇〇頭の虎をハイデラバード地方で僅か数年のうちに自らの手で射殺しまくったという。そして一九世紀中葉に大量に狩りまくったジョージ・ユールはベンガル政府官庁の一員で、独力で四〇〇頭の虎を仕留めた後、数えるのをやめた。そしてこれらは単なる一例に過ぎないのだ――当時の野外教範やスポーツ雑誌などは同様の偉業で溢れ返り、インドの虎に関する大ぼら自慢や嘲笑、軽蔑に満ち満ちている。当然、全ての将校や高官は自宅に虎の皮を持ち帰らんと大童《おおわらわ》で、下手くそな弾が大量に撃たれた――その結果、この国には人間の首にその歯を打ち込む気満々の、手負いで獰猛、かつ飢えた虎が大量に徘徊するようになった。

だが、おそらくそれ以上に人間と虎の葛藤の触媒となったのは賞金稼ぎだ。植民者のエリートたちは娯楽のために虎を狩ったが、彼らよりも遙かに多くの臣民はカネのために虎を狩り、毒を盛り、罠に嵌めた――ありとあらゆる「害獣」対策として、植民地政府が掛けた報奨金の直接の結果である。一九世紀の大半において虎は公式に「害獣」指定されていた。一七五七年に東インド会社がベンガルで権力を掌握する前には、賞金を掛けられた動物というのは事実上、存在しない。だが英国による征服から僅か数十年の内に、不快もしくは不要と見なされた動物に対する賞金は当たり前のものとなった。そして虎は当時、実際に最も不快とされていた動物だった。インドのシカーリはたいてい、財産のない下位カーストのヒンドゥ教徒で、あらゆる州から徴集され、インドから虎を撲滅する手伝いをさせられた。植民地体制の中で生き延びるために現金を追い求める彼らは、ほとんどの場合これに協力した。虎は平均的な植民地住民にとってはかなりのカネをもたらしてくれる。一八〇七年の『オリエンタル・フィールド・スポーツ』に曰く――

一頭の虎の死は、無関心ではいられないほどの重要性を持つ事柄である。栄えある東インド会社は、事業活動に対する妨害を防止し、安全な通信の障害を除去せんとする観点から、その州内で駆除された虎一頭あたり一〇ルピー、すなわち二五シリングの賞金を授けている。虎による襲撃が頻繁に起る幾つかの地域本部にいるヨーロッパ人は一般に報酬を二倍に増額される。上記の報奨金以外に、毛皮、爪等の販売はしばしば、それ以上の金額になる。通常の人間の快適な食費、家賃、被服で月に一〇シリングもあれば十分という国で、この金額は一財産と考えられる。このような強力な誘惑の下、シカーリはその場に赴く。虎が隠れ潜むジャングルに精通した百姓の案内で、彼は死骸を探して進む。

このような報奨金は一九世紀を通じて、あるいは二〇世紀になっても持続したのみならず、むしろ増額された。一八七五年から一九二五年までの間に、八万頭以上の虎が政府の報奨金のために虐殺された――そしてそれは、公式に記録されている数に過ぎず、それ以上の数の虎が狩られていたことは間違いない、娯楽のためであれ、家畜を守るため、あるいは単に解体して売るためであれ。

銃を撃てる者ほぼ全員が、虎を狙い撃ちした。手負いの獰猛な虎の襲撃事件が激増したのも不思議はない。虎の個体数は減少に転じていたかもしれないが、虎の襲撃事例は増える一方であった。ますます多くの素人が森に侵入し、ますます多くの虎が銃弾を受け、罠で負傷して、跛を引いて藪の中を進むようになったからである。
とは言うものの、ヨーロッパ人とインド人の虎狩りへの殺到はインドにおける人喰い虎の増加の要因のひとつではあったが、主犯ではない——全く違う。飢えた虎をジャングルから追い立てて村へと向かわせた真犯人は、それよりも遙かにつまらない、だが遙かに致命的なまでに重要なものだ。英国がインドを植民地化した時、それは単に新たな権力構造や施政方針を導入しただけではない——それはその海外資産の全てを、収益の機関に変えた。つまり、大規模かつ総合的に天然資源を収奪するということだ。そしてクマーウーンほど、それが深甚——あるいは致命的——であることが証明された場所はあまりない。
後にチャンパーワットの虎が名を上げる場所だ。

——

ベンガルの英国領とは違い、クマーウーン地区を構成する土地はムスリムのムガール帝国の直接支配を受けたことはない。この領域を構成するさまざまな藩王国は、何世紀にも及ぶ諸王朝の交替劇の中で、様々に合従連衡を繰り返した——その最後のものはネパールのヒンドゥ教徒であるシャハ王朝である。それはクマーウーン王国を征服し、一七九一年に統一ネパールに組み込んだ。クマーウーンと西ネパールにあるその本国との文化的差異は無視しうるものだった。低地タライに居住するのは同じタルー族であり、中腹には同じようなパハーリ族が住んでいたからだ。つまり、領土獲得という点では、ほとんど意味のないものだった。だが、シャルダ川の向こう側へのネパールの拡大は短命に終わった——一七六七年のタライにおけるキャプテン・キンロックの悲惨な戦役を忘れていない英国東インド会社が、一八一四年のグルカ戦争においてついに雪辱を果し、喉から手が出るほど欲しかったゴルカ朝の領土を手に入れたのだ。英国人はこの頃にはかなり老獪となっていた。何度かに及ぶ手痛い敗北の末に、遂にネパール人は利潤を生むチベットとの交易路と、領土の三分の一を明け渡すことに合意した――その中にクマーウーンも含まれていたのだ。一撃の下に、英国人は北方の不動産を、インドで急速に拡大中の資産の中に取り込んでしまった。シャハ王朝の降伏後、クマーウーンは英領ベンガルに組み込まれた。だが一八三五年、このような広大な土地の統治の困難さを認識した彼らは、クマーウーンを「北西辺境州」と呼ばれる新たな植民州に組み入れた。当初、クマーウーンの人々は英国人を歓迎した。彼らがゴルカ朝の支配から解放してくれると思ったのである――確かにその通りではあった。だが、英国人がこの地を去る気は毛頭ないということが明らかになるや、その熱狂は霧散した。東インド会社の新たな植民地政府は速やかに、ゴルカ朝が夢にも見たことのない方法でこの地とその資源の収奪を開始した。一八五七年の「インド大反乱」の一部として、短期間ながら血みどろのクマーウーン人の蜂起もあったが、叛乱は英国軍に鎮圧され、政府が直轄管理する厳格な体制が実施された。英王室がこの地域を統治することとなり、そのために最善と思われることをした――その地にある有用なものを根刮ぎ収奪したのである。これによりクマーウーンの天然資源は空前の規模で蕩尽され、農地の生産効率は極限にまで引き上げられた。すなわち「文明化」されたのだ。

新たな英国支配の下で、かつてのゴルカ朝のゆるゆるな農地管理は徹底的に整備された。一八五六年から一八八四年までクマーウーンの政務長官を務めたサー・ヘンリー・ラムジーを先鋒とするこの農業改革により、農地として開墾される土地とそこで労役する人間の数は激増した。二〇年の間に農業人口は一三％も増え、一九世紀の最後の四〇年間で耕作可能な土地は五〇％も増えた。土地の開拓とカリフすなわちモンスーン季の輪作の奨励により、政府はそれまで草臥れた人跡疎らなバーバルの丘と、じめじめしたタライの谷の集まりに過ぎなかった場所を、穀倉地帯と呼べるものに変えた。米、小麦、大麦、マンドゥアが作られ、増え行く植民地の人々に供給され、そして政府の金庫に税金を唸らせた。その富のほとんどを生み出したのは段丘状の斜面と沖積谷である。だが土壌の痩せた岩石地帯では運河が灌漑用水を供給し、マラリアが依然猖獗を極める低地帯では、それが可能な季節になると山から来た小作農が種を播き、また蚊がいなくなるまで山の上の家に戻る。耕作可能な農地の最大化は二〇世紀になっても続き、顎が落ちるほどの収穫量の増加がもたらされた。一九〇一年から一九一一年までの間に、クマーウーンの水田は七万二三九エーカーから四〇万六二三エーカーにまで増えた——灌漑のお陰でもたらされた飛躍である。それにより、同じ時期に灌漑された農地は一六万九六〇二エーカーから三五万七四一九エーカーとなった。これらの新たに灌漑された土地に水を供給していたのは総延長二〇〇マイルに及ぶ運河で、またそれにより、南のバスマティやハンスラジなどの南方の米の品種が、乾燥した北の気候でも栽培できるようになった。小麦、大麦、玉蜀黍の生産もまたこの時期、際立つ伸びを見せた。一方未耕作地は——森林を除いて——同じ十年で一六〇万八一一九エーカーから九〇万二八〇エーカーにまで減少した。

ラムジー長官が開始した生産性への進軍は単に農業のみならず、森林の管理も含んでいた——自然保護区でも禁漁区でもなく、植民地の鉄道インフラ構築に必要な大量の材木の供給源として。アメリカ西部と同様、鉄道はフロンティアを広げ、新たな開拓地を豊かにする。その代わり、消費されるのは植民地の木材だ。皮肉にもジム・コーベット自身、〈ベンガルおよび北西鉄道〉に雇われていた。彼が何よりも愛してやまない森を喰い尽している会社である。この産業の材木への欲求は、主として線路の枕木の生産の凄まじい増加の所為であり、頑丈な沙羅の木はこの地方の生態系にとって死活的に重要なものではあったが、枕木としての必要条件にぴったり当て嵌まっていた。何しろインドの気候に最適化している。だが一九世紀も後半となると、インド北部の沙羅林は過剰な伐採のために深刻な衰退に直面していた。一八七五年出版された英国の海事誌に曰く——

上インドの沙羅林は（インド森林管理局のウェッバー氏の報告書によれば）無闇な伐採と完全な放置のためになお一層状況が悪化していると見られる。一八三〇年にはおそらく、中央インド以外に、ヒマラヤ山脈の麓に沿って政府に利用可能な四〇〇〇平方マイルの純粋な沙羅林があったが……現在では東インド鉄道はノルウェイから松の枕木を輸入することを余儀なくされている。もはや沙羅はほとんど入手できなくなっているのだ。

沙羅林がほとんど壊滅したことを知ると、老獪な植民地政府はまたしても、その死活的に重要な木材供給を守るために必要なことを決断した。一八七八年、インド森林法の下で植民地に特別保護林が制定されたのである。その目的はインドの野生動物の救済でもなければ生態系の保護でもなく、建設用木材の供給源の確保であった。長官として、サー・ヘンリー・ラムジーはクマーウーンにおけるこのような方策の熱心な推進者であり、しばしばこの地域の森林を「保護」したとされる。だがその実態は、多くの土着のタルー族とパハーリ族——何世紀にも亘って森林と比較的調和し、共生関係にあった人々——を森から蹴り出し、残された木材の収穫を植民地政府が完全に独占できるようにしたに過ぎない。彼の森林管理政策は、もしそれをそう呼べるなら、彼の年季が明けた後も長く続いていく。米やその他の作物の収穫量が爆発的に増えたのと同じ一九〇一年から一九一一年までの一〇年間で、材木確保のために伐採禁止とされた保護林の面積もまた、一七万四一四二エーカーから三七八万一五〇三エーカーへと爆発的に増えた。生計を森に頼っていた、その周辺のタルー族とさまざまなクマーウーンの山地住民にとっては、祖先からの生得権からの分断は、平原インディアンにとってのアメリカン・バッファローの絶滅に等しいものだった——それは彼らの生活様式を完全に変え、継続的な生存を脅かした。森の民としての生き様を規定していた狩猟と採集、草刈り、放牧に、突如として著しい制限が加えられた。彼らはこのような攻撃を座して受けることはなかった。コーベットは手記においてそれに触れていないが、森林管理に対する憤懣と全面的抵抗は、二〇世紀初頭の数十年には決して珍しいことではなかった。事実上、タライと中腹に残された僅かばかりの無傷な沙羅林は柵で囲まれた樹木育成場に変えられ、伐採人と役人以外は完全な立入禁止の場所となったのだ。そこでは鹿を初めとする有蹄類は若木への脅威と見做され、虎は——まあ、スポーツマンのライフルの銃口の前にいるとき以外、虎なんぞには事実上、何の使い道もない。

そして生息域の破壊と密猟をたとえ生き延びたとしても、次に鹿はしばしば新種の伝染病の犠牲となった。特に、家畜化された牛や山羊によく見られる牛疫である。一九世紀後半にクマーウーンに家畜とその飼育場とが流入したことで、この疫病がその近隣の森の有蹄類の個体数に深刻な影響を及ぼすこととなった。クマーウーンの山地で一八九四年に書かれたとある医師の手記に曰く――

この病気は一般に水牛に見られるもので、極めて致死率が高い。ヤクもまた極めて重篤な形でこの病気に罹り、それと雌牛との合いの子も全て罹り、致命的になる……アンテロープもまたこの病に罹り、鹿一般がそうである。ゴーラルとカカル、すなわちホエジカが、ヒマラヤ山脈でこの病気によって大量死しているのが見つかった。

実際、一八九九年から一九〇〇年までの間にクマーウーンで予防接種に従事していた獣医が、牛疫の大発生を記録している――彼はその流行の原因を低地から持ち込まれた羊と山羊に帰している。曰く、「山の麓でこの病から免れているところはほとんどない」。因みに、山の麓はまさに通常の虎が獲物を探して彷徨いていたところである。同様の疫病が一八〇〇年代末から一九〇〇年代初頭に掛けて、インド北部全域で繰り返し発生している。牛疫の他、口蹄疫、コレラ、さらには炭疽まで。この地方の一部では、そのために野生の鹿が完全に絶滅してしまった。

クマーウーンの農業と森林で起った深甚な変化――同じ頃、国境の向こうのネパールでラナ家が施行していた似たような政策と同様――に伴い、チャンパーワットの虎のようなものの出現はあり得るというよりも、半ば必然であった。アクシスジカが栄えていた草原は農地となった。水鹿とガウルが住処としていた森は空前の規模で伐採され、生物多様性は破壊された。数千年に亘ってこれらの場所の周辺で持続可能な生活をして来た地元の人々は、突如として生計の手段のほとんどを剥奪された。彼らは夜闇に乗じて盗賊のように森に忍び込み、動物の餌を盗んだり獲物を密猟したりすることを余儀なくされたのである。当然虎は言うまでもなく、捕食者全般にも良くないことが起こるに決まっている。事実、そうなった。

一九〇七年と一九〇八年の野生動物に関する連合州の政府報告書は、アルモラにおける豹の襲撃事件の極端な増加を、「水鹿、ゴーラル、カカルなどの獲物の完全なる絶滅」に帰している。その結果、「虎および豹の自然な食糧供給が激減した」。同様に一九〇六年の近隣のアラハバードでの狼の襲撃の突然の増加――この年、同地の群れが八六人の子供を攫った。その前年は一九人――もまた、「この地域における獲物の欠乏の悪化、および狼各自の悪習への転落傾向」に帰している。そして同じ報告によれば、クマーウーンにおける致死的な虎の襲撃の総数は――しかしいいですか、これはあくまで政府が記録した数であって、実態はもっと多いのです――その年だけで五〇〇%も跳ね上がった。この最後の統計は、ほぼ確実にチャンパーワットの虎の仕業だ。こいつ一頭のみの悪習が、アラハバードの狼をも顔色なからしめているのだ。

だがこのような虎に、他にどうしろと？　銃弾を受けた犬歯では、通常の獲物のほとんどは狩れない。前脚の爪で殺せていた小型の鹿は、ほとんど姿を消している。孤独に、ほとんど姿を見られることなく暮らしていた高い草や深いジャングルも日に日に消えていく。虎を崇めていた森の人タルー族は、大型のネコ科動物を単に自分自身や家畜に対する脅威としか見ない植民者や移民に取って代わられた。実際に虎に接したことのある人に訊ねてみなさい、こう答えるだろう――まあ虎は、自然状態では人間に対して攻撃的ではない。だけど追い詰められたり危険に陥ったりすると、攻撃してくるよ。そして二〇世紀の薄明のクマーウーンの山谷には、チャンパーワットの虎にはもはや逃げ場はなかった。それは追い詰められ、かつ危険に陥っていたのだ。

とは言うものの、当時の植民者にとってこの事実は完全に理解や共感の埒外だったと決め付けて掛るのは良くない。確かに政府や役人の大半は虎を、まあせいぜい価値のある記念品と見ていれば良いところで、悪くすれば血に飢えた害獣扱いだった。だがインドに住む英国人植民者の全員が虎を記念品とか害獣とか見なしていたわけではないし、彼らに対する擁護の声を上げたのは一人コーベットだけでもない。一九〇八年に、驚くほどの洞察と明敏に満ち満ちた論説が発表されている。題して、「虐待された動物――虎のための正義」。掲載誌の〈ザ・タイムズ・オヴ・インディア〉の主張によれば――間違いなく当時はスキャンダラスなものだっただろう――虎は「インド社会において、無害であるのみならず、真に有益な構成員であ」り、植民地政府は「虎の圧倒的大多数がインドの開拓者に対して行なっている、真に有益な活動に対して全くの無知である――その活動は、悪行や脅迫によって穢されるものではない」。これは明らかに、虎が伝統的に野生の鹿や猪の個体数を、村人の作物を食い荒らさない程度に保ってきたという事実のことだ。また時に虎が家畜を殺すとしても、平均的な農民は「彼と飢えとの間に立ちはだかる作物を守るための、公平ではない戦争において彼にもたらされる奉仕を勘案すれば、彼はむしろ虎の死よりも生を選ぶであろう」とも論じている。この所感は、ヨーロッパ人植民者にしては革命的ではあるが、多くのタルー族や一部のパハーリ族が言っていることと同じだ。彼らは遙か大昔から虎と共に生き、その間ずっと知っていた――捕食者は、森に依存して生きる者にとって持続可能なバランスを保つ手助けをしており、時に牛や山羊を食われるとしても、それは健全な収穫と十分な食料供給のために支払うべき端金に過ぎない、と。筆者は少数のタルー族とパハーリ族の農民に取材したが、全員が自分の畑を猪や鹿から守ってくれているとして、捕食性ネコ科動物への感謝を表明した。虎や豹の少ない地域では、農民は窮屈なマチャンの中で一晩中畑を見張らねばならない――誰もやりたくない疲れる仕事だ。だが一九世紀と二〇世紀初頭においては、この種の小規模な自給自足農業は既にクマーウーンの幅広い領域で姿を消し始めており、虎に対する深く根付いた文化的感謝もまたそれに伴って消滅しつつあった。一体全体何だって、人口疎らな地域への植民と天井知らずの経済的生産性をひたすら推進する植民地政府が、虎と野生の有蹄類と森に棲む地元民らの間の精妙なバランスなんて気に掛けるだろうか？　何しろそれらは全て地上から一掃され、次から次へと耕作され課税可能な土地に置き換えられつつあるご時世だというのに。

このような事実に照らして、ひとつ興味深い歴史的な比較をしてみたい。実際のところ、権力者たちがここ数十年のインドにおいて試みてきたことは、これまで数世紀の間に英国で既に成し遂げられていたことと同じなのだ。つまり捕食者と獲物のいずれもが豊富な森林地帯を、その両方が駆逐された、生産的で牧歌的な農地に変えることである。野生を「手懐けよ」という英国人の指令は、海外植民地に船出する遙か以前に、自分自身の国において実現されていたのだ。五世紀にアングロサクソンがブリテン島に到達した時、そこは山猫、熊、狼で溢れ返る島だった。前二者は中世初期までに狩り尽くされ、最後のものは羊にも人間にも脅威であると見なされて一七世紀までに絶滅された。そして古代においては島全体の約半分を覆い、土着のケルト人とアングロサクソンの部族によって持続可能な資源として広く利用されていたブリテンの森は、ノルマン・コンクェストの頃までには伐採が進み、島全体の一五％にまで縮小していた。残ったものの多くは王室御領地とされた。そこでは平民は伝統的な狩りや樹々の伐採作業を禁じられる一方、貴族のエリートは——ロビン・フッドのファンならお解りの通り——事実上、森を好き勝手に搾取していた。一三世紀のシャーウッドの森と、一九世紀のクマーウーンの森を比較するのは故事付けだと思われるかも知れないが、そこには驚くべき、否定しがたい類似があるのだ。異国の植民地政府が、土着の臣民の森林利用に制限を加えたこと。農業と田園の拡大を奨励し徴税したこと。そしてその邪魔者である頂点捕食者に莫大な賞金を掛けたこと。さらに薄気味悪いほどの一致が、一二七二年から一三〇七年まで王位にあった国王エドワード一世の指令である。彼は王国内の全ての狼の完全駆除を命じたのだが、狼が最も猛威を揮っていた場所でその仕事を遂行させるために任命した狩人の名が、ピーター・コーベットなのだ。確かに、当時においては狼は危険だった。後の北アメリカでは——比較的広い空間と豊富な獲物のいる大陸——狼の襲撃事例は事実上、皆無だが、ブリテン島の狼は後のインド北部の虎とほぼ同じようなストレスに苛まれていた。そして同じように追い詰められ、同じように危険な存在となったのだ。ブリテン島における野生狼の最後の居留地であるスコットランドにおいては、一六世紀末まで生き延びていた *Canis lupus* の少数の個体は人間に対して極めて攻撃的で、街道沿いに旅人を狼から守るための *spittals* と呼ばれる専用の隠れ場所が作られていたほどだ。ハイランドのサザーランド州では、狼は捨て鉢で血に飢える余り、墓の死体まで掘り起こすまでになった——そのためにエドラチリスの住民は、狼には辿り着くことのできない近隣のハンダ島に死体を埋葬せざるを得なくなった。この暗黒時代の記憶は一九世紀まで残った。一八六〇年に出版されたバラッド「エドラチリスの狼」は歌う――

エドラチリスの岸辺に
灰色狼が待っている――
壊れた扉は災いなるかな、
緩んだ門は災いなるかな、
そして、道無き荒野で霙の如き霧に巻かれ、
手探りで進む者は。

飢えた痩せ狼、
白く鋭い牙、
痩せ衰えた身体は苛まれる、
北の夜の寒さで。
その冷酷な目は闇を脅す、
その緑の恐ろしい輝きで。

守りの堤に登り、
柵を跳越える。

囲いの中から羊を盗む。
そして舟小屋の横木から魚を。
そして墓から死者を掘る、
そして星の下でそれを囓る。

かくして、我らが掘った全ての墓を、
飢えた狼は根刮ぎにする。
そして朝になるたびに、
地には骨と血糊が散らばる。
母なる大地は我らの眠りを拒む。
エドラチリスの岸辺では。

追い詰められて逃げ場のない大型の捕食者が何をするのかがよく解る。それが「エドラチリスの狼」のようなブリテン島の極北であれ、「チャンパーワットの虎」のようなインドの極北であれ。
だが、スコットランドのハイランドの狼たちと同様、チャンパーワットの虎の最後もまたそう遠くはなさそうだ。一九〇七年三月、エドワード・ハロルド・ワイルドブラッドという名の英国兵士が、モーリシャスのレンスター連隊から休暇を貰ってインドを旅行中、クマーウーンの東の産地でシカールに興じるついでに人喰い虎を撃ったというニュースが伝えられた。インド中の新聞と社交クラブはその話で持ちきりとなり、ワイルドブラッドは帝国全土で最重要手配されていた虎を仕留めたということで、賞金二〇〇ルピーが与えられることとなった。それは植民地社会好みの話だった――きりりとして顎の四角い英国軍士官が、休暇中に無法者の虎を退治したのだ。嗚呼、何と胸のすく気晴らしであったことだろうよ。

何にせよ、誰もがそう思った。

第5章　狩りの始まり

四年の間、ジム・コーベットはマラニへの旅の途上で友人のエディ・ノウルズが口にした虎について耳にしたことも、また考えたこともなかった。彼は遙か彼方にあるベンガルの河川の前哨地モカメー・ガットの駅員の仕事に戻り、管理職に登り詰めた――マラリアが猖獗を極める〈ベンガルおよび北西鉄道〉のジャングルの野営地で、インド人労務者たちを手伝い、燃料用の木を伐採していた日々は遠くなりにけり。今や仕事は事務が中心で、それなりの権限も手に入れた。相変わらず田舎暮しで、給料は羨ましがられるようなものではとてもないが。勤務時間はしばしば一八時間に及び、列車の荷を降ろしてモンスーンで増水したガンジスを渡すのは頭痛の種だった。そして干潟と石炭の煙と植民地の無秩序のごった煮が、時にコンラッド的な悪夢を生み出さなかったとは想像し難い。コーベットにとっては特に。暑さ、臭気、延々と終りなく続く大量の荷物と人、それら全てが、クマーウーンの静かな山の中が最も性に合っている人間にとっては苛酷極まりないものだっただろう。それでも、それはその地位にあるヨーロッパ人にとっては真面な仕事であり――植民地生まれの、特にアイルランド系の者にはもともとチャンスは少なく、稀にしかなかった――距離と孤立という障害にも関わらず、彼は大なり小なり自分の仕事に満足していた。彼はそれを一種の義務と見做していた。有る限りの元気を掻き集めてやり抜かねばならぬものと。ストレスは溜り、時には大変な苦労も強いられるが、植民地にとって絶対に必要な仕事なのだと心から信じていた。インドと英国の両方の習慣に習熟している彼はこの仕事にはもってこいの人材で、雇い主たちは彼に全く暇を与えなかったが、それでも時々仕事を抜け出し、六〇〇マイルも彼方の愛して止まないクマーウーンの街と森に里帰りした。節約と貯金によって、彼はまたナイニタールという山上の街に小さな金物屋を開く資金を掻き集めていた。少年時代に夏を過し、今も母親や姉たちが住んでいる街だ。度々の帰省で下調べも万全、すっかり寛いで友人たちと旧交も温めた。

そんな帰省の最中のこと、一九〇七年四月下旬に、ジムはナイニタールの副長官チャールズ・ヘンリー・バーサドの訪問を受けた。真心の込った会合だった。何にせよ、この二人の若者は長年の知り合い同士で、副長官は、コーベット自身の言葉によれば「彼を知る者全員から愛され尊敬されていた」。ロンドン生まれでオクスフォード出のバーサドは、彼自身の経験では歯が立たない問題となると、地元民であるコーベットの知識に頼るのだ。既にインドで一〇年を過した彼だが、旧友ジムに比べるとまだまだ他所者。年齢も近いということで——両者ともに三〇代——バーサドにとってはコーベットが帰省した時には彼にアプローチするのは自然な流れだった、何であれ手に負えない難問を抱えている場合には。

今回の難問とは、どうしたわけか虎だった。インドは一九〇七年になっても虎が満ち満ちる国だった——たぶん、世紀の変わり目のアジアには一〇万頭はいただろう——その数は急速に減りつつはあったが。単に「虎」と言うだけなら、将校たちが今も娯楽で狩り、シカーリが毎日のように賞金目当てに持ち込んでくるネコ科動物の話の中に出て来るどの虎でもあり得ただろう。だが、バーサドが言及しようとしている虎が「あの虎」であることは忽ち明らかとなった。あの虎。四年前にノウルズが口にしたあの虎だ。彼の義兄であり熟練の虎ハンターであるB・A・レブシュですら、それを止めることができなかったのだ。のみならず、ワイルドブラッドもまた先日の挑戦でやり損なったらしい。実際に彼が殺ったのは別の虎だったのだ。それが明るみに出たのは数日前のこと、一九〇七年四月一五日付の〈ザ・タイムズ・オヴ・インディア〉である。同記事は、人喰いがいまだ野放しであると認め、「凶行はまだ終っていない」「人喰い虎に対して、より徹底した対策を求める嘆願」が必要である、と論じた――その全ては間違いなく、バーサドのような政府の役人にとっては気まずいものだった。ほんの数週前にはそれが退治されたと大喜びしていたのだから。否、その虎はまだそこにいて、いつもの恐るべき割合で殺している。クマーウーンで好き勝手していた年月に、その殺害数は四三四人というあり得ない数にまで達している。

コーベットにとって、このニュースはショックだった。たぶん、ワイルドブラッドが問題の虎を仕留め損ねたことが、ではない――結局のところ、モーリシャスから休暇でのほほんと遊びに来ていた兵士風情が、いったい虎狩りの何を知っているというのか？　だが、ノウルズの義兄もまたこの企てに失敗したとなれば話は別だ。コーベットはレブシュを知っている。まあその評判を聞いているだけだが。彼は森林局監査官サー・センティル・アードレイ＝ウィルモットをして「インドの如何なる人間よりも多くの獲物を仕留めた」と言わしめた男だ。レブシュは熊の不意打ちさえ生き延びた。重傷を負いつつも、独力でその獣を倒したのだ。いったい、クマーウーンで最も怖れ知らずのハンターが、この虎を止めようとして出来なかったなどということがあり得るだろうか？　そんなことを考えていた時、真の問題が提示された。

バーサドは彼に、この虎を追跡してくれと依頼したのだ。コーベットこそが最後の希望なのだと。

この虎を殺して欲しいとの依頼を受けた時のジム・コーベットの本心を知るのは不可能である。その手記の中でも、彼はその時の気持ちや懸念について、それほど詳しく述べている訳ではない。彼はその依頼を、鉄道の仕事と同様、義務だと感じたらしい――嬉しくない仕事だが、植民地にとっては極めて重要なのだと。そしてたぶん――たぶん――あの悪名高い人喰いを仕留めれば、今後のキャリアにとって有利だろう、との気持ちはあっただろう。結局のところ、ナイニタールでの事業に投資しているくらいなのだから、このままレールに乗った人生よりも、もっと起業家的な人生に対する大望を抱いていた、と考えてもあながち間違いではないはずだ。

何にせよ、コーベットはその仕事を引き受けた。ただし、条件は二つ――第一に、現在その虎に懸けられている全ての賞金を撤回すること。第二に、既にその虎を追っている全てのハンターと兵士を呼び戻すこと。コーベットは後に、これらの条件を「賞金目当てのハンターと見なされること」と「誤射される」危険を嫌ったからだと述べている。どちらも尤もな言い分で、コーベットは生涯に亘って、他のハンターに撃たれるかもしれないという強迫観念を抱いていたという――たぶん若い頃に、下手なライフルほど危なっかしいものはないし、地元の密猟者は簡単に人と獲物を間違うということが骨身に染みていたからだ。だがこの二つの条件は、それが彼自身のアイデンティティの両義性を明らかにしているという点で印象的である。当時のクマーウーンでは、虎狩りは植民地社会の二つの全く異なる派閥の管轄下にあったことは広く知られていただろう。高貴な生まれの英国の当局者にとって、それは貴族的なスポーツだった。インド人シカーリにとって、それは賞金を稼ぐための捨て鉢の手段だった。ジム・コーベットの二つの条件はある意味では、その二つとは異なる、彼自身のアイデンティティの宣言であった。アイルランド系の血筋を持つ地元生まれの植民者であり、地元のインド人たちの中に完全に入り込んで育ってきた者として、彼はこの二つの世界を分ける隙間を占めている――確かに両義的ではあるが、彼はそのアイデンティティに誇りを持っている。そして自分は、楽しみのために虎を仕留める尊大な貴族でもなければ、数ルピーのために命を張る捨て鉢の密猟者でもないということをはっきりさせたいと願っている。ともかく自分の目的をはっきりさせたいのだ。自分の言う通りの条件で、そして厳密に――あるいは少なくとも主として――義務感からこれをやるのだと。

だが、その「義務」という認識すら、その共感と忠義がしばしば互いに衝突する植民者であるコーベットのような人間にとってはどこか仰々しい。植民地支配の初期から比べると、統治者の態度自体も変化している。そしてこの英国人植民者のメンタリティの進化は植民州とその臣民の間の関係を変えた。一八五七年のインド大反乱は関係する全ての者にとって悲劇的な血塗れの出来事で、殊にクマーウーンにおいてはそうだった。ジム・コーベット自身の伯父であるトーマス・バーソロミューは叛乱の際、木に縛り付けられ、生きたまま焼かれた。だが、暴虐ではあったものの、叛乱は鎮圧された――それは英国人の権威に対する最後の大きな武装叛乱となる。その余波で、支配権は東インド会社から直接英王室に移された。そしてインドの各州は大英帝国の一部として統治されることとなった。インドの民衆は原則として武器の所持や無許可の集会を禁じられ、この新たな「平和」インドにおいて徐々に、叛乱は過去のものとなっていった。そして結束して立ち向かうべき直接的な軍事上の敵がいなくなると、今度は植民地支配の目的そのものに対する疑問が投げかけられることとなった。地球の裏側にあるちっぽけな島が、全く何の縁もゆかりもない異邦であるこの亜大陸を統治している理由を説明する弁明が必要となり、そしてその弁明はあまりにもお粗末かつ差別的なものであったが、やがてラドヤード・キプリング言うところの「白人の責務」が形成され始めた。植民地支配の真の目的そのものは揺るぎない――本国の利益のために、外国の資源を収奪することである。だがそれを説明するための英国人の言説は、一九世紀末から二〇世紀初頭までにその意味合いが変化していた。純然たる征服から、一種の保護拘置へ――彼らは自らを、キプリングの言葉を借りれば「半分悪魔、半分子供」である人々に「啓蒙」と「文明」をもたらす先駆者として規定した。あたかも、ヨーロッパ人は植民地を支配し監督下に置くことで何らかの恩恵を施しているかのように。

このような植民者の態度の変化は、虎狩りの領域にも持ち込まれた。虎を殺すという行為はかつてはインドを軍事的に征服することとほぼ同義であったが、それが次第に保護的・父性的意味合いで見られるようになっていったのだ。世紀の変わり目頃には、白人の紳士《サヒブ》にとって虎を殺すことは地元のインド人を捕食の危機から守ってやることだと考えられるようになっていた。つまり、それは慈悲深い行為であり、一般に「貧しく」「無力」と称される田舎の村人を、野蛮な人喰いから守ってやる手段なのであるというわけだ。「父なる白人」が、その設定上の「知恵と力」を駆使して、地元の街や村を害から守ってやる。言わば象徴的にインドを、インド自身から救ってやるというのである。実に荒唐無稽な設定だ――結局のところ、田舎のインド人はヨーロッパ人が来る遙か以前から虎と共存してきたのだから。だが、もしかしたらそこには実際的な真実の核があったのかもしれない。つまり前記の理由である――

一八五七年のインド大反乱の後、インド社会のほとんどの層は如何なる種類の銃や武器も所持を禁じられ、その許可を得るのは事実上、不可能であった。一八〇〇年代初頭の植民地の官吏は、インドの村人が徒党を組み、槍や網、毒矢を使って人喰いを駆逐するのを見ていたが、二〇世紀の到来と共に、そんなことは不可能となった。武器の所持はその遙か以前から御法度となり、人喰いの倒し方に関する共有知識もまた失われたからだ。もしも頂点捕食者を前にした田舎のインド人が無力な存在になり果てたのだとしたら、それは主として植民地政策がそのように仕向けた所為なのだ。

このような英国の父性主義的態度は、当時の挿画や狩りの物語にはっきり描かれている。早くも一八五七年の『インドの虎撃ち』と題された出版物の挿画には、今にも跳び掛らんばかりの巨大な虎が描かれている。その前でインド人の召使いが恐怖に縮こまっているのに対して、英国人ハンターはすっくと立ち上がり、決然と落ち着き払ってこの動物を射撃しているのだ。一八七一年に出版された『野人と野獣』と題する作品の、これと似たようなセピア色の版画では、インド人は怒り狂った虎の前から尻尾を巻いて逃げ出し、一方英国人ハンターはと見れば、馬鹿馬鹿しいほど近距離からこの動物を殺す気満々である。当然ながら、どちらの絵でも逃げ出しているインド人は丸腰で、英国人はいつでも撃てる銃を持っている——たぶん、これらの挿画の中で歴史的に正しいのはその部分だけだ。一八五七年の叛乱の後、田舎のインド人は如何に貧弱な武器であっても強制的に取り上げられたが、一方で英国人当局者が保有する火力は飛躍的に増強された。一八七〇年代以前、インドのヨーロッパ人ハンターのほとんどが使っていたのは、無旋条の前装式マスケット銃だった。これは当時のスポーツマンですら、そのすぐ後に現れた高速ライフルに比べて「とても軽く、粗悪で役立たず」と蔑んでいた代物である。だが二〇世紀初頭までには、インドの大物狙いのハンターたちの多くは大口径で二銃身のライフルを採用するようになった。例えば.475口径のHVなどである。この強力な銃は重さ一二ポンド、一オンスの弾を超高速で発射することができ、それにより凄まじい「阻止力」を誇る。また、もう少し軽いライフル、例えば.375口径のマグナムを好んだハンターもいる。これは、軽量の弾丸をさらに高速で発射する――特に、戦利品狙いのハンターがこれを好んだ。というのも、その方が動物の毛皮に与えるダメージが少なかったからである。いずれにせよ、植民者のハンターに利用できる銃の命中率、射程、そして威力は劇的に向上した。だが、たとえインド人がこうした武器を所有する許可を簡単に得られていたとしても、そんなものを購入できるのはインド社会の最も裕福な層だけだっただろう。一九〇九年、W・J・ジェフリーの.475口径高速狩猟用ライフルは、ロンドンでは三五ポンドほどで売られていた――年季奉公をしているインド人の召使いの月給が一ポンドだった時代だ。極めて小型のスポーツ銃、例えば.256口径のマンリハーですら、その価格は同じ召使いの年俸に匹敵する。当然ながら、平均的なインドの村人や水呑百姓は、今夜の晩飯を何とかするという喫緊の課題の方が遥かに重要であり、その辺を彷徨く虎を撃つなどという、空想的な趣味など考えも付かなかった。そんなわけで、そういうものを相手にするのは必然的に、特権階級の手に委ねられることになる――つまりは白人の紳士《サヒブ》だ。田舎の丸腰の貧乏人を守るという「義務」が、彼に適当な虎を殺すライセンスを与える。

　コーベットも間違いなく、こうした考えを持っていただろう――植民地社会の一員として、彼とて当時の一般的な空気と無関係でいられたはずはない。そしてチャンパーワットの虎に関する後の彼の手記にも、後で見るように、これと同じような父性的な基調音を聞き取ることができる。だが彼の義務感は間違いなく、インド人に対する純粋な共感と仲間意識に由来していただろう。カラダンギの森で過した少年時代から、ビハールの鉄道基地での前半生、そして現在の、ガンジスのフェリー・ターミナルでの仕事まで、コーベットはずっと田舎のインド人と共に生き、彼らを友人や同僚と見なしてきた。彼らと交流し、当時の英国人植民者の中では稀な形で彼らを尊敬して来た。事実、インド生まれの数少ないヨーロッパ人の一人として、彼は自分を、当時のイデオロギーが許す限りにおいてインド人であると見做していた。自らのアイデンティティを時に両義的と感じながらも、クマーウーンを自らの故郷と呼ぶのに些かの躊躇いもなかった。少なくともこの時点まで、彼はアイルランドにもイングランドにも行ったことはない――インドだけが、彼の知る全てだ。ジム・コーベットにとって、チャンパーワットの虎が餌食としているのは遠い国の見知らぬ人々ではない。そいつが殺して喰っているのは、彼の仲間であるクマーウーンの人々なのだ。たぶん彼は、大志ある紳士《サヒブ》として自らの父性的義務を果さねばならぬと感じてはいた。だがそれと同じくらい、あるいはむしろそれ以上に、彼が気に懸けている人々――彼自身の言葉によれば、「私がその一員であり、私が愛している人々」――が、彼の故郷で短期間の内に何十人も喰われているという事実こそが動機になっていただろう。結局のところ、コーベットの人生は安逸とは程遠いものだったのだ。十代でエンジニアになるという夢を諦め、学校を辞めて家族を養った。十年以上に亘って辺境の前哨地で孤独に頑張った。コレラやマラリアによって人間が蠅のように死んでいき、昵懇な人間関係など空想上のものでしかないような場所でだ。嫌と言うほどの貧困、頭痛、苦悩を体験してきた。否、それだって彼の友人や同僚のインド人ほどではない、だが間違いなく、仲間のヨーロッパ人の誰よりもだ。人喰いを追って森に入ろうという決断は、彼の中にかなりの恐怖を吹き込んだかもしれない。だが依頼を受けた以上、他者のために自分自身の命を犠牲にすることを躊躇いはしない。結局のところ、この一五年間というもの、ずっとそうやって過してきたのだ。

そしてもしもコーベットが実際に自らの実力を世に示す機会を窺っていたのなら、バーサドと会った後、長く待つ必要はなかっただろう。ちょうど一週間後、報せは来た。草木も眠る丑三つ時、今にもぶっ倒れそうな疲労困憊の伝令が街に駆け込んで来たのだ。息は絶え絶え、吐き気で窒息寸前となりながらも、伝令はどうにかこうにかその報せを伝えた——あの虎がまた出た。六〇マイルほど向こうのパーリ村で、たった今、女が殺されたと。*

コーベットは直ちに取りかかった。既に下した決意についてあれこれ思い悩んだり、こんな化け物に会いに行くのが果して賢明かどうかなんて考え直している暇はない。人喰い虎が、殺人現場近辺に数日以上留まってくれることは滅多にない。せいぜい一週間が限度であり、ともかく時間がないのだ。その朝の内に荷造りしてパーリへ向かう。一刻も早く。電光石火で。曲がりくねった山道を、徒歩で。予め雇っておいた六人のクマーウーンの男たちと共に——誰一人、山の向こうで待ち構える恐怖を知る由もない。

＊パーリ村は今も現存しており、地図上では Pati Town と記されている。ジム・コーベットの時代からかなり成長して、コンクリート造りの喫茶店や食べ物の屋台のお陰で、トラック運転手の休憩所となっている。だが元来の村の家屋も、アルモラ・ロードをクルマで少しのところにある。当時のタライでタルー族が住んでいたローインパクトな泥壁と草葺き屋根の家とは違い、クマーウーンのパハーリ族はその辺の石を使って小さな小屋や少し大きなコテージを建て、屋根は不揃いなタイルで葺いていた。これらの家の多くは今も現存している。

第6章　闇の帷

一路パーリ村に向かうジム・コーベットと仲間たちは、初日だけで一七マイルも移動した――峻険な山道を登り降り、道具を満載した荷を背負って。四三五人を喰ったと言われる獣を目指して、一七マイル。その行程は拷問のようだったに違いない。半分駆け足、半分は歩き、不安と疲労の汗に塗れて。汚物が押し固められた道の途上、通り過ぎた山の民は疑念と好奇心の入り混じった目で彼を見ただろう――疑念とは、何故にこの、髭を蓄えた若くひょろ長い鉄道員は、ショートパンツ姿でわれわれの山を目指しているのかと。そして好奇心の対象は、やむを得ず荷物から突出したマティーニー・ヘンリー・ライフル。そしてこの山の民、薪を探して何マイルも歩いているサリーの女たち、飢えた群れを不毛の草地から率いてきたトピの男たちには彼らなりの理由があった。一九〇七年はクマーウーンの人々にとっては張り詰めた年だった。最近の英国の森林管理に対する憤懣は、徐々に煮えたぎりつつある。パハーリの山の民は低地タライのタルー族と似て、餌、食料、燃料を大きく森に依存している。英国人はクマーウーンにおける死活的な森林利権を守るために、事実上、樹の生えたほとんどの部分を保護林とし、英国人の伐採人とスポーツマン以外には立入禁止にしてしまった。クマーウーン山地では組織化された抵抗が形を取りつつある。同年、アルモラでは森林局の最新の規制に反対するために大規模デモが発生した。コーベットは手記の中でそのようなことには言及していないが、その緊張感には当然気づいていただろう。間の悪いときに超自然的ともいうべき人喰いが出現したために、その緊張と憤懣は却って一層強まっている。たぶん、遂に森の女神の怒りの神罰が下されたのだ。

コーベットと仲間たちはその日の夕方、息を切らせ、ずきずきする身体を引きずってダーリ村に到着した。黄昏にキャンプを張り、何とか数時間の眠りを確保する。政府のバンガローのひとつもあればそこで一夜を過したただろうが、たぶん野外の星の下で寝たのだろう。まだ命の危険のあるほど虎の狩り場に近づいてはいないが、すぐそこまで来ていることは判る。虎の殺戮はまだ彼らにとっては理論上のものだ――その捕食行動は無味乾燥な言葉だけのもの、単なる物語に過ぎない。そこにはずたずたにされた筋繊維も、血も骨もない。その獣がクマーウーン東部の山の中で繰り広げてきたことのリアリティは、今なお神話のように超現実的だ――だがそれもまた変りつつある。

近くの小村モーノーラで慌ただしい朝食。コーベットと仲間たちは激烈な旅程を再開する。山また山の山道を、僅か一日で三〇マイル近くも。中腹には段々畑があり、黄ばんだ緑の密集した松の木立があり、地平線には本物のヒマラヤ山脈の白い山頂が聳えている――轍のついた道路から見上げれば、そうしたもの全てが目に入っただろう。ダビドゥラの村が近づいて来る――パーリの殺害現場までの最後の休憩所だ。近づくにつれ、嫌な予感がひしひしと感じられる。コーベット自身を含め、ここにいる全員が生まれも育ちもクマーウーン。だが敵地へ乗り込む彼らの不安感は容易に想像がつく。どの藪に敵が身を潜めているか判らない。どの雨裂から今にも飛び出してくるか判らないのだ。英国による最新の規制への直接的な反抗として、多くの山の民は森のあちこちを焼き続けている。それは抵抗の手段でもあり、また野草を再生させるためでもある。乾燥した五月のこと、コーベットと仲間たちの周囲の至る所

インド貴族の伝統的な虎狩り《バグー・シカール》。弓と槍が用いられ、一般に持続可能なレベルで実施されていた。狩りには儀礼的意味合いがあった。

英国人が到来すると、インドの虎狩りの意味合いは変化した。伝統的な武器に代わって強力なライフルが用いられるようになり、虎は象の背から大量虐殺された。この写真は1911年に撮影されたもので、ネパールのタライにおいて国王ジョージ五世のために催された植民地様式の虎狩りの様子を示している。

1907年頃、異常な人喰いの報告が、インド北部に出回り始めた。いわゆるチャンパーワットの虎であり、400人異常を殺害したという。血に飢えた捕食者という虎のイメージは植民地時代を通じて広く喧伝され、そのいわゆる獰猛さはその駆除の正当化のための弁明とされた。だがチャンパーワットの虎は実際にその評判に応えた数少ない虎の一頭であり、密猟者の銃弾から受けた傷と生息環境の悪化のゆえに、生存のために人間を狩らざるを得なくなった。

若い頃のジム・コーベットの珍しい写真。身分の卑しい鉄道員であった頃に撮影されたもので、初めてチャンパーワットの虎の話を聞いたのもだいたいこの頃である。コーベット家はクマーウーンにおいてインド人・英国人いずれのコミュニティからも尊敬を集めていたが、アイルランド系の出自と低収入のために植民地エリートの上流社会には入れなかった。ジムはインド生まれのヨーロッパ人定住者を意味する侮蔑語である「田吾作《カントリー・ボトルド》」とされていた（チョティ・ハルドワニ、ジム・コーベット博物館のご厚意による）。

ロイヤル・ベンガルトラの自然な生息域はタライ、すなわちヒマラヤの麓に広がる湿地ジャングル帯である。チャンパーワットの虎がタライに生を受けたことはほぼ間違いない。そこは獲物と交尾相手が豊富である（*Dane Huckelbridge*）

ネパールのチトワン国立公園における虎の足跡。筆者撮影。虎は人目を避ける捕食者であり、時折残す足跡や糞がその存在を示す唯一の形跡である（*Dane Huckelbridge*）

タライは何千年にも亘ってタルー族の住処であった。常に虎を尊敬してきた土着部族である。適切なプージャの犠牲を捧げ、自然の力の調和を保つのは村の聖者であるグラウの役目だった。森の精霊を怒らせると、その復讐のために虎が利用されると考えられていた。

ジム・コーベットがチャンパーワットの虎狩りに向かう直前に取られた写真。クマーウーン遠征。ナイニタールの荷運び人と、トピを被った山岳民が鋭い対照を見せている。背景にヒマラヤ。コーベットの山狩り隊もこの両者から成っていた。

松の生えた冷涼なヒマラヤ山麓の丘。タライの生い茂ったジャングルとは似ても似つかない。だが、この場所でチャンパーワットの虎は大量の人間を狩る。チャンパーワットの外れにて著書撮影。虎が最後の犠牲者を殺した場所の近く（*Dane Huckelbridge*）

チャンパーワットの虎の現存する数少ない写真のひとつ。剥製にされた虎の頭部。そもそも何故それが人間を狩り始めたのかを示す動かぬ証拠。下犬歯の欠損と上犬歯の損傷がはっきり見える。コーベットはこれを、若い頃に受けた密猟者の銃弾によるものと考えた（ガーニイ・ハウス、ダルミア家のご厚意による）

コーベットがチャンパーワットの虎と対決し、殺した峡谷の底。筆者（中央）は二人の熟練ガイドに連れて行ってもらった。両者とも、1907年の狩りに参加した地元の家族の知り合いである（*Dane Huckelbridge*）

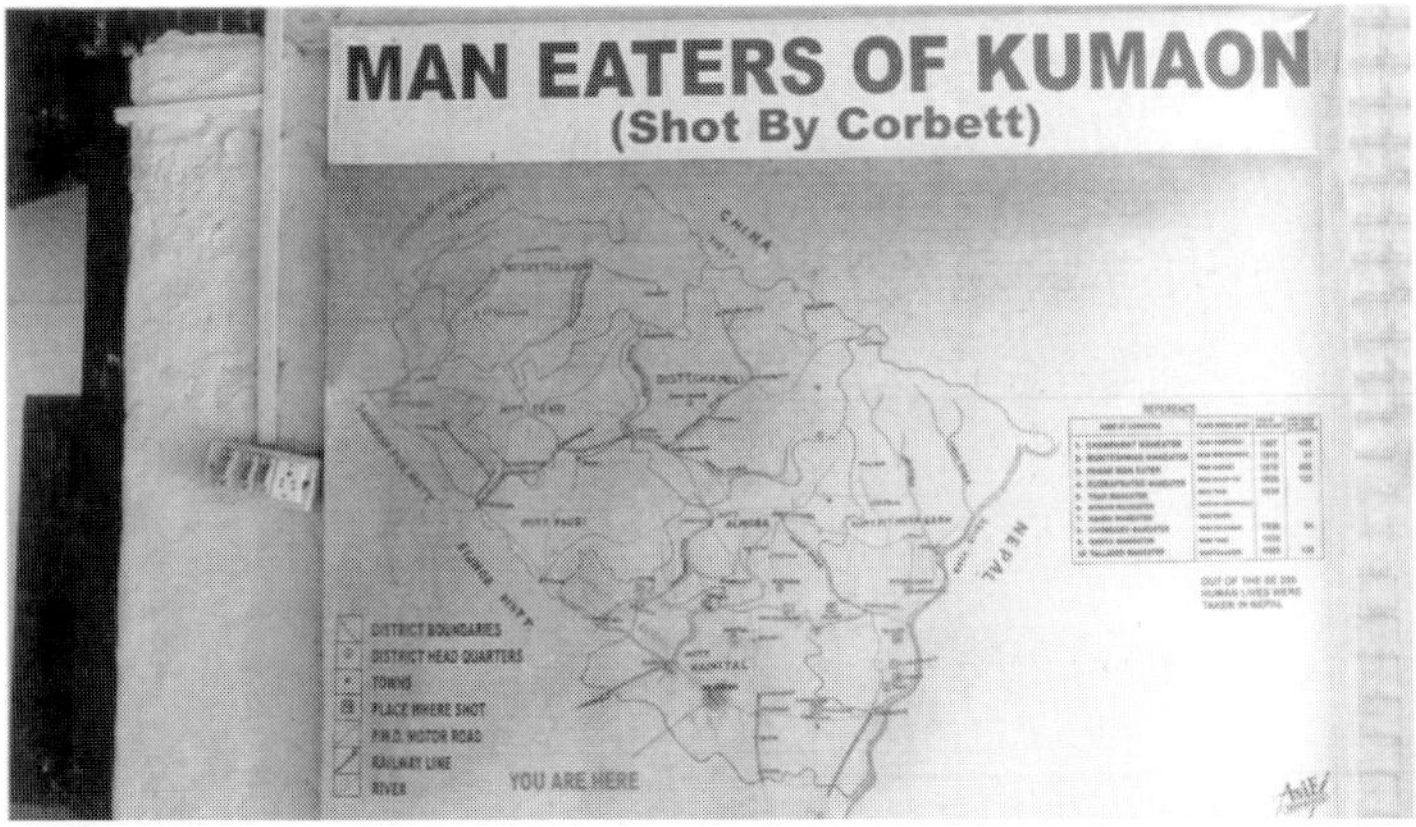

チャンパーワットの虎を倒すと、ジム・コーベットの名は人喰い殺しの名人として知れ渡った。この能力は大いに彼に役立った。森林破壊と獲物の減少によってますます多くの虎や豹が人間を食糧とするようになった時代である（チョティ・ハルドワニ、ジム・コーベット博物館のご厚意による）

時折チャンパーワットの虎と誤解されるが、ここでコーベットと共に写っているのはポワルガルーの雄虎で、1930年撮影。コーベットが仕留めた中でも最大の虎である。

ジム・コーベットは後半生を虎の保護に捧げた。虎保護区の初期の発案者として、彼はこの種を絶滅から救う上で極めて重要な役割を果たした。この写真は今日、彼の名を冠している国立公園で撮影されたもので、コーベットが何よりも愛した堂々たる野生動物——ベンガルトラの姿を示している（*SunnyMalhotra/Shutterstock*）

で黒煙が柱となって立ち上り、狭い山道の両側が炎の壁で閉ざされる黙示録的光景を思い浮かべるのは容易い。暗闇の中へ、炎の匂いの中への行軍である。

ダビドゥラでもう一泊。焚き火でレンズ豆のカレーを煮る。手巻き煙草を黙りこくって喫う。それからまた夜明けと共に出発、この野営地からパーリまであと一〇マイル――最後の直線コース。コーベットの手記では、この最後の道についてはほとんど何も触れられていない――たぶん、何も書くことがなかったのだろう。たぶん七人の男たちは、気まずい沈黙の中にいたのだろう。登るほどに、物思いに沈んでいたのだろう。コーベットは初めて、荷物からライフルを取出すことを考えたかもしれない。

そしてついに到着。一九〇七年五月三日の午後。日が翳る兆しを見せた頃、彼らはパーリ村に入った。まるでゴーストタウン。迎える者は誰一人いない。スレート屋根の石造りの小屋は全て沈黙している。中央広場は人っ子一人いない。地元の習慣では通常、村長からの歓迎の挨拶があり、甘味と熱い茶によるもてなしの儀式がある。だがそんな接待は皆無。ただヨーロッパ人が――山奥では多くの者が見たこともない珍奇――来たというだけでも、通常は少なくとも好奇心旺盛な子供たちの一団がぞろぞろと出て来そうな見物なのに。だが、そんな子供たちすら出て来ない。実際、外に出て来た者は皆無、そして直ちに、ここで何か恐ろしいことが起こったのだと判明する。ここは呪われた場所なのだ。落ち着きなく周囲を見回す。筋肉が強張る。いったい何がどうなっているのか。そして何かが臭う――吐き気を催す悪臭、腐肉ではない、排泄物だ――コーベットと仲間たちが荷を降ろし、火を焚こうとしたとき、その源が判明する。

次に起ったことは、何年もの間コーベットを苛み続けるだろう。人喰いとは何かを、彼は初めて、忘れがたく理解した。それは現実の犠牲者との最初の出逢いであり、その村が被った心理的トラウマを初めてはっきりと見たのだ。一人また一人と、村人たちが煤けた石の小屋から出て来た。「絶望的なまでに怯えきって」と彼は後に記す。目は亡霊のようで、全身ぶるぶると慄えている。最初は嫌々だったが、集まったパーリ村の人々は、泥だらけの服で慄えながら、この客人に村で起ったことをぽつりぽつりと語り始めた。ジム・コーベットにとって忘れることのできない話である。数年後、彼はその記憶を手記に記す――

大要、以下のようなことを告げられた、五日の間、家の戸口から出た者は誰一人いないという――この広場の気違いじみた状況が、その証言が事実であることを裏付けている――食料も底を尽き、もしも虎を殺すか、追い払わない限り、皆飢えて死ぬしかないのだ。虎がまだこの近辺にいることは明らかである。三夜に亘って家々から百ヤード離れた路上で咆哮する声が聞え、そしてまさにその日、村の下端の耕作地で目撃されていたのだ。

コーベットの山狩り隊の到着は、パーリ村の五〇人あまりの住人を安心させたらしい。少なくとも、鍵の掛った扉の後ろから出て来られるくらいには――それすら、恐怖のあまり一週間近くに亘って不可能だったのだ。だがそれでも、一番新しい殺害現場への案内を頼んだコーベットに対し、彼らはあからさまに嫌がった。虎はまだそこにいる。そしてそれが連れ去った女は、何もこの地域の最初の犠牲者ではないのだ。村人たちはこの怪物の能力を知り抜いている。そしてそれを止めるために派遣されたシカーリは何もコーベットが最初ではないということも。日が傾き、闇が迫ろうという時に、クマーウーン語を話すこの奇妙な英国人を虎の最後の餌場に連れて行ってやる物好きはいない。だが彼らは最終的に、最新の犠牲者が殺された状況に関する詳細な話をコーベットに伝えた。だがそれは、人喰い虎の出る地域ではあまりにもありふれた物語ではあった。

二〇人ほどの女たちが、森境に出て村の家畜に与えるオークの葉を集めていた。女の一人が、木に登って葉をちぎろうと考え、そして木から降りて来る時に、後ろ脚で立ち上がった虎に襲われ、木から剥ぎ落された。あまりの凄まじさに、他の女たちは棒立ちになった。誰一人まんじりとも出来ぬ間に、虎は前脚を彼女の喉に突き立て、あっという間に雨裂の険しい側を逃げ去り、下生えの中に姿を消した。恐怖に駆られた女たちは慌てて村に逃げ帰って助けを求め、男たちが徒党を組んで虎を追った。おそらく犠牲者を助けようとしたのだろうが、そんなことは不可能であることがすぐに明らかとなった。虎は既に月桂樹の深い繁みの中で彼女を喰い始めており、彼らが到着すると、鼓膜をつんざくような咆哮と共に跳び掛ってきた。丸腰の面々は蜘蛛の子を散らすように逃げ惑い、すっ飛んで逃げ戻って来たのだった。一世紀前なら、パーリのような村にも武器があり、このような獣を止める闘いのノウハウもあった──槍とか、網とか、毒矢とか──が、一八五七年の武装蜂起からちょうど五〇年経った一九〇七年には、そのような武器は植民地政府に取り上げられて久しかった。パーリの住民でただ一人、銃っぽいものを持っている者がいて、虎を前にしてその年代物のラッパ銃を空中に発射してみた。それで倒すというより、音で脅して追い払おうという腹である。だが言うまでもなく、その作戦は上手く行かなかった。虎は獲物を放すこともなく、捜索隊はその食事を止めさせることができなかった。

焚火の周囲に集まった村人から、コーベットは親しく話を聞き、次に何をするかという楽しくない決断を迫られた。生涯一ハンターであった彼にとっては、危険な捕食者など珍しい話ではない。早くも十代の頃に、熊や豹、虎を相手に身の毛のよだつ対決を演じてきた。とは言うものの、戦利品ハンターではない彼は、通常は分別あるクマーウーン人の嗜みとして、徹底してそれらを避けていた。だが今や生涯で初めて、気がつけばそんな自分が全く不得手なことを要求されていたのだった。相手は単に何かを襲っているだけの虎ではない。良く考えれてみれば人喰いなのだ。これは確かに前例のない試みであり、頼るべき手引き書もなければ教本もない。彼自身が認めている、「助言を乞う相手もいない。何故ならこれはクマーウーンで初めての人喰いだからだ。しかもそれを、この私が成し遂げねばならないのだ」。この点に関してはコーベットは必ずしも正しくはない——この地方には、稀ではあるが歴史上に現れた人喰いの記録がある。だが人喰いで、しかもシリアルキラーとなると間違いなくこいつだけだ。コーベットはいわゆる普通の虎に関しては無論素人どころではない——実際、西洋の博物学者が追いつくのに何十年も掛るほどの、直接的かつ土着的な知識を大量に持っている——だが今、彼が直面しているのは異常な怪物なのだ。彼は人喰いを狩るという繊細な技を、今ここで実地に収得する必要がある。しかもなるたけ速く、間違いの許されない学習曲線を描かねばならない。何らかのミスは避けられないにしても、それが致命的なものにはなってくれるなと祈ることしかできないのだ。

この経験不足と若さゆえの愚かさのためだろうか、まさにその夜、ジム・コーベットは彼の全狩猟人生で最高に無謀と言えることをやらかしてしまう。六人の仲間たちがその夜、安全な室内にいることを確認した彼は、たった一人で野外で過す決意をしたのだ。地面の上で、標的を仕留められるかもと山を張って。野生の虎は人間の作った道路を好む。この虎もそうかもというコーベットの推測を、パーリの村人の話が裏付けた。曰く、その人喰いが夜間に村の外の道路を彷徨いているところが目撃されたと。おりしも満月、視界は良好だろう。コーベットは比較的安全な石の隠場よりも、地道の傍の一本の木の下を選んだ。ライフルを手に、樹皮に凭れ、しゃがみ込んで一晩待つ――もしも虎が次の食事はこいつにしようと決めたなら、果してそれを撃つ時間はあるだろうか？　最後の獲物から少なくとも五日経っている。コーベットは虎の毎週の食事量を知っている。次の狩りの時はヤバいほど間近だ。

月が昇り、冷気が凝縮する。この戦略が誤りであったことがますますはっきりしてくる。獰猛な人喰いは真っ昼間に殺すことにも何ら躊躇は憶えぬとは言え、虎は本来夜行性のハンターである。主として光に敏感な桿体細胞からなる網膜、そのすぐ後ろにあって光を反射する輝膜層により、虎の暗視能力は人間のそれの六倍にも達する。さらにその強力な眼と共に、同じくらい凄まじい耳もある。回転環構造の基部を持つそれは、レーダーアンテナのようにいつでも音源の方向に向けることができ、〇・二キロヘルツから六五キロヘルツまでという驚異的な可聴域を誇っていて――せいぜい二〇キロヘルツまでの人間のそれとは比べものにならない――唾液の嚥下音や鼻孔を通る呼吸音のような微かな音をも聞き取ることができる。このスーパーヒーロー並の視力と聴力に加えて、虎は全身に五種類の髭を備えており、その全てが常に知覚情報を感知し、全く光のない濃密な下生えの中でも易々と行動を可能とする。しかもこの偵察システムが搭載された動物は、その肉球のお陰で事実上無音で移動し、そのカモフラージュは縞と点彩の夜影に完璧に溶け込んでいるということに思い至れば――ちょうど今のコーベットのように――太陽が沈んだ後に虎を出し抜こうだなんて、単なる馬鹿というより自殺行為そのものだということがたちどころに解る。だが今夜、罠を張ってやれなどと無分別なことを思いついた時点では、自分が致死的な罠というよりむしろ格好の餌だなんて思いつきもしなかったのだ。

にも関わらず、逃げ戻ることはなかった。できなかった。その戦略は愚かかもしれないが、それ以外に手はないのだ。そしてコーベットは理解している、村に逃げ帰るということは、村人たちの信頼を失うことだ。彼は彼らに、そしてたぶん自分自身に、自分にはこれができるということを証明して見せねばならない。何にせよ、コーベットは軍人の家系の出身なのだ。父も祖父も数多くの戦争や戦役に参加したし、少年時代のジムは自己犠牲と武勇の話を聞いて育った。否、尻尾を巻いて逃げ出すなんて問題外だ。彼は既に決意した。逃げないという決意とそれに続く恐怖について、ジム・コーベットその人以上に上手く語れる者がいるだろうか——

すぐ目の前の道は月の光に美しく照らされていた。だが左右には頭上に垂れ込める樹々が暗い影を投げかけている。そして夜風がその枝を騒がせ、影が動くと、一ダースもの虎がこちらに向かってくるのが見えた。自分自身をこのような虎の為すがままの状態に追い込んでしまった出来心を激しく後悔した。あまりの恐怖に、自分に課した責務を果すことができない。歯ががたがた鳴っているのは、寒さよりも恐怖の所為だ。私は夜の間ずっと座っていた。灰色の夜明けが視界を雪のように白く照らし始め、私は膝を引寄せて頭を憩わせた。一時間後、仲間たちが私を見つけ出した時も、ずっとその姿勢のままだった——いつの間にか熟睡していたのだ。虎については、何も聞こえず、見もしなかった。

目を血走らせ、夜の冷気に取り憑かれたまま、ともかく朝食を摂りに村に戻ったコーベットを見て、村人たちは仰天した。まさかまだ生きていたとは――彼自身も、今はそう思っている。どうも虎は、まだその辺にいるのだろうが、彼の存在には気づいていたらしい。それでも襲ってこなかったのは何故かと言えば、虎の動機を考えてみればよい。人喰いとは言え、殺すのは身の危険を感じた時か、あるいは空腹な時だけだ。木に凭れ掛ってしゃがみ込み、微動だにしない姿勢のコーベットは、危険な存在には見えなかった。そして――コーベットにとって幸運なことに――まだ前の犠牲者で腹は満ちていて、昨夜は狩りをする必要がなかったのだ。だが虎が近くにいたことはほぼ確実だ。森境から彼を見ていたということも。そいつはあの黄金の眼を月光で白銀に変えて。筋肉を圧縮し、身を屈めていざ跳び掛る寸前に、出し抜けに躊躇した――そして結局踵を返し、闇の中に身を潜ませたのだ。

――

翌日、さらに次々と人々がコーベットに話を打ち明けるにつれ、状況の真の深刻さ――そして悲惨さが明らかとなった。パーリ村の住民はいまだ恐怖のあまり畑にも出られず、家畜の餌も集めに行けない。近隣の村に助けを求めて道を歩いて行くことすらままならない。自宅に立て籠もる紛れもなき避難民である。彼らを付け狙うのは、意のままに彼らを殺すことができると思しい亡霊だ。そしてここだけの現象であるどころか、これはクマーウーン東部全域の村の共通体験なのだ。この田舎全土が麻痺している。いつ何どき、どこを虎が襲うのか、誰にも判らない。田舎の村では、ただ用を足すだけでも森の中に歩み入らねばならない。だから村人たちは、常に虎の為すがままにされるという恐怖を感じずにはいられないのだ。そしてそれらの村はいずれも、これまで虎などほとんど知らなかった山地にある。豹や熊なら、確かに岩だらけの高地を彷徨いている。だが虎というのは低地のジャングルの動物だ。山に住むクマーウーン人にとって、人喰い虎など全く未知なる恐怖なのだ。

この異物感は、今日においてすらまだ残っていると筆者は実感した。本書のための調査中に話を聞いた低地在住のタルー族のほとんどは虎の声を聞いたことがあり、いとも簡単にその咆哮や啼き声を真似て見せた。だがクマーウーンで会ったパハーリ族は、虎のこととなると全く何も知らない――豹の唸り声や熊の吠え声は迫真的に真似ることができるが、虎の声となるとさっぱりなのだ。そして当時も今と同様、それは彼らの世界にとっては全くの異物だったのである。

だがその夜にコーベットが見せた勇気は、確かに愚かではあったが、何らかの収穫をもたらした。村長は彼に、大麦を収穫して家畜に餌を食わせるために村の畑を見張ってくれるかと訊ねた。実際、自前のライフルも銃も持たない百姓たちはコーベットの虚勢に勇気づけられ、試験的に仕事に戻っても良いかなと考えるようになっていたのだ。彼がライフルを手にそこに頑張っていてくれるなら、の話だが。そうすれば少なくとも、食べ物は何とかなる。この村ではもう何日も食べ物無しに過してきたのだ。状況の深刻さを見て取ったコーベットは直ちにその求めに応じた。予め村の周辺に新しい足跡はないか調べていたところ、藪の中からいきなり何かが飛び出してきて心臓が止るかと思ったが、幸いにも虎ではなく、ただの腰赤雉だった。かくして、彼が胡桃の木の下で見張っている間にパハーリ族は仕事に戻ることとなった。夜までに五つの大きな畑から穀物を鎌で刈り取り、束にした。

とはいえ、日光がどれほど彼らに自信を与えたにしても、闇の到来と共にそれはあっという間に霧消した。広場を素速く片付けると、パハーリ族は家の中に閉じ籠もり、炉辺に集った。排泄物の酷い悪臭は少なくとも、馴染み深いパハーリ料理の香りに取って代わられた――チャパティ用の大麦とギーを作るための乳が戻って来たのだ――だが恐怖は厳然と残っている。依然として、村人の誰一人としてコーベットを最後の犠牲者が殺された森へ案内してやるという者はいない。そして彼を感化しつつあるのもまた恐怖だった、彼の場合は良い方向へだが。彼は鉄面皮にも、一夜を野外で過して命からがら生き延びた。そしてこれ以上図に乗らないように、今度は賢明な選択をしたのだ。村での第二夜は屋内で、炉の火のすぐ横で寝ることにした。小屋の扉には人喰いが入って来れないようにぎっしりと茨の枝を詰め、いざとなればすぐに撃てるように銃には弾も装填しておいた。外のどこかに虎が潜んでいる、彷徨き、待ち伏せし、飢えを募らせている。次の狩りは刻一刻と迫っている。

――

パーリ村に着くまで、人喰い虎などという概念は単なる抽象でしかなかった。その瞬間まで、コーベットの知る虎は一定のルールの下に行動するものだった。一種の生物学的なエチケットとも言うべきもので、その形は自然界の一般的な形に従っている。コーベットがよく知っている虎は、自分が獲物を殺した現場にうっかり出くわした人間を脅すために唸ったり、攻撃の真似事をして見せるくらいのことなら偶にはあるが、人間の首に噛みついてへし折ったり、四肢から肉を剥ぎ取ったりすることはない。若い頃に見た虎は村外れに姿を現して素速く山羊を攫っていくことはあっても、山に登ってひとつの村を侵略軍のように包囲攻撃したりすることはなかった。否、今追いかけているこいつは、もはや全く別の生き物に見える。その自然の本能が歪められ、もはや虎とはとても言えない何かに成り果てている。

一九〇七年の時点において、コーベットが果してこの歪みを惹き起こす上で人間が果した役割について理解していたか否かは断言することができない――何やら前代未聞のことが起りつつあるということに気づいていたのは間違いないが。実際、この地に新種の人喰いが到来したことは、ただクマーウーンのみならず、当時の主要な植民地新聞でも耳目を集めつつあった。同年の社説において、〈ザ・タイムズ・オヴ・インディア〉はこのような捕食者が「このところ、ドゥナガート、デヴィドラ、ロハガート、およびチャンパーワット周辺を彷徨いている」と嘆き、「これまで当局は村人の保護に関しては全く手を拱いている」と付け加えている。この主張は、当時の政府による動物襲撃事例の記録で裏付けられている。一九〇七年――コーベットの試練が始まった時点で、まだ半分も過ぎていない――に連合州で虎に殺された四二人の内、三九人はクマーウーン地区だけで起っている。その他の地区のほとんどでは、死に至った虎の襲撃事例は全く見られないのだ。メーラト、アグラ、ファイザバードではそれぞれ一名ずつ。それらと比べてクマーウーンでは実に三九人が殺されていた、というのはまさに大虐殺である。事実上、たった一頭の虎が――コーベットが退治を依頼されたまさにその虎が――インドの、ワイオミング州よりも広い領域での致命的な虎の襲撃事例の九三％を惹き起こしていたのだ。そして忘れてはならない、犠牲者の実数はほぼ間違いなく遥かに多いのだ、そもそも辺鄙な村では正式な報告も上がることはなく、地元の英国人官吏もまたこの手に負えないインドの虎に対する彼らの対策が如何に情けない結果に終ったかを大々的に明らかにするのを嫌ったからである。

コーベットはパーリ村の住民、すなわち「数マイル四方を隅々まで知り尽くしている」人々の信頼なくしてはこの任務は果し得ないと理解していた。虎の足跡の発見は焦眉の急である――そしてコーベットが知る限り、それが見出せるのは虎が女を引きずり込んだ森の中だけだ。コーベットのような熟練の追跡者にとっては、虎のたったひとつの足跡すら、情報の宝庫である。まさしく狩りの計画立案に必要な重要情報が詳細に纏められた自然のレジュメなのだ。肉球の形を見れば、そのネコ科動物が雄か雌かも判る――雄のそれは雌よりも大きく、丸い。雌の方が繊細で、長い。肉球の発達や摩耗を見れば虎の年齢も判るし、走り方から怪我の具合まで推測できる。虎児がいるかどうかも、そして少なくとも、その食習慣に関する基本的な情報も手に入る。さらに、足跡よりも遥かに多くの情報を提供する痕跡もある。爪痕、木に掛けられた尿、出したての糞などがあれば、コーベットが戦略を組み立てるのに必要なありとあらゆる情報が正確に判る。コーベットのユニークな才能のひとつが、彼自身も述べているし他人の証言もあるが、不気味なまでの迫真ぶりを誇る野生動物の声真似である。これはナイニタールでは単なるナイスな余興であったが、ジャングルでなら獲物を惹き付けるためのなくてはならない道具となる。この虎について知れば知るほど、それを見つけ出して追跡する最適の方法、白日の下に引きずり出せる可能性も見えてくる。迷子になった虎児の声を真似れば良いのか、それとも発情した雌の声か？

その全てが、その虎が犠牲者を殺した場所に案内して貰えるか否かに懸っている――だがパーリ村の住人は依然としてきっぱり拒んでいる。彼らの恐怖が如何に深いかは、彼らが敬虔なヒンドゥ教徒であるという事実によく現れている。何にせよ、荼毘に付すためにはその女の遺体の一部でも見つけ出すことが絶対に必要であるにも関わらず、女の友人も親戚も皆慄え上がって、その大事な宗教的義務を果すために森に入ろうともしない。この事実がまさに、虎がもたらした心理的ダメージの深甚さを雄弁に物語っていた。パーリ村住人のトラウマはあまりにも深い。何しろ数日に亘って、縞のある死の天使が、四六時中彼らに取り憑いていたのだ。彼らは、親しかった者が木から引き剥がされ、悲鳴を上げながら森へ引きずり込まれるのをその眼で見たのだ。死んだ友人を喰っている最中の虎が、村の周囲をぐるぐる周りながら吠える声を耳にして、為す術もなく眠れぬ夜を過してきたのだ。彼らは骨の髄まで怯えきっている。何らかの安心材料がなければ、再び現場を訪れようなどという気にはとてもならないだろう。コーベットは袋小路に陥っていた――時間は刻一刻と過ぎて行く。すぐに虎はパーリ村でまた誰かを殺すか、あるいは別の場所に移動してしまうだろう。

その手記において、コーベットは仲間たちについてほとんど何も明かしていない。だが、彼らを信頼していたことは間違いない――何にせよ、人喰い殺しのクエストに自ら選んだ猛者たちなのだ――そして彼が彼らの意見を尊重していたのも当然だ。彼らはパーリ村の住民のような田舎の山人ではなかったかもしれないが、インド人として、コーベットのようなヨーロッパ人が持ち得ぬ経験と洞察を持っていただろう。たとえコーベットがクマーウーンの言語と文化を解するにせよだ。彼らの出身地であるナイニタールは事実上、人種的に隔離された街であり、植民地主義が如何なる恐怖と疑念を生み出すかを知らぬわけではない。この作戦を思いついたのは、村人が植民地権力に対して抱いている疑念に関する彼らの理解――それとたぶん、彼ら自身の腹の中にもあった不満――のお陰だったのだろう。つまり今必要なのは、パーリ村民に自信を与えるかもしれない何か、それと鍋の中の何らかの食料だ。そのための一石二鳥の妙手が、ちょっとした射的。つまり連中に彼の射撃の腕前を見せつけてやることだ。全く信用の置けない政府が派遣してきたこの向こう見ずな英国人が、実際に村人たちを守る技術を持っているという事実を証明すること。そこでコーベットはライフルを手に村長に近づき、「ゴーラル」はどこで見つかるかと訊ねた――クマーウーン人の誰もが大好きな、活きのいい小型の野生羊のことだ。村長はそのアイデアを気に入った。新鮮な獲物を採って来ようという作戦を明かすと、三人の勇敢な村人が彼を案内することになった。ゴーラルは村のすぐ外の、急勾配の草深い斜面にいる。男たちは見るからにわくわくしていた。一週間もの間、食料無しで過して、ようやく家族に食事らしい食事を食わせてやれる時が来たのだ。

パーリの人々が半開きの扉の陰から見つめる中、コーベットと三人の新たなガイドは村外れに向けて勇んで行進した。街道を横切り、急な尾根を降り、半マイルほど先の、幾つかの雨裂が集中している場所に出る。周囲は虎が身を隠すのに最適な渓谷。そこへ突然、遠い山の上を飛び跳ねるゴーラルが、野草の塊から頭をひょいと突き出した。途轍もなく困難な射撃ではある――コーベットは野生羊との距離を二〇〇ヤードほどと見積もった。見えているのは頭だけ、しかも手強い六〇度の角度。だが、これを逃せば後はない。

手記の中で自慢したことこそないが、コーベットはずば抜けた射撃の名手である。若い頃からカラダンギのジャングルで獲物を追い、腕を磨いてきた。父の死後、家族が苦境に陥ると、野生動物の肉は重要な食糧となった。動物の肉を駄目にしてしまわないために、ヘッドショットは必須だ。射撃の腕のお陰で、若い学生でありながら賞賛と尊敬を集めた――彼は一〇歳にしてナイニタール義勇軍ライフル隊に訓練兵として入隊し、そのライフルの腕で視察に来た特務曹長を唸らせ、私用で森に入る際に0.450口径のマティーニ・カービン銃を借り受けて携行する許可を得たのだった。後装式のマティーニ・ヘンリー・ライフルは彼が素速く修得する武器であり、そして二〇年後の任務にも携えていくことになる武器でもある。かなり重いし反動もあるが、コーベットによれば「その不満を補って余りある命中性能がある――距離を問わず」。

とはいえ、ゴーラルにも有効かどうかはまだ判らない。地面に身を伏せ、松の根で銃身を安定させて、コーベットは撃った。山上に火薬の轟音が谺し、暫くの間は煙以外は何も見えない。村から来た三人は目を凝らし、傷ついた動物を探すが、何もない――失望してぶつぶつ言い始める、コーベットは外したのだ、と決め付けて。

だがそうではなかった。コーベットが再装填している間に、ゴーラルはのろのろと高い草から滑り出て、それから山の急斜面にもんどり打った。だがそれが倒れると、別の繁みにいた二頭のゴーラルが驚いて飛び出してきた。コーベットは考える前に再び構え、狙いを定めて引鉄を引いていた、「どう見ても不可能なこと」を達成できますようにと祈りながら。実際、不可能としか思えない離れ業だった。さらに二発の火薬が炸裂し、そして何だが訳の解らぬ内に、さらに二頭のゴーラルが蹌踉めいて倒れた。一発は背中に、もう一発は肩に命中している。三頭のゴーラルの身体はそのまま斜面をごろごろと転げ落ち、雨裂の底で停まった。コーベットと村人たちの目の前だ。この瞬間、人喰い虎のことなど忘却の彼方、彼らは歓声を上げて目の前に落ちてきた肉に群がった。素速く三頭のゴーラルを纏め、村に戻る。パーリ村民は中央広場に集まり、歓呼して迎えた。

ゴーラルが皮を剥かれて料理されている間、コーベットの耳に、案内人が村人に彼の偉業を阿呆ほど大袈裟に誇張して熱弁しているのが聞えてきた。一マイルも彼方から獣を殺す魔法の銃弾だの、殺した獣をハンターの足下に召喚する魔術だの。普通ならコーベットは手を振ってそんな馬鹿話は止めさせるところだが、今回はこの「シカールの駄法螺」を放置することにした。これが村中に伝われば――村人たちは自信を深めるだろう。たぶん、彼自身も。誰もがそれを必要としているのだ。

全員でゴーラルのカレーを食べた後、コーベットはもう一度、虎の現場への案内を依頼した。そして今回、コーベットの射撃の腕にすっかり勇気付けられ、暫くぶりの食事らしい食事に感謝したパーリの村人は喜んで承諾した。村長が志願者を集合させると、その中からコーベットはゴーラル狩りの案内人として同行した二人を選んだ――そして今や、彼らは大喜びで引き受けた。さて、森を目指して出発する段になると、攫われた女の家族が出て来て、少しでも良いから死体を取り戻しておくれ、そうすればヒンドゥ教の習慣に従って荼毘に付せるから、と頼んだ。ジム・コーベットは慎ましく受け入れ、最善を尽すと約束した。

三人の男たちは、辛うじて安全と言える石造りの家の集落を後に、ゆっくりと段々畑を過ぎ、おずおずと最初の木の列の中に入った。森の中は圧倒的に不利だということは重々承知の上である。

正常な野生の虎は獲物を喰っている最中に人間に出くわすと、たいていは降参する。たぶん耳を倒して唸り声を上げ、歯を見せたり程度のことはするだろうが――それ以上のことは滅多にしない。だが、こいつのような人喰いにはそんな躊躇はまるでない。一世紀後にチトワン国立公園に出現する超攻撃的なネコ科動物と同様、この虎は事実上、人間に対する恐怖は何ひとつ持ち合わせてはおらず、何であれ譲るようなことはないだろう。ハンターたちの列は、単なる肉の陳列と何ら変るところはない。そしてもしもそいつが攻撃を選べば、その超高速の襲撃に応対している時間はコンマ数秒もない。もしもコーベットが幸運なら一発くらいは撃てるかもしれないが、如何に射撃の名手とはいえ、怒り狂った虎を止めるのに一発の銃弾ではとても足りない。だからこそ、インドの虎狩りのほとんどは、象の上に据えた安全なハウダーから、あるいは樹上に設営したマチャンから虎を狙うのだ――虎の爪や歯の届かない場所にいることが絶対条件なのである。これが徒歩となると、虎狩りは全く別次元の仕事となる。失策が許される余地はあまりにも狭い、というより事実上、そんな余地はない。最低限、虎狩りを仕込んだ犬の一匹でもいれば手助けにはなる。その嗅覚によって早めに虎を見つけ出せるし、虎に襲われた際にも注意を逸らすことができるからだ。だが、人喰いの追跡にかけては新米のジム・コーベットには、以上のいずれもない。彼に象を貸してくれるハッティサルも近くにはないし、マチャンを設営して餌を仕掛ける時間もなければ、臭跡を嗅ぎ付ける猟犬もこの辺にはいない。真っ直ぐ虎の餌場に歩いて踏み込むなど、わざわざ一番嫌な殺され方をしに行くようなものなのに。

それでも、この三人組にはそれなりの強みもある。まず第一に、今は五月上旬、夏のモンスーン季はすぐそこまで来ているとはいうものの、谷が密生した植物で二進も三進も行かなくなるまでまだ少しの間がある。インド北部の虎狩りが一般に冬に行なわれるのはモンスーンの所為なのだ――暑くて湿気の多い季節には、草や繁みはあまりにも濃密となり、どんな虎も全く見えなくなる。撃つことはおろか、見付けることさえできないのだ。寒くて乾燥した季節には、森は蔓植物やら匍匐植物の大半がいなくなり、狩りを可能にしてくれる窓が開く。第二に、ジム・コーベットはこと虎に関しては膨大な知識を誇っており、今相手にしているこいつは多くの伝統を破っているとは言うものの、まだこいつが遵守しているものがあることは間違いない。虎の食習慣にも精通したコーベットには、一度大型動物を殺した虎は数日に亘って断続的に食事と休息を繰り返して過すということも解っている。その間、喰える部分がなくなるまで死骸の傍を離れることは滅多にないのだ、少なくとも昼間は。確かに既に一週間が経過しており、虎がまだその辺にいる可能性はどんどん低くなる一方だが――まだ次の狩りに出掛けていないなら、元来の食事場の近くにいることはほぼ間違いない。静かに最後の食事を楽しんでいるか、そのすぐ横の陰になったところで午睡に耽っているかだ。これを知っているお陰でコーベットはいくらかは安心できたかもしれないが、まあたぶんそれほどでもないだろう。その日まで近代的なライフルの発射を見たこともなかったパーリの二人とは違って、彼は自分の持っている弾が魔法でも何でもないことを知っている。もしもこちらが見つける前に虎に気づかれてしまえば、発射する暇はまずない。縞みたいな何かが見えたと思ったら、既にその爪が良い仕事を終えている。かくして、虎の情け容赦のない集計に、さらにもう一人――あるいはたぶん三人――が加算されることになる。

虎の食事場へ近づく間、コーベットの頭の中にはこうしたことがぐるぐる回っていただろう。だがそこへ到着する前に、ハンターはまず女が襲撃された場所を見せてくれと頼んだ。頭の中で、その時起ったことを正確に再現できるかもしれないからだ。この虎について、できる限り多くの情報を集めねばならない――そいつの狩りの仕方、殺し方。仲間たちは彼を問題のオークの木のところへ連れて行った。そこで遂に、彼は襲撃の最初の物的証拠を見た。

乾いた血痕の塗りたくられているところが、虎が女に噛みついて木から引き剥がした場所だ――あまりにも強力かつ乱暴に、だから彼女の手の皮膚の断片がまだ樹皮にこびり付いている。それを見たコーベットは身震いした。必死で心を落ち着かせ、近くの雨裂からの虎のルートを辿る。そして遂に、二つの石の間の細土の上に、奴の足跡を見つけ出したのだ。遂に彼は、この虎に関する情報を得た――あまり大層なものではないが、それでも手掛かりには違いない。そいつは雌で、かなり大型、そして健康状態も良好そうだが、全盛期は過ぎている。野生の虎の寿命が一五年、場合によってはそれ以上とすれば、この虎の人喰いとしての経歴についてのコーベットの推測は裏付けられた。もしもこの虎がネパールとインドでだいたい八年か九年に亘って人間を殺していたなら、そして最初に低地タライで負傷した時点でヤングアダルトであったなら、その年齢はだいたい一〇歳から一二歳というところだろう――老いてはいるが、まだまだハンターとしては有能だ。そしてそれが雌であるという事実は、それが最初に人喰いになった理由を説明するかもしれない。生まれたばかりの虎児を育てるプレッシャーは、特に自然な獲物を獲れなくなったのなら、いとも容易にその母虎が、足が遅くて身体の弱いホモサピエンスを餌と見なすように仕向けるだろう。

乾いた血痕がオークの木から、虎が犠牲者を連れ込んだと思しい雨裂へと続いている。コーベットと二人の案内人はそれを辿った。目を見開き、耳を欹て、陰の中へ降りて行く。時折散らばる赤褐色の血糊だけが標識だ。もしもコーベットのライフルの安全装置がそれ以前に外されていなかったとしたら、まさに今、底に辿り着くまでの間に外されたに違いない。虎はそこで止りはしなかった。さらに向こう、反対側の斜面を登り、深い藪の中まで女を引きずって行き、そこで漸く止って喰い始めたのだ。三人の男は黙りこくったまま、足取りも重くその最後の場所へと近づく。コーベットは間違いなくライフルを構え、その銃身は慎重に葉のカーテンを持ち上げて中を覗き込むのに使われていただろう……

一面血の海。だが雌虎の姿はない。コーベットによれば、獣は事実上、遺体を丸ごと喰い尽していた。

何日も喰い続けて、遺ったものと言えば幾つかの骨のカケラとずたずたになった衣服だけだ。ありったけの畏敬の念を掻き集め、三人はともかくあるだけの遺物を拾い集めた。そして犠牲者の家族から屍衣として使ってくれと手渡された清潔な布にそれを包んだ。それから、虎はどこかへ行ったと思われるがまだ確実とは言えない状況下で、彼らは陰鬱に葬送の行進を行なった——男たちは愛していた隣人の遺物を荼毘に付すために抱きかかえ、コーベットは虎の帰還に備えて銃を構えて——パーリ村へ。そこで彼らを待ち受けているのは、何とか遺体と呼べるものを悲しむ家族に渡すという胸の潰れるような責務である。だが荼毘に付すならそれでも十分だ。神聖な儀式が挙行され、虎の犠牲者の遺灰は「母なるガンジス」に送り届けられる。

——

パーリ村でのコーベットの最初の二日間が人喰い虎に関する詰め込み授業であったとするなら、次の三日間は失意の研究期間だった。まだ虎の実物との対峙もできぬまま、彼は何やらシリアルキラーの足跡を追う探偵のようなことをしていた。カラダンギ周辺の生い茂るタライの森なら、容疑者たる虎の位置を突き止めるのに、「ジャングルの民」（彼の好きな呼び方）の証言に頼ることもできただろう。水鹿の警告音、カカルの吠え声、ラングールの喚き声はいずれも、虎が近くにいることを明瞭に示してくれる。丸嘴や青鵲などの鳴声もまた、捕食者が通過した場所に関する情報を提供してくれる。そしてそれら全てが失敗に終ろうと、虎の血塗れの轍の跡には必ず黒蠅や禿鷲が集っているのだ。だがこのヒマラヤ中腹の海抜では、低地のジャングルを彷徨して身に着けた教訓はまるで役に立ってはくれない——そどもここはベンガルトラのいるべき場所ではないのだ。絡み合う藪と肌寒い雨裂の向こうにはほとんど何も無さそうに見える。聞えるものはただ自分の心拍音と、松の間を吹き荒ぶ不穏な風の音だけだ。

だがコーベットは、何とか手掛かりの一端を見つけ出した。村のすぐ外に住んでいる、虎を間近で見たという生き証人である。若い少女とその姉が、昨年草刈りをしていた時に虎に襲われ、姉の方が森に連れ込まれた。だがその体験は、生き延びた妹にとってあまりにも酷いトラウマとなり――彼女は実際、鎌を持って虎を追いかけたが、相手は向き直って咆哮してきた――それについて話すことができなくなっていた。だがコーベットは彼女の家族から、この獣に関するまだ知らなかった詳細情報の断片を集めることができた。だがパターンは自ずと明らかとなった。女と子供がその犠牲者の中で不釣り合いなほど大きな割合を占めている――誰にとっても不穏な事実だ、ましてや未亡人である母や姉たちに育てられた男にとっては、特に。だが、当時のクマーウーン山地での一般的な労働分担を考えれば、痛ましいことだがそれなりに意味は通っている。男たちは畑で働き、女たちは食事の準備や家畜の世話に当たる一方で、周囲の森に入って――しばしば政府の森林管理規則を公然と無視して――薪や家畜の餌を集めるという重要な仕事を担うのは通常、若い女や子供たちだったのだから。つまり、不可避的に、彼らは虎の攻撃の矢面に立つことになる。

コーベットは三日間ぶっ続けで、日の出から日没までの時間を、村を取り囲む森の探索に当てた。神経を張り詰めて、銃を構えて、出逢う人全員に、虎の姿を見たり声を聞いたりしたことはないかと訊ねる。虎が水を飲んだと考えられる水溜りや、休んでいたと思われる木陰などを教えてもらったが、この新たな手掛かりはいずれも行き詰まった。新しい足跡も糞もなかったのだ。もちろん虎も。まるでその怪物は、唐突に出現した時と同様に不可解かつ不穏に、既に虚空に消えてしまったかのようだ。

だがひとつ、繰り返し出て来る地名があった。窓辺から彼を差し招く村人たちの囁きに、閉めた扉の背後から覗き見ていた百姓たちの話に、ひとつの場所が何度も登場するのだ――虎が塒《ねぐら》にしているらしい場所、そして彼らの話によれば、最も厚かましい殺害行為が行われた場所。怪物はいつもそこに戻っていく――あまりにも危険なので、一人でそこを歩くだけでも気違い沙汰とされる場所だ。

チャンパーワット。一五マイルほど離れた少し大きな街。そこを中心として、その周囲で全ての虎の襲撃が暗い軌道を描いている。それこそ、コーベットにとって有効な手掛かりに最も近い場所であり、辿ることのできる唯一の道だった。三日に及ぶ実り無き探索の日々を過した彼には、もう選択肢はこれしかない。虎がもはやパーリ村近辺にはいないことは明らかだ。もはや路上の塵に点けられた足跡もなければ、夜の静寂を破る森からの咆哮もない。虎は去った。それだけのこと。

コーベットはナイニタールから連れてきた仲間たちを集めて告げた――荷物を纏め、夜明けを期してチャンパーワットへ向かうと。

第7章　一緒に、昔ながらのやり方で

インド北部のジャングルは、未熟者や新参者が足を踏み入れてよい場所ではない。猛毒の蛇、手に負えないナマケグマ、潜んでいる鰐、獰猛な象——守りに入った母虎は言うまでもない——全てが人間にとっては致命的だ。そしてクマーウーン育ちの少年ジム・コーベットには、森での生存術を教えてくれる師たちがいた。アマチュア博物学者である従兄弟のステーヴン・ディーズは、ジムに初めての銃をくれた。その辺に棄ててあった前装式の銃で、その代わり彼はその地方の鳥の標本集めを手伝わされた。それとダンゼイ、某将軍の勘当息子で、幼いコーベットと共にキャンプファイアを囲み、アイルランドのバンシーやクマーウーンのチュレイルの話を聞かせてくれた。それら、彼の二つの故郷の迷信と民話は、永遠に彼の心の中に溶け込んでいる。そして言うまでもなく兄のトム。英雄のように尊敬していて、幼い頃に出掛けた孔雀狩りでは、何とか真似をしようと努力した。

だが、ジム・コーベットの師たちの中でも、最も長期に亘る深甚な影響を与えたのがクンワル・シングだ。タライの傍のコーベット家の冬の別荘から歩いて行ける距離にあるチャンドニ・チャウク村の村長であったクンワルは、ジム・コーベット自身の言葉を借りれば「カラダンギで最も成功した密猟者」だった。彼のいう「密猟者《ポウチャ》」の意味ははっきりしないが——当時、禁猟はまだ稀であって滅多になかった——クンワルは一八七八年のインド森林法を屁とも思っていなかったようだし、植民地政府が立入禁止とした材木用保護林で狩りをすることに何の呵責も感じていなかった。彼がこれらの政策を平然と無視していたのは、単純に経済上の必要性のためだったのかもしれないが、コーベットがちらりとしか触れていない、これはと思える情報もある。クンワル・シングはタクール族――元来は下級貴族を意味するクマーウーン語――の末裔であり、英国人の到来以前には、彼が不法侵入しているこの同じ「保護林」は何世代にも亘って彼の家系の狩り場であったのだ。このような男にとって、先祖と同様に沙羅とハルドゥの木の間で食料や娯楽のために狩りをすることは「密猟」でも何でもなく、先祖伝来の生得権だったのだろう――外国の政府の異国人の支配者などに明け渡せるものではないのである。敢えて言おう、クマーウーンのロビン・フッドであると。

このことを知ると、タクール族の老人と八歳の植民者の少年との間の友情は全くあり得ないもののように見える。だがクンワルは少年ジム・コーベットを庇護したのみならず、彼の実の父の死後には、実際に父親代わりとなったのである。このような関係は、ヨーロッパ人とインド人との社会的隔離状態が積極的に推進されていた州都ナイニタールではほとんどあり得ないものだっただろう。だがコーベット家がマラリアの心配のない冬の数ヶ月を過していたカラダンギ周辺に散らばる村では、そのような制限には実質的な力は無く、家族は自由にタルー族やパハーリ族の隣人たちや、ヒンドゥ教徒、ムスリム、キリスト教徒らと分け隔て無く交わっていた。このクンワル「おじさん」こそ、豹との闘いで辛うじて生き延びたジム・コーベットという名の少年の様子を見に来て、その後はこの未熟な少年を狩りに連れ出し、知っている限りの自然界の知識を教えてくれた人物なのだ。そしてジムが初めての銃を貰った時――この地方の文化では、重要な通過儀礼――このクンワルが彼にこう告げる役割だった。「お前はもう子供じゃない、男だ。この素晴らしい銃があれば、このジャングルのどこでも好きなところへ行ける。恐れることは何もない」。

クンワルの薫陶を受けて、ジムはヨーロッパのハンターではなく、土着のシカーリの眼を通して森を見ることを憶えた。植物と動物にはそれ自体の言語がある。クンワル・シングは少年コーベットにその辞書と文法を教えた。ジムはすぐに、本物のクマーウーン人として狩りをするようになった。ガルップのジャングルを裸足で歩き、狩人に呪いを掛ける狐は避け、鳥の飛び方を読んで殺されたばかりの獲物を突き止め、ナル草を焼いて潜んでいる獲物を見つけ出し、菩提樹の祝福を受けて森に気に入られた。ジャングルの作法にかけては、クンワル・シングは並ぶ者なき師であり、ジム・コーベットは単なる熱心な生徒に留まらなかった。

だが、とりわけ少年の心に深く刻まれたひとつの教訓、というか物語がある――それは彼が狩りを憶え始めた当初から注意深さを教え込み、そして長い年月を経た今、チャンパーワットへ向かう暗く不確かな道を行く彼に同じことを教えている。それはある種の警告であり、クンワル自身が体験した物語だ。森の中では一瞬で運命が変るということを常に忘れるな、と彼はジムに教え込んだ。だがその物語を告げる前に、クンワルはこの少年に、今日でもインドとネパールの虎の出る地域の森の住民が気を付けている忠告を与えた。「ジャングルでは、虎をその名で呼ぶな。もし呼べば、虎は必ず出る」。この警告と共に、彼は物語を始めた――。

その前年の四月、クンワルは友人ハル・シングと共にジャングルに入った。それぞれの食卓に食べ物を載せるためだ。クンワルはその友人よりも遙かに経験豊富で、周囲の森の中で、遙かに長い時間を獲物を追って過してきた。だがクンワルは仲間がいるのが嬉しかった。そして二人の男はガルップのジャングルの高い草と濃密な葉の中を素速く進んだ。いつ何どき、密猟者を取り締まるために哨戒中の植民地政府の森林警備隊に出くわすかも知れないし、当局から身を隠すために森に潜んでいると言われる武《ダ》装盗賊団《コイット》にも気を付けねばならない。それに危険な動物だって山のようにいる。無論、クンワルにとっては比べものにならないほど恐ろしいのは人間の方だが——動物なら、その習性も知っているし、避けるべき時も解っている。

　最初の不吉な兆しは、村を出ようとしていたまさにその時に行く手を横切った狐だった。クマーウーンのシカーリのあらゆる経験と叡智を持つクンワルは、直ちにこれを凶兆と判断し、引き返そうと提案した——行く手に厄介事が待ち受けている前兆だと。友人のハルはただ彼の古臭い迷信を笑い飛ばし、そんなのは「子供の戯れ言」だと言った。無害な小狐が狩りを台無しにするだって？　ハルのような街の住民にとっては、そんな話はあからさまに馬鹿げている。自らの優れた判断力に反してクンワルは折れ、濃い繁みと蓬莱竹のジャングルへ踏み入る道を行くことにした。

　クンワルは朝の光の中で草を食んでいたアクシスジカへの初撃を外し、ハル・シングはそれから間もなくして、傷ついた孔雀を草叢の中に見失った。どちらも簡単な的のはずだったが、不可解にも、何かがおかしくなったのだ——まるで彼らの銃弾が最初から呪われていたかのように。全く収穫のないまま一日が終り、遂に二人はもう帰ろうかということになった。獲物も見つかりそうにないし、先に撃った弾によって森林警備隊に存在がバレてしまったのではないかとの懸念もある。午後は急速に夕方となり、彼らはナラ、すなわち干上がった水路に沿って歩いた。森林警備隊の通常の哨戒ルートを避けるためだ

——違法な無免許のライフルまで所持していたのでは、密猟なんてやってませんという言い訳など端から無理な話だ。

彼らの警戒は正しかった——その銃声は聞かれていたのだ。人間に、ではなかったが。否、今回彼らが呼び寄せてしまったのは虎だった。その巨大な体躯が葉の陰から現れ、彼らを見つめている。黄金の眼が苔むしたような黄昏にぎらぎらと輝いている。それから、現れた時と同じくらい唐突に、虎は踵を返して森の中へ消えた。言葉を失い、慄えながら、二人の男は先を進んだ。間違いなく、かなり歩調を速めて——夜が来る、闇が降る。そして先ほどの虎の姿勢は、クンワルを底知れぬ不安へと突き落とした。彼はこれまでにも数え切れないほど虎と遭遇してきた。だが今回のこれは何かが違う。あの眼差しはまるで警告のようだった、背骨を震わすほどの危険の予兆だった。たぶん、この近くで獲物を仕留めたばかりなのか、あるいは虎児がいるのか——解らない、解りたくもなかった。だが、それが伝えようとしたメッセージは否定すべくもないほど明瞭だった。立ち去れ。引き返せ。今日、ここはお前たちが狩りをする森ではない。

二人の男は進み続けた。道ではなくナラを通っているために歩きにくく、そして案の定、虎は再び出現した。水路の砂の土手に接した密集した葉の陰から突如として実体化したのだ。今回のそれは明らかに怒っていた。縞の尾は不機嫌に引きつり、脇腹は震え、腹の底から唸り声が漏れ始める。またしても二人は凍てつき、またしても虎は二人を威嚇するように睨め付けてから、暗い葉の陰へと消えた。

この時点でクンワルは、森の自然な均衡が恐ろしいほど歪んでいることをはっきりと知った。狐、外れた弾、憤怒の虎の突然の出現。彼は、今すぐ木々から離れて道を辿って帰らなければならないと理解した。精霊たちは気分を害している。その特定の日、二人の男はこの場所に拒まれている。

だがまさにその瞬間、目の前に野鶏の群れが現れた。しかも一羽は僅か数フィート先の、ハルドゥの木の枝に止っている。容易い的だ――タダ飯がぶら下がっている――そして今日みたいな縁起の悪い一日の後では、ハル・シングは辛抱堪らなかった。彼がライフルを上げたのを見て、クンワルは止めようとしたが、一秒遅かった。その鋭い銃声に応えたのは、想像を絶する咆哮であり、そして彼が怖れた通り、今や憤激の絶頂に到達した虎は、繁みを突き破って猛然と彼らに突進して来た。ジャングル経験豊富なクンワルは、今まさに為すべきことを良く知っていた。豹とは違い、虎は比較的木登りが下手だ。そして彼らは爪の届く範囲より高く登った人間を追うことは滅多にない。その疾走する縞を見た途端、クンワルは手近なルニの木に駆け上った。その分岐した幹とざらついた樹皮は、彼の裸足で胼胝のできた足にとっては足がかりの宝庫だ。一方ハル・シングは、彼ほどジャングルの作法に通じてもおらず、幸運でもなかった。この半端な都会人がクンワルの向かいの枝に掴まろうとぐだぐだやっている間に、虎は彼に跳び掛っていた。それは決して捕食のための攻撃ではなかった――単なる防衛的なそれであり、項に噛みついて脊椎を断裂させたりすることはなく、単に咆哮して爪をちょっと立てる程度のことだ。だがそれでも、これは十分以上だった。クンワルは恐怖して見つめた、虎は後ろ脚で立ち上がり、彼の相棒を向かい側のルニの木の幹に縫い止めた。そして咆哮と唸り声の入り混じった大音声の内に、その爪で哀れな男の内臓を抜きに掛った。

クンワルはライフルを持ったまま木に登っていたので、一瞬この虎を撃とうかと考えたが、ハル・シングに命中する危険があると思い直した。だがこのまま何もしなければ、友人は何にせよすぐに死ぬ。

そこでクンワルはこれこそが最善手だと考えて、空中に向けてライフルを発砲した。この一日で初めて、運は彼らの方を向いた。今回は突然の銃声に虎は逃げ出し、ハル・シングは大量の血溜りの中に倒れた。クンワルは虎が去ったことを確認するために静寂を待ち、それから木を降りて友人に近づいた。彼はルニの根元で痙攣し呻吟している。これを仰向けにさせて初めて、クンワルはその攻撃が如何に狂暴なものだったかを知った。木の幹の樹皮とその内側の辺材のほとんどがずたずたになっているのは良いとして、虎の爪の一本がハル・シングの腹の中に入り、その内側を「臍の近くから、背骨から指数本分のところまで」引き裂いていた。僅か数秒の内に、虎はこの男の腹を魚みたいに捌き終えていて、内臓は葉の茂るジャングルの地面にぶちまけられていた。

驚いたことに、ハル・シングはそれでもまだ意識があり、凄まじい囁き声で二人の男は議論した。このとっ散らかった内臓を切り捨てて行くか、それとも中に押し込むか？　ハル・シングは俺の内臓は元々あったところに戻してくれと強く主張し、クンワルは医者でも何でもなかったのだが、それを承諾した。虎が近くにいた場合に備えて物音を立てないように、クンワルは内臓の塊を友人の中に戻した。「それにくっついてた乾いた葉や草や小枝なんかも一緒くたに」。それからハル・シングのターバンを彼の腹にきつく巻きつけ、中身が零れ落ちないように固定した。

最悪の事態は何とか脱したようだが、彼らの試練が終ったとは言いがたい。夜の帳は既に落ち、一番近い病院も一〇マイルの彼方だ。つまり激痛と恐怖に耐えてこの先も歩いて行かねばならない。酷い傷にもかかわらず、ハル・シングは暗闇の中をクンワルについて歩き通した。クンワルは虎が止めを刺しに戻って来た場合に備えて、二人分のライフルを肩に担いでいた。漸く辿り着いた時には病院は閉っていたのだが、幸運にも医者はまだ起きていて、この怪我人のためにできるだけのことをしてくれた。クンワルが友人の裂けた腹の両のびらびらをしっかり合わせて押え、地元の煙草屋が頼りない光のランタンをともかく支えている下で、医者は枝やその他全部一緒くたにしたまま裂け目を縫い合わせた。痛み止めはと言えば、グラス一杯の酒をハル・シングに呑ませただけだ。

皮肉なことに、早死にしたのはハル・シングではなかった。あの酷い傷とぞんざいな治療にもかかわらず、この男は完全回復し、高齢まで生きて遙か後に普通に死んだ。本来の寿命よりもずいぶん早く死んだのはクンワル・シング——コーベットの旧友にして師——の方だった。この達人シカーリにしてかつての誇り高きタクール族、村の族長は、植民地主義権力によって故郷や土地を奪われた多くの土着の村人たちと同じ、濫用と耽溺に陥ってしまったのだ。特権を剥奪され、父祖伝来の土地は立入禁止、その本来の偉大さをとことん貶められたシカーリは、清やチベットから流入する安価な阿片に慰安を見出した。コーベットが最後に旧友に会った時、彼はクスリのために痩せ衰え、衰弱し、下僕小屋の不潔な泥の床の上で死にかけていた。コーベットはクンワル「おじさん」を看護して元気にしようとした。そして彼に、祭纓と聖なる菩提樹の葉に懸けて、この強力な麻薬を永遠に断つと誓わせた。そしてクンワルはこの誓いを守ったらしい——その日に死ぬことはなかったから。だが彼はもう二度と昔のような狩りはしないし、衰弱したその身体は遂に、数年後に力尽きた。村は長老を、虎に関する土着の知識を持った最後の真のシカーリを失い、ジム・コーベットは二人目の父を失ったのだ。

チャンパーワットへと続く狭く汚い山道を急ぐコーベットの心に、もしも友人が今も一緒にいてくれたらという想いがよぎったのは間違いない。もう一度、焚火を囲んで煙草を喫い、狩りの作戦が立てられるのに。クンワルは叡智と助言をくれただろう。虎のように思考し、その言語と意図を読み解いただろう。真のクマーウーンのシカーリが歩まねばならぬ道だ。だがジム・コーベットは自力で行かねばならぬ。そして、たとえ懐かしい狩りの仲間が今ここにいて、彼に助言をくれたとしても、コーベットにはそれがどのようなものであったか確信できた――立ち去れ。引き返せ。今日、ここはお前たちが狩りをする森ではない。自然を敬え、運命に挑むなというのは、少年時代の彼にクンワルが語った物語の核となる教えだ。その叡智があってこそ、賢明なるシカーリはあと一日を生き延びることができるのだ。

だがコーベットは知っている、「あと一日」とは、「あと一人」犠牲者が増えることと同義であると。草刈りをしているあと一人の女、畑に出るあと一人の男、薪を集めるあと一人の子供。あと一つの血の跡、それが続く先の暗い雨裂は、一面に血糊と骨の欠片が散乱している。

闇が迫り、クマーウーン人が松明用の樹脂を取るために付けた松の幹の多くの傷は、その闇がどれほど深くなるものかを証言していたのだろう。ぎざぎざの黒い山、光無き雨裂、轟々たる川の音――夜の帳が降りる。ナラでクンワルが戻って来た虎と対峙した時のように。賢明なシカーリなら必ず逃げる。だがエドワード・ジェイムズ・コーベットは、それに向かって突進している。

――

小隊を引き連れて虎のお気に入りの狩り場を目指すジム・コーベットにとって、この人喰いに関する多くのことはまだ不明。だがその生活様式の詳細――たぶん、見つけ方のヒント――は自ずと解りかけている。彼は友人にして師であるクンワル・シングの達意の助言こそ聞くことはできないが、そんな彼とて、クマーウーンの森で生涯を過した、積み重ねられた経験の持ち主だ。この地の動物の行動に関する尋常ならざる洞察力がある。その言を借りれば、彼らの目を通じて自然界を見、その動きを予測することを可能ならしめる一種の「第六感」がある。虎の本拠地で数日を過したすぐ後に、既にコーベットは悟っていただろう、何がこの動物を大量殺人鬼に変えたのかを。この虎が異常なまでに血に飢えていたとか、殺しが好きだったわけではない。普通の虎に比べて、食餌習慣が大きく異なっていたわけでもない。否、この虎は、この地域の地形と相俟って、その位置の特定がほとんど不可能となるような狩りの戦略を創り出したに過ぎないのだ。そう、獲物としては、この虎は人間に対する恐れを完全に喪失している。だが同時に、それは殺しの直後に人間を避けることを学習したのだ。そして縄張りという点では、今や競争相手となる虎もいなくなり、それは劇的に不動産を増やすという稀な偉業を達成した。その狩りの手法は、ロイヤル・ベンガルよりも極東のアムールトラに近いものだ——クマーウーン東部の広大な領域に及ぶ極めて広い面積を哨戒し、長期に亘って動きを止めない。アムールトラは餌の欠乏ゆえにこの戦略を採用した——北方の寒い森で食料を見つけるには、漂泊民のような生活様式が必要なのだ。だがチャンパーワットの虎の場合、獲物の欠乏は無関係だ。むしろこの虎は、特に自分を付け狙うハンターを避けるためにこの戦略を採用したと思しい。たぶん、顎に受けた最初の傷から学んだ教訓なのか、あるいはルパール国境を間一髪で越えた後に身に着けた知恵なのかもしれない。だがいずれにせよ、それもまた学んでいるのだ。基本的にこの虎はヒット&アウェイ戦法の使い手であり、森境から村人を攫い、素速く食い尽くし、すぐに移動する。殺しの現場が二〇マイルも離れることもよくあり、次の襲撃地点がどこなのかを予測することは不可能に見える——但し言うまでもなく、この虎は理由は不明ながら、定期的にチャンパーワット周辺に戻る必要があるらしいのだが。

そして究極的に、重要なのはその凄まじいまでの犠牲者数である。こいつは他の虎よりも素速く、あるいは上手に殺すというわけではない。何なら気まぐれでさえない——その毎週の狩りは、多かれ少なかれ、普通の野生虎と同じくらいだ。だがむしろこの虎は止めることは疎か、見つけ出すことすらほとんど不可能なのだ。ゆえに邪魔されることもなく、長期に亘って殺しを続けている。この地域が過疎地であること、そして住民のほとんどが火器所有を禁じられているという事実もまた確実に足を引っ張っている。人間が襲撃された直後に対応するとしても、それは結局のところ、州政府のある近くの大きな街へ遣いの者を走らせるということで、それだけでも数日は余裕で掛る。それから、経験豊富なハンターを確保して派遣しなければならないわけだが、これまたさらに数日を要する。そしてそのハンターが到着する頃には——しばしば一週間かそれ以上後——虎は既に獲物を食い尽くして移動している。峻険な雨裂と岩だらけの山ばかりの広大な領域のどこかで、次の襲撃に掛る準備を終えている。その昔、村自体に武器と虎を止める知識があり、地域のマハラジャにそれを助ける権威と手段があった頃なら、この程度の虎、地元レベルで解決できた問題だっただろう。だが植民地政府の中央集権的性格からして、このような辺鄙な地域の虎狩りは例外的なまでに困難な事態となったのだ。

虎の側のこの行動は、ハンター側が常に後手に回ることだけでなく——だからこそこれまでに派遣された多くの雇われシカーリや森林管理官、兵士たちにはそれを止めることができなかったのだが——地元住民は常に恐怖を抱えて生きることを余儀なくされるということをも意味している。虎が心理戦を駆使するほどの能力を持っていないことは確実だが、まさにそれに匹敵する効果をクマーウーンの住民に対して及ぼしていたわけだ。そしてジム・コーベットがチャンパーワットに近づくほど、この事実は新たに、不穏な形で実感されるのだった。

チャンパーワットへの道すがら、ダナガートの村を通過した辺りから、コーベットは路上を行く人々の大集団と出くわすようになった。当初は、聖地へでも向かう巡礼か、一緒に祭に向かう親戚同士かとか思っていたかも知れない。だがその雰囲気は異様で、近くにはこれと言った聖地もなく、祭の季節でもない。好奇心が抑えられなくなった彼はそういう集団の一つに近づき、二〇人ほどいたようだが、何故こんな大集団で一緒に旅行しているのかと訊ねた。驚くような答えではないだろうと思っていたが、驚いた――虎だと。その辺りの道は極めて危険だと考えられていたので、地元民は真っ昼間に、十人以上の集団で歩かないと安心できないというのだ。単に隣人を訪ねたり、近くの村のバザーに行くだけでも、村全体の、むしろ軍事行動に近いものになる。人々は遊撃部隊となって行進する、常に警戒して、その眼は樹々の間の縞模様の毛皮を見張り、耳は遠くの咆哮に澄ませている。

すぐに解ったことだが、ちょうど二ヶ月前に、まさにコーベットが話を聞いたその集団にいた男たちが、虎の遣り口を直接見たのだという。チャンパーワットの市場に向かう途上、彼らは下の谷から苦しげな悲鳴を聞いた。その叫びは大きく、また近くなっていき、ついに並木の間から虎と女が現れた。噛みつかれた女はまだ生きていて、助けを求めている。虎の歯は女の背中にがっちり固定されている。僅か五〇ヤードほどのところで、虎は悠然と道を横切り、再び森の中へ姿を消したという。

驚いたコーベットは、虎を止めようとしたのか、と訊ねた。無論だ――男たちは近くの村まですっ飛んで行って援軍を集めた。中には無免許の銃を持っている密猟者も何人かいた。集められた救助隊はその数五〇人から六〇人。血の跡を辿って太鼓を打ち鳴らし、前装式銃を空中に発砲しながら谷を進んだ。その音に恐れを為した虎が犠牲者を放って逃げ出すことを期待したもので——期待通りの結果となった。だが、薪を集めていて虎に襲われた若い女に関して言えば、もはや手遅れだった。彼女は死んでいた——血塗れの衣服を虎に剥ぎ取られ、命まで奪われていたのだ。恥辱のあまりその身体から眼を逸らしつつ、男たちは自分のドーティを解いて彼女を包んだ。かくしてともかく残された彼女の尊厳を守りつつ、村の親族のところに持ち帰った。

コーベットはこの旅人集団の話から、二つの決定的な洞察を得た。まず第一に、ここでは単に移動するだけでも援軍が必要だということ。普通の道路ですら、人喰い虎から安全なわけではないのだ。自分の目的——問題の虎を狩り、殺すこと——を明らかにすると、地元の男たちは、目撃した出来事に依然として苦悩し憤怒していたので、ともかくチャンパーワットまで同行してできることは何でも手伝う、と言ってくれた。第二に、この新たな仲間たちと話していて解ったのは、この虎を止めるという仕事は彼一人の力ではとうてい無理だということだ。歴然たる事実。独力でこの虎に勝つ、コーベットの頭にあったそんな幻想はその全てがまさに幻想だった。それを首尾良く狩るためには、古いアングロサクソン的神話を脱却せねばならない。たった一人でグレンデルの塒《ねぐら》に乗り込むのではなく、クマーウーン人のように考え——そして狩るのだ。つまりチームとして、村として行動し、ほぼ十年越しの殺人に終止符を打つのだ。つまり一緒に、昔ながらのやり方で狩るのだ。

そんなわけで、このありそうもない部隊、この山岳軍は、今や三〇人近い戦力となり、緩い隊列を組んで冷える黄昏を行進し始めた。二〇人の武骨なパハーリ族山岳民、ナイニタールから来た六人の運搬人、そして一人のカーキを来た英国人が、共通の目的のために集ったのだ。

否、狩るのはジム・コーベットの虎ではない。彼らの虎なのだ。クマーウーン人としての彼ら全員の。

第8章　敵地にて

一八一五年二月七日――ネパールのゴルカ王朝がドティ王国から奪い取ったクマーウーン地方を、東インド会社が取得したのと同じ年――結婚したばかりのジョセフとハリエット・コーベットが、インドの英国植民地にやって来た。アイルランドの英国植民地にあった故郷を後にして、六ヶ月に亘る悲惨な船旅の果てである。出身はかの騒然たる島の北部を荒廃させた政治的・宗教的騒乱の中心地であった街ベルファスト。ジョセフ・コーベットはその職業を「鍍金師兼彫刻師」と登録していたが、実際には遥かに高い組織の修業を積んでいた。少なくとも一つの記録によれば、ジョセフは元修道僧で――そして彼の妻ハリエットは元修練女、その修道院は誘惑でもするかのようにすぐ近くにあったらしい。二人は修道生活を棄てて駆け落ちし、その過程で良く言えばスキャンダラス、悪く言うならどこからどう見ても危険な状況に陥った。当時のアイルランド北部では、教会を拒絶することはカトリックにとってもプロテスタントにとっても等しく挑発と見なされた――植民地支配に対する先祖伝来の憎悪があり、叛逆や蜂起が情け容赦なく人生に付きまとう場所では、極めて危険な行為だ。これまでの半生の間に、ジョセフは一七九八年のアイルランド反乱、一七九九年のマイケル・ドワイヤーのゲリラ戦、一八〇三年のアイルランド反乱、そして一八〇四年のキャッスルヒルの反乱を目撃してきた。つまり、彼の知るアイルランドは情け容赦のない苛酷な場所であり、宗教的紐帯や党派的忠節を破る行為は重大犯罪と見なされかねなかった場所なのだ。そして元修道士ジョセフと修練女ハリエットがしでかした教会に対する醜聞は、まさにその種の行為に該当する。もはやアイルランドでは容れられず、支配者であるイングランド人の信頼もない若夫婦は、自分たちの未来はいくつもの海を越えた先に、地球の裏側にあると決意した。

英本国での状況からの逃避に安堵を感じたとしても、それは長くは続かなかった。アイルランドでの板挟み的窮地から逃れんものとして選択した彼らの行為は、隠喩的に言えば、フライパンから飛び出して火の中に飛び込んだようなものだ。マラリアにコレラ、危険な動物がうじゃうじゃいるその地は二人にとっては、棄ててきた故郷と同様に党派主義に引き裂かれており、敵と判断した側に対しては同様に情け容赦のない場所だった。実際、アイルランドからのジョセフの唯一の逃走路は、歩兵として無期限の軍務に応募すること以外になかったのだ。英国には、その帝国の広範囲に及ぶ駐屯地に植民地臣民を送り込んできた長い歴史があった。そしてジョセフにとっては特に残酷な皮肉と感じられたことだろうが、彼は英国の植民地のひとつにおける頻繁な叛乱や謀叛から逃げ出したにもかかわらず、気づいてみれば今やもうひとつの植民地の叛乱を鎮圧するために命を懸けていたのである。到着の時点で、ネパールとの戦争――最終的に英国人がシャハ王朝からクマーウーンの支配を勝ち取ることになる紛争――はまさにたけなわであり、若きジョセフは直ちに爆発寸前のインド北西部の辺境に送り込まれた。だが、それまでの彼の地位や志がどうであろうと、このインドでは、教育のないアイルランド人が故郷では決して手に入れることのないチャンスがあった。ジョセフは軍で比較的上手くやったと見えて、騎馬砲兵部隊の軍曹に昇進し、メーラトの駐屯地に質素な家を建てた。そしてハリエットとの間に九人の子供を設けた後、三三歳で夭逝した。たぶん死因は軍務中に罹ったマラリアだろうが、確かなことは解らない。

この九人の子供たちの六番目であるクリストファー・ウィリアムは、長じては父と同じ軍人になった――たぶん、アイルランド系の植民地定住者には現実的に他の選択肢は限られていたからだろう。イングランドの生まれで貴族の家系の者にとっては、公務員やら士官学校やらの道がいくらでもあった。だが身分が低く父親もいない若い男には、入隊こそがたぶん、夜は屋根の下で寝て日に三度食っていくための最善の道だったのだ。だが彼には少しばかりの梯子を登るだけの才覚があり、下級軍医官の訓練生として選抜された。二〇歳になる頃には第一旅団第三騎兵隊の薬務兵助手となった。父がかつて仕えていたのと同じ騎馬砲兵部隊である。一八三九年の第一次アングロ＝アフガン戦争で戦闘に参加し、カブール戦役での目覚ましい活躍で勲章まで貰う。仕事はそれほど技能を必要とせず――実際、その大部分は負傷兵を抑えつけて四肢を切断するだけのことだった――だがそれはいわゆる「大砲の的」の役割からは大いなる進歩である。何しろ彼のような育ちの若者の多くは、植民地の前線ではその呼名そのままの役割が通り相場だったのだ。クリストファー・ウィリアム・コーベットは東インド会社のさまざまな拡張主義的野心の中で手柄を立てていく。例えばシク戦争においては、一八四六年のアリワル戦役でサトレジ勲章を貰い、また後のパンジャブ戦役ではベンガル軍の薬務下士官として働いた。短期間ながら結婚し、三人の子を設けたが、異国の病や植民地生活の苛酷に耐えられなかった多くの人と同様、妻は二〇代前半で夭逝した。傷心のクリストファー・ウィリアムは、それでも軍務に励み続けた。

クリストファー・ウィリアムが参加したあらゆる恐るべき戦役や戦闘の中でも、特に彼の、そしてインドの植民者全員の人生に永続的な影響を与えたものがある。英国人はそれを単に「暴動《ザ・ミューティニ》」と呼んでいる。インド人はそれを最終的に「第一次独立戦争」と名付けるだろう。全ての関係者にとって、それは他と隔絶した暴虐であり、血みどろの叛乱に、さらに血みどろの報復が続いた地獄であった。一八五七年に始まった時、それは銃の薬包の油を巡る些細な口論に過ぎなかった――地元のヒンドゥ教徒と、東インド会社が雇ったセポイ兵が、その油に牛と豚の脂肪が含まれているという噂に憤慨したのだ――それが植民地における緊張という見えない火薬樽に火を点け、最終的には公然たる叛乱に至った。一部の者、例えばシク教徒やパタン族などは英国に忠実だった。他の者――特に英国支配下で最大の被害を受けたムガールなどの王朝と手を組んだ者――は、暴力的な報復を目指した。そして叛乱はインド全土で勃発したにもかかわらず、北の辺境での戦闘は特に苛烈を極め、両陣営ともに大規模な残虐行為を繰り広げた。ある場面では、「反抗的な」セポイが街の植民者全員を虐殺して――カーンプル包囲とビビガル大虐殺はその最も恐るべき実例だ――英国人の感情に衝撃を与えた。これに対して英国軍は同様の大量虐殺とテロで応えた。村々は略奪され、街全体が焼かれ、疑わしい者は見境なく殺された。殺戮の実際の規模を描出することは疎か、それを想像するだけでも困難だが、叛乱を起したジャンシの街に対する英国軍の攻撃の様子を報告する目撃証言を見れば、少なくともその恐怖の片鱗は窺えるだろう

――

炎が至るところで燃え上がり、夜だというのに、遙か彼方まで見渡すことができた。小径や通りでは人々が哀れなほどに泣き喚き、愛する者の死体を抱えていた。また他の者は食物を探して彷徨き、家畜は渇きの余り狂って逃げ出した。……この白人兵どもは何と残酷で無慈悲なのか、と私は

思った。彼らは人々を濡れ衣の罪で殺している……

英国兵はたまたま街に居合わせた人々を殺すだけではなく、家々に押入り、納屋や垂木、暗い隅などに隠れていた人々を引きずり出していた。彼らは神殿の一番奥まで隈無く調べ上げ、そこを神官や信者たちの死体で満たしした。最も多くの人を殺したのは織工のいる地区で、そこでは女たちも殺された。白人兵を見て、人々は中庭の積み藁に隠れようとしたが、無慈悲な悪魔は容赦しなかった。彼らがその積み藁に火を付けたので、何百人という人が生きたまま焼かれた……

叛乱が惹き起こした暴力の発作は、インド全域の植民者の家族に影響を及ぼした。コーベット一族も例外ではない。この紛争の間ずっと軍務に就いていたクリストファー・ウィリアムは何とか生き延びたが、彼に近しい者たちはそれほど幸運ではなかった。弟のトーマス・バーソロミューは〈赤い城の包囲〉の際にデリーで捕えられ、その門の傍の木に吊された挙げ句、見せしめとして生きたまま焼かれた。そして、後にクリストファー・ウィリアムが結婚する女――メアリ・ジェイン・ドイル――の最初の夫はハルチャンドプルの戦いで死んだ。残された証言によれば、戦闘中に馬上から引きずり降ろされ、ばらばらに切り刻まれたという。一方メアリ・ジェインとその子供たちもまた、その数マイル彼方で試練を受けていた。アグラの包囲で身動きが取れなくなり、危うく餓死寸前に陥ったのだ。

一八五七年の叛乱は最終的には鎮圧されたが、インドとコーベット家はすっかり変ってしまった。叛乱の余波が燻る中で、英王室は自ら引き受けてインドに対して全面的な軍事支配を課し、そしてクリストファー・ウィリアムは自ら引き受けて夫を亡くしたばかりのメアリ・ジェインに結婚を申し込んだ。

アグラの包囲を辛くも生き延びた彼女は、これを承諾した。かくして彼は自分はもう十分に英国のために戦ったと判断した。一八五八年、新婚のクリストファー・ウィリアムは軍人人生を退き、郵便局の仕事を始めた。給与は最小限である——何と言っても、二度の結婚の結果、養うべき子供の数は六人に達していたのだ——だがたかだかカネに苦労するくらい、全身を切り刻まれたり、吊られて生きながら焼かれたりするよりは遙かにマシだ。彼はムソーリとマトゥラの街で郵便局長を務め、一八六二年に辞令を受けて遂に風光明媚な山上の街ナイニタールに赴任した。きらきらと輝く湖に、松で覆われた山頂。家族を養うには最適の美しい街だ——ヒマラヤの麓に当たる高度で、冬は耐えがたいほど寒かったが。街の政務長官サー・ヘンリー・ラムジーの助言で——一八六〇年代と七〇年代に、問題の多い森林管理規則の多くを開始する、あのサー・ヘンリー・ラムジーである——クリストファー・ウィリアムはルピーを貯め、カラダンギに小さなアイルランド様式の石造りのコテージを建てた。山の麓のタライとの境目で、ここで家族は一年の内、涼しくてマラリアのない数ヶ月を過すことができた。不動産事業で少しの追加所得もあり——メアリ・ジェインにはこうした事柄に関する才覚があった——また街の顔役としての評判もあって、クリストファー・ウィリアムは自分の業績に些かの誇りも持ち、コーベット家が成し遂げたことに結構満足していた。

　だが、穏やかな日々は長くは続かなかった。コーベット家にとっては残念なことに、家の命運はまたしても下降し始めた。数多くの戦闘や小競り合いや叛乱を生き延びたクリストファー・ウィリアムは、何年もの間見過ごされてきた変性心臓疾患のために若死にすることとなったのである。* だがその時点で、さらに九人の子供を作っていた——一番下は、父の死の三〇年近く後に、マティーニ・ヘンリー・ライフルを手に、史上最恐の虎の狩り場へと足を踏み入れていくことになるだろう。そしてその地は同時に、インドで最後の反植民地感情の温床でもあるだろう。叛乱の記憶はコーベット家の中にも残っている――ジムの兄トムの名は、デリーの叛乱で生きたまま焼かれた彼の伯父トーマス・バーソロミューから取られたものだ。そしてジムは既に、チャンパーワットという街が連合州における紛争の震源地のひとつであることに気づいていただろう。叛乱の間、北西部における叛乱の主要な指導者の一人であったカルー・マハラは、チャンパーワットとその周辺の人々を自らの大義の下に結集し、ネパールと英国とを合わせて七〇年近くに及ぶ外国勢力の支配からクマーウーンを独立させると約束した。何十年もの間、ぐつぐつと煮え滾っていた憤懣を巧みに利用して、カルー・マハラはパハーリの山の民から義勇軍を結成し、チャンパーワット周辺の英国の兵舎にゲリラ戦を挑んだ。その中にはロハガットの要塞や、それよりも遙かに大きなアルモラ駐屯地も含まれていた。この地域に住む植民者たちは強かな不意打ちを食らい、他の避難民たちの流れに合流、遙か西の比較的安全なナイニタールに脱出した。当初の攻撃で散

＊クリストファー・ウィリアムの死はコーベット家のトラウマ的な時期の最悪の時だった。前年に起きたナイニタールでの大規模地滑りによって家族の友人や隣人たちの多くが命を落とし、コーベット家はその別荘を街の反対側のガーニイ・ハウスに移そうとしていた。クリストファー・ウィリアムの死は一族にとって一種の「上流の貧困」の始まりを告げており、以後は経済危機に陥る。家族が帳尻を合わすことができたのは、メアリ・ジェインの不動産の仕事と、ジムの兄トムの郵便収入のお陰であった。だがコーベット家の経済的・社会的地位は、父の早死にによって深刻な影響を受けた。ジムの少年時代は、一般にごく普通で幸福なものだったと彼自身が述べているが、以後はずっと悲劇的で、経済的困難が続くことになる。

り散りになった英国軍は、最終的には再結集し、近隣の街からの増援を得て、一連の効果的な反撃に出た。事実、コーベット家の古くからの知り合いであるラムジー長官こそ、叛乱鎮圧軍を組織した当人なのだ。最終的にカルー・マハラの作戦は失敗に終り、彼は多くの「叛逆者」たちと共に逮捕された。それからどうなったかについては、色々な話がある――処刑されたという者もいれば、怒り狂った群衆の手でアルモラの監獄から救出されたという者もいる。だが何にせよ、彼の大義は潰えた。そしてそれと共にクマーウーン独立の夢も。だが、その記憶はコーベット家の中でさえ長く伝えられたが、チャンパーワットではさらに長く強く伝えられていた――何せ千年の寺院が今も崇敬され、古えの戦が今も歌われる地である――そしてカルー・マハラの犠牲が忘れ去られることはなかった。反英感情はインドではどこでも一般的である。だがそれはこの地域においては特に激烈だった。

無論その敵愾心には、たった一人の民衆英雄の運命以上のものがある。そのより直接的な源は、叛逆の結果として定められた苛酷な法である。少なくとも民衆の憤懣の一部は直接、政府による全面的な火器所有の禁止に由来している――一八七八年のインド武器法以後の情勢である。これは叛乱を受けて制定された法で、一般インド人の武器所有を固く禁じている。その不可避的な結果として、特にチャンパーワットのような爆発寸前の辺境地区では、銃の不法所持が蔓延することとなった。確かに、英国人植民者しか手に入らない最新式の高速ライフルなどは入手困難だったので、御法度の武器のほとんどは旧式の低品質のものばかりではある――少年ジム・コーベットが初めての狩りに携えていったような、年代物の前装式だ。これらの武器の一部は実際、王家が最も怖れた違法な目的のために使われてはいた。とは言うものの、無免許の銃の圧倒的大多数は、コーベットの旧友であり師でもあるクンワル・シングの銃のように、もっと遥かに日常的な目的に用いられていたのだ。すなわち、森から野生の獲物を調達したり、強盗団《ダコイット》から身を守ったり、滅多にないことだが、問題のある捕食者から家畜や親類を守ったりすることである。そんな武器では時速四〇マイルで突進してくる体重五〇〇ポンドの虎相手には確かに甚だ心許ないが、まあ何もないよりはマシである――だから民衆の圧倒的大多数はそれを手にしていた。銃は、その違法性はともかく、チャンパーワットの辺境文化において極めて高い価値を持つ資産とされていた。

だが、一八五七年の叛乱は依然として英国人の集合的想像力の中に鮮明に残っていた。既に半世紀を経た今となっても武装したインド人の民衆という観念は怖気を震う脅威である。ヨーロッパ人にはそのような制限はなかったが、インド人はたとえ家畜を守ったり野生動物を追い払ったりするためであっても、合法的な火器の入手はこの法律の条項の下では困難となっていた。一九〇五年の〈タイムズ・オヴ・インディア〉の記事によれば、一八七八年のインド武器法に則って発行された新たな火器免許は合計八九〇一件。この数字はかなりのものだと思われるかも知れないが、当時のインドの総人口は三億人に迫っていたのである――事実上、合法的に火器を所有できる人のパーセンテージは取るに足りぬものであり、意図的に実質ゼロに抑えられていたのだ。一九〇七年八月一五日の〈タイムズ・オヴ・インディア〉の記事には、その数が意図的に低く抑えられている理由が明確に示されている――

世界のこの地域において新聞を熱心に読む者は、火器は現在ではしばしば犯罪に使用されているという事実に衝撃を受けざるを得ないであろう、と「イングリッシュマン」は言う。銃は暴動の際にも持ち出されたし、ここ数日でも、通常ならばライフルや銃を持ってはならない者によって射殺された人々の事例が三件も報告されている。マハラジャ、特にヨーロッパ人や高官らと親しい者が塀の背後から撃たれ、ある地区の警視の頭の上を銃弾が掠め飛んでいるのだ。今や、如何にしてインドのこちら側にいる犯罪者や奇人でもが自ら火器を入手しているのかを問う時が来たのである……これら全ては、武器に対する需要がベンガルにおいて突如として上昇したという事実を指摘している。人は当然、その理由を知りたがるであろう。ある者は、その需要はこれらのベンガルの新聞およびその他の煽動者によって惹き起こされたのだという解答を受け入れるに何の躊躇もないであろう。この者どもは、この国の国民は軍事と武器の使用に熟達せねばならぬと主張しているのである。

これを読んで驚かされるのは、異国の権力のくびきの下に暮らす国民が自己防衛のためであれ何であれ、厚かましくも武器を手に入れているという事実に対する記者の猜疑心とマイルドな怒りだろう。些か偏執的な見方だが、少なくとも何らかの現実的な根拠がないわけではない。間違いなく、ベンガルには密かに大英帝国に憤慨する理由を持つ人が山ほどいたということだ。さらに多くの人は、自らを大英帝国の魔手から防衛したいと思っていた。無論、クマーウーンはベンガルではない。だがこの記事で表明されているような懸念は間違いなく、植民地政府も植民者も共有していただろう。そしてジム・コーベットにもすぐ解ることだが、不法な銃は——一般には低品質ながら——かなりの数が所有されていたし、特にチャンパーワットではそうであった。だがこれまでずっとクマーウーンに住み、一八五七年の叛乱の歴史とこの地方の禁制品の銃文化の両方に精通していた、否、浸りきっていたコーベットが、少なくともこれから足を踏み入れようとしている場所がどういう所なのか、全く何も知らなかったとは想像し難い。

無論、彼は狩りに関する記述の中でこの主題にはほとんど触れていないし、それは特に驚くようなことでもない――コーベットは自分の手記の中では慎重に「政治」を忌避している。そして植民地の生活について、実際の歴史よりもかなり明朗な見方を提供している。それは彼が嘘をついていたとか、事実を歪曲していたということではない――この男は、インド人からも英国人からも等しく謙遜と正直さで知られていたのだ。つまり行間を読まねばならない。新旧両世界の植民地の話の多くがそうであるように、英国統治時代の生活と狩りに関する彼の話は、自分の体験の醜い面を都合良く省いている。一種の選択的記憶と言っても良いかも知れない。虎の襲撃の恐怖は鮮明に憶えているのに、植民地の暴政の恐怖は都合良く（あるいはたぶん、必要に迫られて）忘れているのだ。とはいえ、彼の話に何が採り入れられて何が省かれたにせよ、チャンパーワットと政府との歴史的関係、それに彼のような外国人に対する人々の根強い猜疑心をコーベットがよく知っていたということは間違いない。徒党を組んだ仲間たちと共に街に下りて行く彼は、ナイニタールの手入れされたクリケット場や明るい日の射す喫茶店とは遠く隔たった世界にいる――向こうは五〇年前の暴力にもほとんど無傷だった街だ。一方チャンパーワットのような場所では、あの叛乱はまるで昨日のことのようで、武装した「英国人」が忠実な「地元民」の兵を率いて街に侵入する光景は、拍子抜けするほど当たり前であるのみならず、紛れもなく動揺を惹き起こすものだっただろう。その街外れでジム・コーベットが遭遇したような睨め付けは彼にとっては比較的新奇なものだったかもしれないが、彼の祖父ジョセフにとっては、アントリム郡の寒々しい小径と崩れそうな荒ら家の頃から、あまりにも慣れ親しんだものだった。クマーウーン全域で、山でもタライでも政府の森林管理法と労働政策は人々の憤懣の原因となっていた。だが特にチャンパーワットでは大虐殺と大量処刑は今も生きた記憶の一部であった。コーベットの心には、人喰いの虎は必ずしも彼の安全に対する最も身近な脅威ではないかもしれないとの考えが兆していたことだろう。インド北部を北アイルランドに喩えるなら、チャンパーワットはウェスト・ベルファストだ――そしてジム・コーベットはその意図はともかく、英国植民地政府の使者として、武器を帯びてそこに入ろうとしているのだ。

街外れの峰に登り、段々畑の一段目の縁を行き、バーレーシュワルの古えの寺院の石に沿って歩く時、コーベットは気づいたに違いない、パーリ村の住人とは違って、チャンパーワットの人々の歓心を買うにはゴーラル相手の妙技どころではとても足りないということに。パーリとは違って、チャンパーワットは小さな僻村ではない――数千人の人口がいる。そして街そのものが小さくない歴史的意味を担っている。敬虔なヒンドゥ教徒によれば、チャンパーワットはクールマヴタル、すなわちヴィシュヌ神の化身である亀が最初に出現した場所であり、それを取り巻く谷は五〇〇年以上に亘って、かつての強国チャンド王朝の座であった。チャンパーワットが宗教的・政治的首都であった時代はコーベットがその装飾過多の門を潜った時点では既に遥か遠く過ぎ去っていたが、美しい壁画の描かれたファサードや、入念に彫刻されたバルコニーらは昔日の栄光を今に留めている。*

その住民は誇り高く喧嘩腰だが、さすがにこの四年の大半、愛する者たちを定期的に喰っている虎が近くに出るとあって意気消沈している。コーベットとその小部隊の珍しい到着に、間違いなく彼らは窓辺や戸口に出て来ただろう。たぶん、御法度の前装式銃を、床板の下とか麦わらの山の中から引っ張り出して来たかも知れない。この痩せぎすの英国人は一体何様のつもりなのか、文盲の山暮しの烏合の衆と、ナイニタールのターバンを巻いた六人の色男を引き連れ、俺たちの街に堂々と乗り込んで来るとは？

それは火急の、そしてどこか威嚇的な質問だった——間違いなく、野良犬が歯を剥き出して唸り、バレシュワルの警鐘が鳴り響く中で発せられただろう。だが幸運にも、ジム・コーベットには身元を保証してくれる者がいた。紹介状を携えていたのだ。ほぼ間違いなく、書いたのはパーリの村長だろう。クマーウーンの遙か東の辺境で彼を迎える猜疑を見越していたのだ。その手紙の宛先は、チャンパーワットの収税吏《タシルダル》。その本名をコーベットは記していないが、後にインドの雑誌〈ザ・パイオニア〉に出た記事によれば、パンディット・スリ・キシャン・パントなる人物だったという。たぶん人々の尊敬を集めていた教養ある高齢の男で、令名高いハイカーストの家の出なのだろう。ほとんどの山の民が着ている一般的なトピに肌理の粗い羊毛の外套ではなく、たぶん名誉のターバンかパグリーを巻き、その特別な地位を表す刺繍の入った長いクルタを着ていたのだろう。インドではタシルダルの称号はムガール帝国の初期にまで遡る。アラビア語とペルシア語の両方に由来するこの言葉は基本的には税金の収金人を意

＊チャンパーワットはパーリ村同様、ジム・コーベットの時代から目覚ましく発展し、現代のコンクリートの構造物が建っている。だがバレシュワル寺院——それ自体は一二世紀に遡る——近くの風致地区には、おそらくコーベットが見たものと同じ、いきいきとした古都の面影が見える。その狭い小径と装飾のあるバルコニーで、チャンパーワットの歴史的建造物はこの地区の他の街や村のものとはまるで異なっており、かつて王朝の権力の座であった時代を思い起こさせる。

味する。そしてその役割には元来は実際に王のために税金を集めることも含まれていたが、その地位は村を指導する役割と考えられていた——言わば村の「顔役」をより正式で公式な職務としたものだ。

コーベットが最初にチャンパーワットに到着した時、タシルダルは不在だった。そこでこのハンターは、植民地政府の使者が、特に国内で歴史的に敵地と言える場所でなら誰でもやることをやった——手下を引き連れて駅伝輸送路《ダック・バンガロー》の宿泊所に向かったのだ。当時、大きなインドの街なら、高官の訪問に備えた特別な建物があって当たり前だった。手入れの行き届いた、どこか質実剛健な宿泊所である。その構造物は植民地生活に共通して見られるものだが、暗黒面もあった。一八五七年の叛乱の間、多くの英国人植民者は、暴徒に占領された街や砦から逃げ出した際、これらのダック・バンガローを緊急避難所として使った。そして少なからぬ者がその壁の内側で非業の死を遂げた——しばしば火災によって。ゆえに叛乱以後、このようなバンガローの建築資材として、あらゆる屋根葺き材が禁じられたのである。このバンガローの不吉な意味合いは植民者の意識の中に染み込んでいて、ラドヤード・キプリングの物語にも出て来る。曰く、「インドでのわれわれの生活の悲劇のかなりの部分が、ダック・バンガローで生じた……あまりにも多くの男たちが、ダック・バンガローで狂死した」。それ自身の爆発寸前の歴史を持つチャンパーワットでは、このような構造物が特にあからさまな植民地主義的含意に染まっていたであろうことは想像に難くない。

英国人の虎ハンターがこのチャンパーワットにやって来て、古いダック・バンガローに向かったと聞きつけたタシルダルは、直ぐさま地道を駆け上り、彼に挨拶しに行った。そして街の外のファンガルと呼ばれる村の近くにあるもうひとつのバンガローの方が虎を見つけられるかもしれませんと告げた。この虎は最近、ファンガル近辺で多くの人を襲っておりますが、場所を変えることをお奨めするのはそれだけが理由ではないのです、とタシルダルは言った。ジム・コーベットは平然と、タシルダルの懸念に感謝して、翌朝早く駐屯地をチャンパーワットの外にあるバルコニーに移すことに同意した。タシルダルはコーベットの協力に感謝し、明日の朝食はそこでご一緒します、そしてできる限りの援助も致しますと述べた。タシルダルが実際にはこの英国人ハンターの到着に疑念を抱いていたとしても、その使命の重要さを理解していたことは間違いない。街の長として、必要なあらゆる手段を講じて街から虎を排除することは——コーベットにとってと同様——タシルダルにとっても義務なのだ。四年に亘って恐怖に脅かされてきたこの地域に平穏を取り戻すためなら、英国人と協力するくらい安いもの。さらに言えば、この英国人ハンターは何か違う、とタシルダルが感じ取ったこともあり得る。コーベットは奇妙なほどこの地の言語に堪能だし、動物界に異様に親しいし、月明かりの下でぶつぶつ言いながら一人でタバコを喫う癖も奇天烈だ。タシルダルは遂に、実際にそれをやってのけるかもしれない人間を見たのだ。同じくらい異常で、同じくらい予想が付かず、そして同じくらい度外れてる奴——あの虎自身と。

第9章　待ち伏せ

さて、虎の方はどうなった？　あの逃げ足の速い、三〇〇ポンド超の *Panthera tigris tigris* の雌の個体は？　真夜中に咆哮し、女たちを木から、百姓を畑から引き剥がしたあいつは？　コーベットがその殺しの手口と習慣を理解しようと躍起になっている間、そいつはいったいどこにいたのか？

それが人間を殺したという事実は大いに異常なことかもしれないが、その虎の狩りと食事の仕方自体は全く異常ではない。博物学者ジョージ・シャラーはその独創的な著作『鹿と虎』で述べている、「獲物を殺した後、虎は通常、それを決まった場所まで引きずって、あるいは持って行く。水の傍の繁みを好む……このネコ科動物は通常、獲物の首に噛みついて、両前足で死体を跨ぐように、あるいは身体の横の部分に固定する形で引きずる」。シャラーによれば、虎は非常に力が強く「三人掛りでも動かせないような四〇〇～五〇〇ポンドのバファローを普通に数百フィートも」引きずったりする。このことからすれば、チャンパーワットの虎がその犠牲者を森の中に連れ込むのは恐ろしいほど簡単だっただろう。事実上、全員が二〇〇ポンド以下、多くはそれよりも遙かに軽い。シャラーは、観察していた一個体が「一五〇ポンドの死体を運びながら一五フィートもある川の土手に跳び乗った」とまで述べている。これはまさしく、チャンパーワットの虎がパーリ村民をオークの木から引き剥がし、雨裂の峻険な側を駆け上った際に見せた技だ。

シャラーの観察したのは遙かに普通の獲物の場合だが、そこから虎の食事習慣に関する鮮明なイメージを作ることができる。数多くのアクシスジカやガウルを仕留めた虎を観察した彼はこう記す、「虎は時間を問わず、死体を適当な場所に運ぶや否や食事を始める」。虎の裂肉性の歯は素晴らしい切断道具となり、「切る、引っ張る、裂くの合わせ技で、このネコ科動物は素速く肉、皮膚、内臓を呑み込む」。虎は一般にほとんどの肉がある臀部、後四分体から食い始め、それからゆっくり上へと食い進み、一時間ほど貪り食って休む。睡眠、毛繕い、水分摂取——その間、通常は獲物を隠したり覆ったりする——の後、虎は食事に戻り、可食部分が完全になくなるまでこの睡眠と食事の周期を繰り返す。この過程には虎の空腹と獲物の大きさによって数日掛ることもある。観察された一頭の虎は、四〇〇ポンドの牛をちょうど四日で消費した。別の虎は二五〇ポンドのバラシンガジカを三日。虎の中には、小型の豚やアクシスジカを一度に食い尽くす者もいる。このことからすると、一頭の虎は人間の成人を二日か三日で喰えるということになる。まさにチャンパーワットの虎がパーリ村でやっていたとおりだ。

コーベットが最初の襲撃からほぼ一週間後にパーリ村で虎の食事場所を発見した時点で、既に虎がそこを放棄してから数日経っていたと思しい。一般に飢えた虎は選り好みしないことからすると、荼毘に付すために村に持ち帰れたものがあれほど少なかった理由も解る。シャラー曰く、「虎は通常、その獲物を完全に食い尽くすので、腐食動物に何も残さない」。皮膚、内臓、骨も全部食える。中には蹄まで食うものもいる。乳頭突起に覆われたざらざらの舌はものをずたずたにするために設計されており、鋭い犬歯の列は毛皮、肉、羽根を——人間の場合は、衣服を——切り裂く。これにより、全てをきれいに剥ぎ取り、食う部分と棄てる部分を選り分けられる。虎はまさに効率的にできている。何百万年にも及ぶ洗練の結晶である。狩りにおいて効率的、殺しにおいて効率的、そして食事において効率的。彼らの為すことには悪意もなければ残酷さもない。牛が草を食うのに悪意も残酷さもないのと同様である。

そして虎が食事が終れば長居しないのは生存のためだ。「獲物の最後の可食部の残りかすまで食ってしまうと」とシャラーはいう、「虎は通常その場を離れ、狩りを再開するか、別の場所で休む」。チャンパーワットの虎に関して言えば、後者にはほとんど関心が無いようだ。たぶんコーベットが遮二無二その痕跡を求めてパーリ村周辺の松林を探索している間に十分に休んだに違いない。既に一週間が経過して——だいたい、満腹の虎が再び飢える頃だ。

だが何より興味深いのは、パーリ村の住民たちが、虎が定期的にチャンパーワットに戻ることを知っていた点だ。何にせよ、だからこそ彼らはコーベットにそこへ行くようにと言ったのだ。どうやって知ったのか？　またしてもその答えは観察された虎の行動にある。一九世紀にネパール辺境の生活を記したジェイムズ・イングリスによれば、「警官と同様、虎は特定の巡回区域に拘る」。実際、多くの野生の虎には縄張り内に確立されたルートがあり、常にそこを通って巡回し、食べ物を探す。その中心には「ホームベース」があり、必ずそこに戻って時間の大半を過す。フランスの虎研究家ウィリアム・バゼもこの見解を裏付け、虎は「恒久的な場所に極めて強く拘り、そこを基地として食料集めに出掛ける」と述べる。シャラーもまたこの行動を裏付けている。曰く、「虎はその行動範囲の中に活動の中心地を持ち、そこで多くの時間を過す」。そしてこの「活動の中心」は長期に亘って存続しうる。食料さえ豊富にあれば、虎は一定の場所に一四年、一五年、場合によっては二〇年も留まっていたという記録がある。この現象は家畜の誘拐が容易な場所では特に一般的である——常に家畜にアクセスできる虎は、特に移動したがらない。だがチャンパーワットの虎の場合は、家畜の代わりに人間を攫っていたわけである。

これらの習性の全てを考慮すると、チャンパーワットの虎の狩りの手法が浮かび上がる。われわれの理解は、ナラ・バハドゥル・ビシュトの証言によっても裏付けられる。ピーター・バーンの年長の友人である彼は、少年時代のネパールの虎を憶えていた。その話によれば、虎はその殺しの大半をルパールの街周辺で行なっていた――ゆえにネパール人はこれを「ルパールの人喰い虎」と名付けた。だがビシュトはまた、それがネパールのダデルドゥラ郡に点在する小村でも人を襲っていたとも述べている。虎が最終的にネパールを追われ、シャルダ川を越えてインドに移った時も、基本的には同じ行動パターンを採用し、チャンパーワットを自らの新たな「ホームベース」としたのだ。この二つの狩りの中心地を見れば、筋は完璧に通っている。ルパールとチャンパーワットは共に比較的大きな、人口密度の高い街だ。人間は常に比較的豊富にいる。虎が自分自身の縄張りの内部を巡回するとすれば――交尾相手を見つけ、競争相手を追い払うという本能の自然な結果――チャンパーワットの虎は縄張り内部を定期的に「巡回」し、中腹の決まったルートを通っていたということになる。そして簡単な標的――餌を集める村人の集団や、畑に出る若い男――と出くわすと、すかさず攻撃を仕掛けた。だがパーリ村のような小村の場合、人々は直ちに攻城戦のように閉じ籠もってしまい、住民は家という防御を棄て去ることを拒否する。たぶん虎は数日くらいはそこに留まっただろうが、すぐに手に入る食べ物がないとなれば、自分の基地に帰らざるを得ない。つまり獲物の豊富な、縄張りの中心地である。

村人の話のお陰でコーベットに解りかけてきたのは、虎が常に移動を続けていること、そして広範囲に亘るランダムな襲撃と見えたものが実際には、当初そう見えたほどランダムではないということだ。この虎の縄張りは広大で、その狩り場は幅広く散らばっているが、ある種のルーティンがある。小村パーリを棄て、円軌道を描いてチャンパーワットに戻った虎は、たぶん追跡を避けるために日中は枯れた河床を歩き、闇の帳が降りると既製の道路に切り替えたのだろう。能動的に獲物を探す虎は、広大な領域をカバーすることができる。一晩で二〇から三〇マイルも移動するほどだ。この調子なら、その虎がパーリ村とチャンパーワットの間の距離を一晩で移動したとしても何の不思議もない。もしもいつものネコ科の習性で、尿と匂いによってその縄張りにマーキングし、川で水を飲み、午後の暑い時間帯には休んだりしていたのなら、数日程度は掛るかもしれないが。普通の虎なら、野生動物のいそうな場所を訪れていただろう——鹿の集まる湧き水とか、藪猪が餌を探しに来る獣道とか。だがこの虎は、動機こそ似たようなものであるにしても、経験から、二本足の獲物が確実に見つかる場所を知っていたのだろう。村はずれ、人通りの多い道路、耕された畑の端の土が塊になっている土手。虎の嗅覚は鋭い。特に他の虎を探知する場合はそうなのだが、それを狩りに使うことは滅多に無い。その代わり、虎は聴覚と視覚に大きく依存している。たぶんチャンパーワットの虎は、目と耳を常に向けておくべき対象を知ったのだろう。人間の出す妙な声、道具や壺などの音、無様なほどひょろ長い直立した歩き方。そして虎は一般に獲物を探し、付け狙うが、同時にまた獲物がすぐに現れると解っている場所に隠れ、じっと待つこともあることが知られている。待ち伏せ、と言っても良い。だから一九〇七年五月九日にコーベットがチャンパーワットに到着した時、もしかしたら——いや、かなりの確率で——虎は既にそこにいたのかも知れない。

隠れて。待っていたのかも。

第10章　言葉通りの死の谷

ジム・コーベットの勘は当たっていたのかもしれない。翌朝早く街の外の新たなバンガローに宿営地を移し、タシルダルと朝食を共にしていたところへ、狂乱した二人の男が山を駆け上ってきた。息を切らせて、虎がたった今、一〇マイル先の村で牛を殺した、と告げた。

既にパーリ村で、この虎が如何に素速く犠牲者を平らげるかを見ていたコーベットは、急いでライフルを引っ掴み、ポケットにカートリッジを三つだけ詰めた。これは若い頃からの古い習慣で、当時は火薬も高くて弾丸も貴重品だったのでそれだけしか持てなかったのだ。だが同時に実用的でもある。虎の速度と隠密性をよく知っているコーベットには、もしも遭遇した際には一発撃てれば上等だと解っている。虎が逃げようと掛ってこようと、どちらにせよ再充填している暇は無い。どちらが死ぬにしても、数秒で済む。コーベットはただ幸運を願うだけだ。タシルダルは彼に幸運をと祈り、夜になったらまたこのバンガローに来て、泊らせてもらいますと約束した——当然、このハンターが生きて戻ればの話だが。コーベットは感謝し、案内人と共に出発した。三人は土の踏み固められた村までの道を、猛烈なペースで進んだ。* もしもその牛とやらを殺したのが本当に彼の虎なら、コーベットはそれがまだ近くにいると踏んでいた。その獲物の周辺に、今も。

急げば、まだ間に合うかも知れない。

道は平坦ではなく、轍があり、ほとんどが下り坂だった。松林を抜けると石造りの村の家が幾つかあり、そこで家畜を殺された百姓が逆上していた。コーベットは彼にクマーウーン語で挨拶し、ライフルを構えつつ、今すぐ死体のところへ連れて行けと頼んだ。百姓は承諾し、コーベットを近くの牛舎まで案内した。ハンターは易々と気づいただろう、通常の厩肥と干草の匂いに混じって、間違いようのない、流されたばかりの鮮血の鉄臭い匂いが漂っている。

隅でねじ切られているのは仔牛の身体で、既に半分食われている。確かにネコ科の捕食者の仕業だ。だが違う、と即座にコーベットは判断した、虎ではない。咬み痕と形跡を一見しただけで明らかに判る、この仔牛を殺したのは豹だ――これまたコーベットにとって馴染み深い動物である。カラダンギにいた頃、借りてきた.450マティーニ・ヘンリー・ライフルで初めて豹を殺したのは、まだ一〇歳の時だ。森の中で狩りをしていた時、そいつはいきなり跳び掛ってきた。彼は本能的に反応して、その斑点の毛皮を空中で撃ち、返り血をシャワーのように浴びた。少年ジム・コーベットはまだとても小さかったので、姉のマギーを呼んできて手伝ってもらい、死んだ豹をアランデルまで持ち帰った。家族が住んでいる小さな石造りのコテージだ。

豹は低地タライでも中腹のクマーウーンでも比較的よくいて、人喰いになれば虎同様に危険だ。大きさはかなり小さいが――最大の雄でも一七〇ポンドを超えるものは稀――成人を余裕で仕留めることができる。中でも最も悪名高いのは「ルドラプラヤグの豹」と呼ばれるもので、一九二〇年代に一二五人もの人を殺した。そのほとんどはケダナートとバドリナートの間にあるヒンドゥ教の聖地を巡回する巡礼だった。実際、人喰いの豹は――あまり一般的ではないが――人喰いの虎よりもさらに大胆だと噂され、夜中に家の中に押入ったり壁を破壊して睡眠中の犠牲者を襲うという。

だがこの豹は明らかに人喰いではなかった。大事な牛を殺されては、貧しい百姓にとっては経済的には大損害だが、豹としては普通の行動の範疇である。前年、豹はクマーウーンだけでも二七四四頭の家畜を殺している——虎がやったとされる一三七〇頭のほぼ二倍だ。当然、豹は一般に植民地政府からは害獣指定を受けている。だがコーベットにとっては、今回のこの豹は単なる偽の手掛かりであって、それ以上のものではない。案内してくれた二人の男に礼を述べ、手間賃として数ルピー取らせて、直ぐさまバンガローにとって返した。

何とか夜になる直前に小屋に辿り着いたコーベットだったが、タシルダルがまだ来ていないのにはがっかりした。最後の残光が山の向こうに消えていく。周囲の峡谷は闇を湛え始める。間もなく周囲は完全な暗闇に包まれるだろう。そしてひとたび暗闇が来れば、もはやバンガローの扉の外に勇み出るのは安全ではない。手持ち無沙汰のコーベットは心配と不安を感じた——光のある最後の貴重な短い時間を無駄にしたくはなかった。バンガローの管理人《チャウキダル》はコーベットの落胆に気づくと、近くに虎が水を飲みに

＊コーベットの手記に対する明らかな疑問は、ナイニタールから来た仲間についてだ。特に、何故彼らは虎を探しに森の中へ同行しなかったのか？　最もそれらしい答えは大方、前述の銃規制のせいで彼らがライフル所持を許可されておらず、火器使用の訓練も受けていなかったということだろう。例外かもしれない一人はバハドゥル・カーンで、彼は六人の一人だったと考えられるが、後にジム・コーベットの狩りに銃を持つシカーリとして同行している。だがこの時には、コーベットは地形を良く知っていて案内のできる者だけを連れていったらしい。未熟なハンターを連れていくのは賢明ではない、むしろ危険だと判断したようだ——少なくとも虎の位置を突き止め、前出が必要となるまでは。

来た湧き水がありますよと言った。

再びライフルを担ぎ直し、またしても期待に胸を躍らせて、コーベットはその男に泉まで案内させた。だが確かに、そこには幾つかの動物の足跡はあったものの、お目当ての虎の痕跡は何も無かった。彼はパーリの殺害現場でチャンパーワットの虎の足跡を入念に調べている。それも達人シカーリの眼で。否、あの人喰い虎はここへは来ていない――最近は。

最後の失望は、タシルダルの到着後に来た。ちょうど夜の帳が落ち始めていた頃。彼はその日の物語に熱心に耳を傾けていたが、結局約束に反して、今夜はこのバンガローには泊まれないのですとコーベットに告げた。たぶんチャンパーワットに急ぎ戻る用事があったか、あるいはたぶん、この英国人とあまりにも親しげにし過ぎていると見られるのを嫌ったのかもしれない――結局のところ、虎の発見は地元の街や村の人々の協力如何に懸っているのだし、植民地政府との関係の管理はデリケートな問題だ。何にせよ、迫る黄昏の中で数分ほど親しくお喋りをしただけで、彼は詫びを入れて街へ戻らねばなりませんと述べた――目論見が狂ってコーベットはしょげかえった、ちょうどタシルダルがどれだけ助けになるか解りかけて来たところだったのだ。コーベットが徐々にこの男に尊敬を抱くようになったことは、彼の回想録『クマーウーンの人喰いたち』に記されている――。


バンガローに戻ると、タシルダルも来ていて、ベランダに腰掛け、その日の体験を語った。一日が無駄骨となってしまったことに遺憾を表明しながら、彼は立ち上がり、これから行くところがあるので今すぐ発たねばなりません、と告げた。これを聞いて私は少し驚いた。何故ならその日、二度に亘って彼は今夜はここに投宿しますと言っていたからだ。私が懸念したのは、投宿云々ではなく、外はあまりにも危険だということだ。にも関わらず彼は私の言うことには全く耳を貸さず、ベランダから降りて闇夜の中へ踏み込んでいった。ぼんやりとしか照らせない煤けたランタンを持った男が一人、付き従っているだけだ。昼日中でさえ、男たちが集団でなければ移動もできないような場所で、これから四マイルも歩くのだという。私は脱帽してこの勇敢な男を見送った。

その図は、コーベットに深甚な影響を及ぼしたらしい。道を照らすものと言えば、たったひとつの揺れるランタンの微かな光ばかり、その中を、礼服をたぐり寄せ、クマーウーンの夜へと踏み出すタシルダル。その蒼ざめた姿が、丸腰のまま、だが恐れも知らずに闇の中へ消えていく。それはコーベットその人が呼び起こしたいと願う勇気の図そのものだ。彼自身もすぐにそれが必要となることを知っている。タシルダルが去ると、仲間たちも既に就寝しており、コーベットは一人でその夜を過したらしい。チャウキダルが用意した質素な食事を摂り、苛々しながら煙草を喫い、暗闇の中で森の囁きを聞く。今この瞬間、虎はどこにいるのだろう。利害はよく解っている。この任務に成功すれば素晴らしい勝利が転がり込むだろう。無論、それに付随する利益もある。ナイニタールに戻れば、チャールズ・ヘンリー・バーサドは拍手喝采だ。たぶん、準知事閣下の憶えも目出度いだろう——その全ては、しがないアイルランド系定住者の若者が、ガンジスの背水での先の見えた鉄道の仕事から足を洗う手助けになるだろう。だがもっと大事なのは——コーベットの忠義の在処を考えれば、もっと遙かに大事なのは——それによってたくさんのクマーウーン人の命を救うことができるということだ。コーベットは足跡を見て、チャンパーワットの虎は年長ではあるが、まだまだ元気だと悟った――インドの新聞〈ザ・パイオニア〉が、一九〇七年六月七日付の記事で断言する事実だ。曰く、その虎は「若くはない……［だが］健康状態は良好」。つまり、チャンパーワットの虎は全盛期こそ過ぎたとは言え、まだまだ何年も殺し続けることができるだろう。更なる血塗れのトピ、更なる爪に裂かれたサリー、更なる定期的な血の跡が、岩だらけの寒い雨裂に滴るということだ。コーベットはそれを己の目で見た。己自身の慄える手で骨の欠片を荼毘の綿に包んだ。そして最後の狩りには間違いなく助手が要るとはいうものの、結局その虎を止められるのは自分だけだと知っている。

だがもしも失敗すれば――もしも虎が襲いかかってきて、弾が当たらなければ――その結果は遙かに直接的で、遙かに個人的なものになる。先ず第一に、純然たる衝突力。想像を絶する衝突であり、脊椎が外れ、皮膚が裂けて肋が出る。それから、爪――それが一〇本、肉切り包丁くらいの刃渡りで、背中から肉を抉り取り、肺を突き刺す。最後に歯、項を砕く四重奏だ。それに耐えてまだ意識があったとしても、ただ為す術もなく虎の顎で挟まれ、子供のように無力に連れ去られるのみ。文明の音は消え入り、野生の森のコーラスが始まる。その熱い息の鼻をつんざく異臭が、これから来る真の恐怖の予告だ……。

誰にとっても悪夢であり、ジム・コーベットその人ですら、その悪夢を免れなかったようだ。この試練の記述において、彼はただその夜にバンガローで起ったことを、敢えて書かずにいた方が良い何か、「自然の法則を超えた」物語だと述べている。その言葉の意味はちょっとよく解らないが、ある種のパニック発作、あるいは夜間恐怖に苦しんでいたのではないかとも思える。暗闇の中でただ一人、眠ることもできず、酷く慄えている。だが、そんな彼を誰が責められよう？　一寸先も解らぬ夜、悪意に満ちた国の奥地で、千の半分もの人間を殺したとされる怪物が迫っている。恐怖こそが正気の反応だ。冷たい月影の下、影の塊が縞となり、庭の塵の中を暗い何かが這いずってくる、息を呑み、身動きすら適わぬ中で、想像しないでいることは困難だっただろう、チャンパーワットの虎がすぐ外にいる、黄金の眼で見つめている、グレンデルがその仕事を果しに来るのだと。後にコーベットはそのような幻想を書き記している——

　思うに、そのような最悪の悪夢を免れる者はほとんどおるまい。四肢と声帯が恐怖で麻痺している時に、化け物のような姿をした恐ろしい獣が、われわれを殺しにやって来る。その悪夢から、全身の毛穴から冷や汗を噴き出しながら、われわれは目覚めるのだ、それが単なる夢であったことを天に感謝する叫びと共に。

今やコーベット自身もその一員となったチャンパーワットの人々にとってのみ、彼らに忍び寄るその怪物は夢などではない。その事実の確認は翌朝、タシルダルの到着の後にやって来た。彼は約束を守り、なるべく早くバンガローに戻ってきたのだ。コーベットは間違いなく、悲惨な夜の後でふらふらだっただろうが、友人が無事に到着したのを見てほっとした。二人の男は虎の習性を論じ合い、次の動きを予想しようとした。そこへ、近所の村の伝令が突如として現れた。使者は喚きながら山を駆け上って来て、それによって一瞬の内に彼らの予想を無意味なものにしてしまった。
すぐ来てください、サヒブ、と男はコーベットに乞うた、一般に英国人にしか使われない特別の尊称

を使って。あの人喰いが、女の子を殺したんです！＊

ほろ苦い答え合わせだった。また一人の命が虎の爪に奪われたのだ。だがそれは、チャンスの到来をも意味している。今すぐ動くなら、奴を止められるかもしれないのだ。パーリの村人の助言と、ハンターの直観はどちらも正しかったことが証明された——やはり虎はチャンパーワットに戻って来た。そしてまたしても殺した。

コーベットには一分たりとも無駄にしている時間は無い。既にショートパンツとゴム底の靴を履いている——大物を追う時の勝負服だ。あとはライフルのみ。タシルダルに言い残し、バンガローに駆け戻って銃を取って来る。旧友である .450 口径マティーニ・ヘンリー黒色火薬ライフルではなく、それより軽くて扱いやすい、後半生で頼ることになる .275 口径でもなく、コーベットが自分の武器庫から選んだのは二連発の .500 口径の改造コルダイト・ライフル。伝統的な黒色火薬のカートリッジを、より強力なニトロのそれに入れ替えてある。基本的にこのハイブリッド・ウェポンは象撃ち銃を改造したものので、新たな火器と弾薬の相乗効果により、犀からアフリカ水牛から、最大の象まで倒すことができる。この種の強力無比な二連発ライフルは一九世紀半ばにアフリカとアジアでの狩猟用に開発されたものだ。その頃には、前装式の銃や単銃身ライフルでは突然突進してくる大型の獲物には太刀打ちできないということが明らかとなっていた。さらに一九世紀末にコルダイト火薬が登場すると、弾丸の速度は旧式の黒色火薬のカートリッジが束になっても適わない領域にまで到達した。一九〇七年、コーベットは二つの時代の狭間に立っている——黒色火薬の時代と、コルダイトの時代と——そしてチャンパーワットの虎を倒すために上位のコルダイト・カートリッジを大型の黒色火薬銃に込めて使うことを選んだ時点で、彼は戦略的な選択をしたのだ。実際のところ、何ゆえにもっと真面な銃ではなく、この扱いにくい二連発のショルダーキャノンを選んだのか。答えは簡単だ。アフリカで象や犀を狩るハンターと同様、彼はチャンパーワットの虎の突進を止めねばならなかったのだ。小口径や低速の銃ならジャングルでの持ち歩きも容易だっただろう。だがそれでは虎は単に負傷するだけで、余計に怒り狂うのがオチである。これが通常の虎ならば、象の背中やら設営されたマチャンの上から狩るわけだから、さほど問題にはならない――逃がしたところで、傷ついた虎は簡単に追い詰めて後で止めを刺せるからだ。だが既に五百人近い人間を襲って喰っている怪物ともなれば、徒歩のハンター相手に逃げ出してくれる保証はない。折角の獲物を守るために遮二無二突進してくる確率の方が遙かに高い。そんなわけで、今は拳大の穴をその縞のある毛皮に二つも開けてしまったところで何の問題もない。結局のところ、コーベットは無傷の虎皮なんぞには何の興味も無いのだ――ただ、シリアルキラーを止められればそれでいいのだ。

ライフルと、いつものように三つのカートリッジを手に――二つは二連発用、もう一発は予備――コ

＊チャンパーワットの虎のいわゆる四三六人目の犠牲者は、歴史家によって同定されているほとんど唯一の犠牲者でもある。二〇一四年、クマーウーンで筆者およびもう一つのジム・コーベットのファン集団のガイドを務めてくれたカマル・ビシュトは、チャンパーワットのすぐ外のファンガル村の年輩の男を紹介してくれた。彼によれば、その少女は彼の死んだ父親の姉妹で、名はプレムカ・デヴィだったという。彼はまた、彼女が襲撃されたのは一四歳の時だったと信じている――これは、彼女がティーンエイジャーだったとするコーベットの観察とも一致する。ただし、彼は彼女の年齢を一六歳もしくは一七歳と判断していたが。この老紳士の記憶の細部はコーベットの話とも一致しているが、証明は難しい。ただ、人物同定に関しては間違いなく信用できると思われる。

ーベットはタシルダルと使者に合流し、三人は無言で山を駆け下りた。数分ほどの間、物音と言えば踏み固められた土の足音と、彼ら自身の上がった呼吸音だけだ。

チャンパーワットから数マイルの村に着くと、暴動のような叫びと嘆願が発生した。狂乱した住民たちが、ここで起きたことを説明しようと一斉に殺到したのだ。その中の一人が集団ヒステリーを鎮めてくれたので、コーベットはその男に詳しい話を聞いた。コーベットを横に、彼は村から二〇〇ヤードほどの所にあるオークの林を指した。それに続く話は、痛ましいほど聞き慣れたものだった。少数のグループがその木の下で昼食のための薪を集めていたところへ虎が現れ、鶉の群れか何かを相手にするみたいに襲いかかった。皆が喚きながら命からがら逃げ出したところ、一人の少女がその縞と爪に取り巻かれた——虎は彼女の首を咥え込み、森の奥へと連れ去った。コーベットの新たな友人の妻もその採集団の中にいて、その襲撃が行なわれた木を指した——虎の姿も見えず物音もせず、気がついた時には哀れな少女はその顎に囚われていたのだと。その無音と唐突な奇襲は、前述の六月七日の〈ザ・パイオニア〉の記事にも記されている。曰く、「一一日の白昼、二五人ほどの女と少女が葉を集めていた時に虎が現れ、幼い少女を捕まえ、物音も立てずに攫って行った」。誰一人としてその到来を見ず——聞きもしなかったのは悲劇である。

集まった全員にそこにいるよう命じて、コーベットはライフルを点検し、開けた畑を通って殺害現場に向かった。

木に辿り着くと、コーベットはその地勢に衝撃を受けた。それは彼の言葉を借りれば「全く開けており」、「虎ほどの大きさの動物が、一二人の目に触れることなく近づき、その存在を悟られぬままで、一人の少女の窒息音でようやく気づかれる、というのは容易に信じられない」。後にコーベットは人喰いが人間を倒す信じがたい遣り口に習熟するようにもなるが、チャンパーワットの虎は彼にとっては初めての体験だった。たとえば狼とは違って、虎は事実上、群れで狩りをすることは無い。彼らは特に息が続かず、獲物を長距離に亘って追い回すことは滅多に無い。むしろ彼らの主たる武器は隠密性である――それと、驚愕するほどの瞬発力。腹を地面に着け、肉球のある足で徐々に忍び寄ることで、膝ほどの高さもない草にすら身を隠すことができるのだ。

隠密化に貢献しているのが、動物界でも最も効果的なカモフラージュ・セットである。虎の縞はごく自然にその輪郭を消し、高い草やジャングルの葉の影とシームレスに同化する。その獲物のほとんどは色盲なので、虎のオレンジ色の毛皮は気づかれることはない。また色彩を判別できる動物――人間含む――にとっては、その黄褐色の色彩は薄明の光にこの上なく上手く溶け込む。この生得のステルス能力に、三〇フィートに達する跳躍半径、四〇マイル近い最高時速と来れば、最終的な攻撃は――それが来れば、の話だが。と言うのも虎はまた極めて忍耐強いので――ほとんど常に不意打ちとなり、目にも留らぬ速さで遂行される。さらに襲撃は獲物の背後から行なわれることが多い。ゆえに今のこの場合、犠牲者の少女は自分が何に襲われたのかすら知らぬままだっただろう。おそらく、地面から跳び掛る時のこの上もなく微かな葉擦れ、傾いた身体からの柔らかな空気の揺らぎ、それら全てが頭の隅にちらりとでも意識できた瞬間、自然界の短距離ミサイルとも言うべきものが標的に向けて発射されたのだ。

そして捕食者と獲物の衝突の証拠は、コーベットの目の前のオークの下にはっきりと残されていた。少女が殺された精確な場所は、新鮮な血溜りと破壊された明るい瑠璃珠のネックレスから判明する。彼女の死の瞬間は、少なくともコーベットの頭の中では、その青と深紅のむかつくようなコントラストによって鮮明に再現された。恐怖の塊を呑み込んだことは間違いない。そしておそらくはいくらかの吐き気も憶えつつ、コーベットはライフルを構えて虎の痕跡を追った。一定の間隔を置いて血が飛び散っているのは、そこで少女の頭が虎の口から垂れ下がったからだ。

半マイルほど着実に追ったところで、コーベットは少女のサリーを発見した。そこから続く山の上に彼女のスカート。いずれも明らかに、食事の準備として虎によって剥ぎ取られていた。そこから引きずった跡を辿っていくと、鱗木の繁みに到達した。そこにこびり付いた何やら糊状のものから、何か長くて黒いものが垂れ下がりうねっている。コーベットは足を止めてよく見た。何だこれは、変った苔だろうか。だが全然苔などではなかった。少女の髪だ。虎が通過した枝に絡みついていたのだ。

その光景に吐き気を催し、すっかり意気阻喪しながらも、それはほんの数分前にその茨のところを恐怖が通過した紛れもない証拠だと気合いを入れる。コーベットが決意も新たに、藪の中に追跡を進めようとした時、彼は聞いた――足音。背後から素速く迫ってくる。

考えている時間も、計画を練る時間も無い。あるのは本能。カラダンギのジャングルと、ナイニタール周辺の森で長年狩りをして研ぎ澄まされた成果だ。コーベットは素速くぐるりと回転する。ライフル準備良し。撃てるのはせいぜい一発、それも幸運なら。

嗚呼、虎の姿はない。彼の指は一瞬慄えたに違いない。それから発射寸前の二つの引鉄に懸けていた緊張を解放する。後から走ってきたのは村人で、まさに二連発を喰らう寸前だった。彼はハンターのすぐ後をつけてきていて、自身の使い古しのライフルをぎこちなくぶらつかせている。コーベットの最初の反応は怒りだった。危うくこの地元住民の半身を吹き飛ばしてしまうところだったのだ。それに何より、虎の場所を突き止めるまでは全員村にいるようにとはっきり命じておいたはずだ。だがこの新たな仲間は、ジャマン・シングという村の下級官吏《パトワリ》で、タシルダルに言われて付いて来たのだという。ライフル所持を許可されている数少ない男の一人で、サヒブを助けるようにと——気持ちの上ではありがたい話だ、やらかしたことは最低だが。ともかくここは折れて、コーベットは村のパトワリに、少なくともその重いブーツは脱げと言った。森の中ではあまりに大きな音を立てる。それと、いつも後を見張ってろ、チャンパーワットの奴がぐるりと回って背後から襲いかかってくるかもしれないから。何にせよ、目が二つより四つあった方がましなのは確かだ——特に、その辺のどこかで虎に待ち伏せされているような状況では。

　皮膚を刺したり裂いたりする厄介な棘だのぎざぎざだのを押しのけながら、コーベットと新たな仲間は血の跡を辿る。それは鋭く左に曲ったかと思うと、羊歯やら東笹やらで埋め尽された雨裂に降りていた。それから急勾配の水流、虎が降りる時にひっくり返したばかりの石だの土だのが散らばっている——ほんの数秒前だ。水流はさらに急となり、滝となって雨裂に常時水を供給している。その水音に紛れて、森のくぐもった音はどれもが、身を潜める虎の音のように思える。両側は天然の石壁、もしも虎に回り込まれれば彼らは格好の的だ——彼らにもよく解っている——壁は迫っているので、岩間に深く近づくほどに、その追跡はより危険に、むしろ自殺行為そのものとなる。

　村のパトワリは何度も何度もコーベットの袖を引いた。その囁きは鋭い恐怖のトレモロで慄え、虎の音がした、後で、至るところで、とコーベットに告げた。つまりこのパトワリは、ライフルは持っているしその覚悟も見上げたものではあるものの、結局のところ狩りの経験などほとんど無い都会人であり、助けというより足手纏いでしかないということがますます明らかになって来たわけだ。コーベットは他人の手にある銃をまるで信用していない。だが他人を危ない目に遭わせるつもりはそれ以上にない。遂にこの不可避の結論に到達した彼は、三〇フィートほどの急な石の天辺で足を止め、岩の上まで登ってそこで待て、と友人に言った。パトワリがそれに従い、頂上についたと合図すると、コーベットは単独行を開始した。その薄いゴム底の靴で器用に角度をつけ、濡れた石の上を滑らせ、地形に合わせて巧みに足を使いつつ、不安定な雨裂を降りて行く——真っ直ぐに百ヤードほどの急勾配を降りて、石の虚穴に辿り着く。中程に水が溜っている。

虎は既にいないが、その食事の痕跡はまだ残っている。ライフルを構え、耳を欹てつつ、コーベットはその場所を調べ、そうして腹の底からこみ上げる嫌な場面を見出した。虎は通常、水の傍で喰う——その点では異常ではない——だが、彼の目にした光景は、終生彼の記憶に刻みつけられるものとなった

——

雌虎はかの少女を真っ直ぐここに連れて来た。私の接近が、食事中の彼女を煩わせた。骨の破片が深い足跡の周囲に散乱し、その中に汚れた水がゆっくり染み込んでいる。その水溜まりの縁に、水流を降りて来る時点では何だかよく解らなかったものがあった。ここに来て、それは人間の脚の一部であることが解った。これ以後、私はさまざまな人喰いを狩り続けることとなるが、その若い女の美しい脚ほど哀れなものは見たことがない——膝のすぐ下で齧り取られているのだが、斧でも

使ったようにすっぽりと切断されている——そこから暖かい血が流れ出している。

慄え上がったコーベットは、瞬間、自分が現在置かれている真の危険を忘れた。虎の食事の邪魔をしたというのは実に危険だ。ついさっきまで喰っていたということは、つまり遠くまで行っているはずはない。だがコーベットは、彼自身の言葉によれば、「人喰いの狩りについては新米」であり、それに伴う全ての危機に備えていたわけではない。

ライフルを下げ、切断された脚を調べようと跪いた時、突如、これ以上もない危険の感覚が彼の全身を食い尽くした。一ミリ秒の違和感。あり得ないほど微かな葉擦れか、ほんの僅かな空気の揺らぎか。だが、それで十分。またしてもコーベットは純粋な本能で動いていた。蹲ったまま踵を軸に回転し、ライフルの台尻を地面に固定、二本の指を引鉄に掛ける。

二連発の銃身の轟音が耳を圧し、鼻孔にはコルダイトの刺激臭が突き刺さる。コーベットは靄を透かし見ようと瞬きするが、そこには怒り狂った虎の姿はなく、すぐ上一五フィートの土手の縁から転げ落ちた幾つかの土塊と砂があるのみ。東笹が揺れ動き、中空の竹の茎が穏やかに鳴り、虎はいずこかに去っている。狙いをつけている余裕も無かった、外したことは間違いない。だが近距離からの突然の発砲音の炸裂は、待ち伏せの気を挫くのに十分だった。その銃身が咆哮した時、虎は当るか当らぬかの瀬戸際にいたのだ。

次はチャンパーワットの虎が咆哮する番。少女の身体の残骸を置いて、虎は霹靂のような獅子吼を放った。コーベットの残弾は一、だが躊躇はない。土手を駆け上り、鈴虫草の曲った茎の生えた一画から、彼は獲物を咥えた虎が数秒前に通過した場所を見た。地形はますます踏破困難、ぎざぎざの岩が積み上がり、深い亀裂が走っている。とはいえ、そんな障害をものともせず、コーベットはぎりぎりで追いすがる。紛うことなき血の痕跡を追う。大岩をひょいと飛び越え、川面の石は八艘跳び、虎の唸り声が岩の深淵に谺する中、エドワード・ジェイムズ・コーベットは極めてシュールな状況にいた――まさに最悪の夢みたいに。言葉通りの死の谷で、スローモーションの追跡劇。その口で、四三六人の人間を喰らった縞模様の怪物を追って。思考を整理し直すのに、コーベットには数年が必要だった――

炉辺でこれを読む者が、その時の私の気持ちを解ってくれるとは思わない。唸り声と襲撃の予感に私は恐怖しつつ、同時にまた希望を貰った。雌虎が我を忘れて攻撃を仕掛けてくれれば、私がここへ来た目的を達成できる機会が得られるのみならず、こいつが引き起こした全ての苦痛と艱難の復讐を遂げることができるのだ。

雨裂の底を岩から岩へと飛び移りながら、世界で最も危険な頂点捕食者を追う気弱な霊長類は、〈パイオニア〉紙によれば、「死体と衣服の一部が残されている」のを見た。コーベットはその不愉快な事実を無視することができなかった、もしも虎が今の獲物を棄てて戻って来るならば――そしてもしも彼の狙いが完璧ではないならば――谷底にぶちまけられるのは彼の食い千切られた手足だっただろう。だが既に四時間にも亘って追跡を続け、すぐそこで揺れる躑躅《つつじ》の繁みに目を凝らし、岩だらけの道に轟き渡る定期的な唸り声を聞き続けて消耗の極みに達したコーベットは、遂に音を上げた。夜が迫っている。

ぎらぎらと眼を光らせる人喰いと過ごす黒い雨裂の底など、この世で一番いたくない場所だ。影が谷に浸透し始めると、コーベットは踵を返して這い戻り、途中、一度だけ止って哀れな若い少女の切断された脚を埋めた。後から家族が回収して荼毘に付せるだろう。雨裂を脱出すると、例のパトワリはまだ石の天辺で彼を待っていた。ほっとしている——谷中に轟き渡った唸り声に、コーベットが虎に喰われたと確信していたのだ。今日の分の悍ましい仕事を終えて、二人の男は村を目指した。

パトワリはブーツの隠し場所で立ち止まった。彼が靴紐と格闘している間に、コーベットは座って一服燻らせた。遙か彼方のヒマラヤの頂が、この日の最後の光を捉え、その煌めく黄金を麓に反射している。彼は地勢を考察し、次の手を考えた。一人で再びあの雨裂に戻るのは絶望的だ——その起伏に富んだ濃密な森の地勢では、明らかに虎が有利。一度は死にかけ、四時間にも亘って絶望的な追跡を繰り広げた結果、それは歴然。だが、目の前に広がるさんざめく風景に、コーベットは機会を見た。「山々の壮大な円形劇場」と彼はそれを称する。一本の川が西から東へと狭い渓谷を刻んでおり、一際断崖絶壁の山が真正面にある。虎がまだ獲物を保持したまま喰い続けていることはほぼ間違いない——つまり少なくとも、あと一日か二日はどこへも行かないということだ。この虎は明らかに低地を好み、人が容易に辿り着けぬ峻険な雨裂の底に潜んでいる。それこそ、この虎がかくも長きに亘ってハンターを寄せ付けなかった理由の一つだ。コーベットは思いついた、もしも尾根に沿って川から山まで配置できるだけの人員を動員し、どうにかして虎を下の場所から追い出すことができれば、その逃走経路は雨裂を出て、円形劇場を二分するあの狭い峡谷に入るだろう。もしもジム・コーベットの一次作戦が成功していれば、そこで彼が二連発を構えて待ち伏せできる。雨裂の奥底の今の隠れ家とは違って、この長く曲がりくねった峡谷なら、比較的見晴らしも良いし葉も岩もない。邪魔されず撃つことのできる唯一の可能性と見える。

それしかない。つまり「狩り出し」が必要だ。一マイルにも及ぶ男たちの列、全員が協力し、虎を開けた場所に追い出すために繁みに向かって進む。一方ハンターは罠の発動を待つ。四年ほど前にネパールで試みられたのとだいたい同じ作戦だ。あの時は虎を国から追い出すことには成功したが、捕えて殺すには至らなかった。このことについてコーベットがどの程度知っていたかは解らないが、このような狩り出しを何度も行なうのは困難だということは承知している。特に訓練された象も熟練のシカーリもいないとあっては。彼自身認めている、それは「とても困難な狩り出しになる、何故なら私が虎を取り逃がした北向きの峻険な斜面は密林であり、だいたい長さ四分の三マイル、幅半マイルにも及んでいる」。困難、まさにそうだが、不可能ではない。全てを上手く管理できれば、そして勢子たちが彼の指示に従ってくれれば、少なくとも「妥当な勝算」はある。

ならば為すべきことは、何百人もの男たちを説得することだ。誰一人として過去に大規模な虎狩りに参加したことなどない連中を。全員が全員、植民地政府に対する不信感で知られる地域出身の連中を。この他所者を信じて、丸腰で、助けもなく、怪物の塒《ねぐら》に入ってくれと。

何故なら彼には助けが必要なのだ。


――

バンガローに戻る前に最初に立ち寄ったのは、スレート葺きの屋根の農家が固まって、チャンパーワット外の村を形成している場所。最後の犠牲者を出した場所だ――そこに、たまたまのように、タシルダルが待っていた。桃色に輝く日没が黄昏のプラム色に褪せてゆく。痛みに耐えて脚を引きずるコーベットは、タシルダル――チャンパーワットで一番友に近い男――の外套にターバンの仄暗いシルエットに同時に苛立ちと安心を憶えた。彼に挨拶しながら、たぶんコーベットはその日の凄まじい出来事を語ったのか、あるいはそのげっそりと窶《やつ》れきった風体が、彼に代って説明してくれたのか。最後の陽光の下で二人して静かに煙草を喫いつつ、コーベットは遂に勇気を振り絞り、タシルダルに作戦を打ち明けた。その声の中の躊躇と自信のなさは想像に余りある。何しろこの時ばかりは植民地政府の代表者が、命令ではなく懇願しているのだ――それも習慣に則った英語ではなく、現地のクマーウーン語で。だがたぶん、煙草をぷかぷかしながら、あるいは長い一服の後で、火の着いた喫いさしを腰の辺りで指に挟んで、コーベットは頭に描いた罠のことを明かし、そしてチャンパーワットの人々の助けがどうしても必要だ、と泣きついたのだろう――不可能だとは思いつつ。

そして黄昏の余韻の中でコーベットには見えなかったかもしれないが、タシルダル、間違いなく古き良き時代のことを、あの叛乱、英国人のいう「謀反」以前の時代を憶えているこの男は、間違いなく微笑んでいた。狡猾な、抜け目のない微笑み。その目に光を灯し、山生まれの顔に皺を刻んだ微笑み。喫いさしの灰が落ち、残り火がくるくる回って、彼らの横の休閑中の畑の影の中に消えてゆく。それからタシルダルは立ち上がる。草をざわめかせながら、チャンパーワットに帰って行く。闇と競うように、夜よりも少し早く。

第11章　獣との対峙

翌朝早くコーベットはバンガローから、依然として残る闇の中へ足を踏み出した。薄明の濃い藍色がまだ中腹に纏わり付いているが、ヒマラヤの最初の頂は輝き始めている。よく眠れた。特に何も無く。爽快な気分で、今日を始めたくて外に出た。

ナイニタールから連れてきた六人の仲間、それにたぶんチャンパーワットへの途上で出逢った二〇人の内の数名を除いて、コーベットには手伝ってくれる当てはない。狩り出しへの参加は危険な仕事だ——志願者は稀だった、もしもの時には安全な者などいないのだ。バグー・シカールの危険性については、当時の記録にいくらでも見出すことができる。窮鼠と化した虎はしばしば勢子に突進し、場合によってはハンターを象から引きずり下ろすこともある。当然、これらの話の多くは英国人の語っているものので、傲慢さに満ち満ちており、しばしばインド人の勢子を——一般に徴発、それも強制的に集められた丸腰の者たち——臆病な役立たずとして描いている。虎を発見すると、勢子は通常、森から逃げ出す。「ちょうど鼬やフェレットに侵入された兎が、繁殖地から逃げ出すように」と一九世紀の虎ハンター、ジェイムズ・イングリス。ハンターの中には、イングリスのように、こうした出来事を面白がる輩もいる。彼の一八九二年の回想録『虎の国のテント暮らし』には、次のようなサディズム的な一節もある——

勢子どもは二人また三人とジャングルから吐き出されて来よる。ちょうど何かの巣か蟻塚の中の奴みたいに怯えておる。ある者は脇目も振らずこけつまろびつ、またある者は顔を後ろに向けて何かが追いかけてこぬかと確認しつつ、で葦に足を取られてぶっ倒れ無様に四つん這いになる……余はこれを見て……呵々大笑せずにおれなかった。

まあたぶん、すごい武器を持って、鱈腹食ってる金満家の英国人スポーツマンが、比較的安全な象の背中で遠くから見ている分には面白い見物だったのだろう。言うまでもなく、完全な丸腰で禁断の森に入り、怒り狂った虎と対峙することを強制された貧乏な百姓にとっては、笑い事などではなかった。全く逆だ。ネパールのシャハ王朝の王様たちは、タルー族との間に狩りにおける同盟関係を入念に育て、王族の勢子や象遣いに金銭やラル・モハルを与えてたりしていたが、インドの英国人と来たら——そしてネパールのラナ王朝もある程度は——彼らが大いに依存していた名ばかり「志願者」の勢子は、実際にはその名とは程遠いものであった。狩り出しへの参加は臣民の義務であり、徴兵のようなもの、そしてしばしば同レベルの軽蔑と敵意で迎えられた。たとえ良くても密生したジャングルを長時間、ただひたすら歩かされる一日仕事、悪くすると五〇〇ポンドの獣にずたずたにされることになる。

ジム・コーベットは当然このことを知っている。地元民は無謀な馬鹿でもなければ騎士でもないし、彼に対して何か借りがあるわけでもない。コーベットは、朝に会おうと約束した木の下でうろうろしながら煙草を喫っている間——前日、少女の血塗れのネックレスが発見された、あの木だ——有効な狩り出しを組織できる可能性は薄いと睨んでいたに違いない、タシルダルの手助けがあろうとなかろうと。

コーベット曰く、「男たちを集めるのは一苦労だったに違いないと私は考えていた、人喰いに対する恐怖はこの地域一帯に深く浸透しているので、男たちを彼らの家という避難所から出すには穏やかな説得ではとても無理だろうと」。

そしてコーベットは正しかったようだ。一〇時になると、約束通りタシルダルはやって来たが、連れてきたのはただ一人だった。コーベットは彼を暖かく迎え、その勇敢な行為に感謝し、失望を隠すのに最善の努力を払ったに違いない。たぶん、絶望的な任務に臨む兵士の黒いユーモアで、失敗もやむなしと受け入れただろう。既に遙かに多くの人間を殺している獣相手に、この無勢では。

だが数分の内に、さらに二人の男が現れた。それからさらに二人。次にはさらに多くの男たちが、二人また三人とゆっくりと山から降りて来た。彼自身の勘定で、その数が昼までには二九九人の大部隊に達した時のコーベットの驚きと喜びは想像に余りある。

タシルダルがこの不可能を可能にした手口はすぐに明らかとなった。策士である彼はチャンパーワットの住民に、今回この時に限りどのような武器も使用を許可すると約束していたのだ――「お上」は喜んで見て見ぬ振りをするだろうと。つまり事実上、一つの街の一日限定でインド武器法を撤回したというわけだ。かくして一八五七年の叛乱以来初めて、民衆は大っぴらに、コーベット曰く「博物館に飾ってあるような」武器を振りかざしたのだ。確かに彼らの武器のほとんどはどうしようもなく時代遅れで、何年も埋められたり隠されたりしていたせいで状態も酷いものだったが、それでも十分恐い。

コーベットは畏敬の念を抱いて、それまでは考えられもしなかった光景を見つめた。クマーウーンの男たちが、「銃、斧、錆びた剣、槍」などを手にして集まっている――半世紀に亘って血の味を忘れていた武器たち、通常ならばその所有者を監獄にぶち込んでいるはずの武器たちだ。カルー・マハラの敗北から五〇年、チャンパーワットの人々は今再び立ち上がり、軍を結成したのだ。ただ一度きり、彼らの敵は占領している英国政府ではなく、政府の無分別のせいで彼らの上に解き放たれた獣である。多くの者がこの怪物のために愛する者を失った。少なくとも一人は、コーベットはすぐに知ったのだが、息子二人と妻を亡くしていた――事実上、家族全員が、一頭の人喰い虎に喰い尽されたのだ。コーベットが感無量にこの光景に浸っている間、タシルダルはしれっと自分用の二連発ショットガンにヤミの弾丸を詰め、希望者全員に弾薬を配っている。

ジム・コーベットは周囲に三〇〇人を集め、タシルダルの手助けで、狩り出しの説明をした。虎が食事中の場所のすぐ上の雨裂の縁に沿って列を作り、峰を横切って展開している間に、彼はその真向かいの松の木の下に陣取る。その木は雷が落ちて皮が剥けているのですぐに解る。合図したら――コーベットがハンカチを振る――火器を持つ隊の者は空中に発砲、他の者は太鼓や銅鑼を打ち鳴らし、岩を転げ落とす――下のどこかにいる不可視の虎に対する嫌がらせなら何でも良い。その直後、コーベットは峡谷の入口の隠れ場所へ行き、岩の口から飛び出してくる人喰いを待つ。そいつは怒り狂い、混乱し、立ちはだかるものに対しては何としても自分を守ろうとするだろう。万端上手く行けば、その空き地での最後の対決が最終決戦となる。人か虎か、生きてその場を去るのはどちらか。

集結した男たちはこの作戦を評価し、素速く尾根に展開した。互いに同一の距離を保ちつつ、全体をカバーできる位置に。コーベットは大きく円を描いて戻り、落雷の松の下に陣取ろうとしたが、それをタシルダルが止めた。私も君と一緒に行く、ときっぱりと言う。どれほどの技量と経験の持ち主であれ、この英国人シカーリには助手が必要だと感じたのだ。

二人は谷の上端を越え、まずは反対側の斜面の尾根をよじ登り、それから斜面を横へ半分ほど行って、捩れた枯木のところまで来た時、タシルダルはちょっと止ってくれと言った。快適なゴム底靴——当時のスニーカーである——を履いているコーベットとは違って、タシルダルのは皮のブロガン、クマーウーンの岩山よりも街中の地道に向いている。休んでいたのはほんの少しで、ちょっと靴を直しただけだ。だがその程度の遅れですら、尾根に展開している落ち着きのない勢子たちを不安に陥れるには十分だった。コーベットが合図を忘れたと思い込んで焦り始めた街の連中は、勝手に狩り出しを始めることにした。一斉に大騒音が巻き起こった。三〇〇人の男たちがライフルを撃ち、太鼓を叩き、肺も裂けよと怒鳴り散らす。見えない雨裂の底へ向けて岩が転げ落とされ、闇雲に槍が投げ込まれた。

もはや一秒の猶予もない。コーベットはライフルを肩から外し、一五〇ヤード彼方の峡谷の入口の空き地に向かって滑り降りていく。完全な隠場を探している暇は無い——峡谷の暗い入口を見渡すことのできる高い草を見つけた。あれで何とかするしかない。丸見えで襲われたらどうしようもないのだ。もう一つの雨裂が背後と左に開いている——虎が逃げ出せば、開けた土地はできるだけ早く突っ切って、また身を隠せる場所に向かうだろうと考えた。

撃てる時間はせいぜい数秒、的はサラブレッドと同じスピードで動いている。

コーベットはあれこれ予想はしている——何時間も考え抜いてきたのだ——だが何をどれだけ予想しようと、実際に虎が出た時に十分ということはない。それに彼は虎が速いということは知っていても——アクシスジカや沼鹿を捕えられるくらい速いのだ——実際にどのくらい速いのかは、それが林の間から出て来るまで解らなかった。勢子の叫びとその銃声の中、怪物は遂に姿を現した。出現地点は彼の予想より高いところで、下向きの角度で彼の方へ飛び込んでくる。その縞模様の亡霊は、現実のものと言うにはあまりにも速く、突如として影の中から出現し、三〇〇ヤードほど向こうの丸見えの斜面を物凄い速度で移動している。

その瞬間、他の全てのものは意味を失った。勢子の叫びは消音された鼻歌となり、ライフルの轟音は弱々しい金属音になった。そしてその静止した完璧な瞬間を、流麗な運動の鼓動で切り裂く、チャンパーワットの人喰い虎。全インドで、おそらく全世界で最恐の獣、丈高き草を刈り、憤怒に激して彼に向かい突き進む、耳を寝かせ、歯を剥いて。ナイニタールの茶室で、静かな調子で語られるのを聞いたかの獣が、突如として実体化する。彼と手下たちを焚火の周りで慄え上がらせたかの獣が、突如として形を取る。たぶん、瞬間、彼の目的の全てが問い直された。たぶん、最初にその崩落寸前のマチャンから狙いを定め、発砲したネパールの名も無き少年のように、目の前のこれを撃つという観念があまりにも馬鹿げた、あり得ないほど大胆なものと感じられた、あたかも、自分の殺そうとしているものが単なる動物ではなく、王か神でもあるかのように。

おそらく——だがもしもコーベットが瞬間躊躇したとしても、タシルダルはそうではなかった。斜面のかなり上の松の木の下の横の位置から、彼は自らの二連発のショットガンを虎の方へ放った。二つの鉛弾は、唸りを立ててその毛皮を目指した。まあ外れはしたが、それはこの距離と、ショットガンの酷い状態からすれば不思議ではない。だがその銃声と、足下で弾けた土塊は、突っ込んでくる虎を、草を引き裂く停止に追い込むには十分だった。

コーベットは今や、発射のチャンスを得た、長距離ではあったが。虎が立ち上がり、尻尾を巻いて逃げようとしたので、彼はライフルからたった一発の「焼け糞の」弾を撃つことができた。だがこの弾もまた外れ、またしても土塊を跳ね上げるのみ。コーベットは為す術もなく、虎が再び雨裂の分厚い下生えの中に逃げ戻るのを見守るしかなかった。そして彼はまたしても、自らの運命を祝福すると同時に呪う羽目となる――自分はまだ生きている、だがまたしても、あの虎の奴も。こうなると、たぶんこの峡谷を、別の方向へ逃げようとするだろう。最終的には峻険な斜面の方へ、そして勢子の列の方へ――それがどんな大殺戮となるか、誰に解るだろう――あるいは、単に夜になるまで底に身を潜めるか。その場合、もう永遠に見つけることはできない。

だが、運とは異なもの。不味いと思ったものが、突然好転したりもする。すっかり絶望したコーベットが雨裂を見つめ、虚しくカートリッジを交換し、襲われた男たちの悲鳴を予期していた時、予期せぬ何かが起った。彼の銃声を聞きつけた大勢の勢子が、遂にチャンパーワットの虎は斃れたと思い込んだのだ。称讃の叫びが峡谷の縁に沿って動き、残りの弾薬が祝砲となって全弾空中に発射された。誤解による歓呼が渾然一体となった大騒擾は再び虎を怒らせ、奴はまたしても雨裂の底からコーベットの方へ戻って来た。

そいつは再び現れた。またしてもあの縞が見えた。あたかも、タルー族のグラウに召喚でもされたかのように。虎は開けた谷底を真っ直ぐやって来る、顎の落ちるようなたった一跳びで底の川を飛び越え、それから真っ直ぐに次の、木で覆われた雨裂を目指す。

今度という今度は、コーベットも準備万端だ。

──.500口径の改造コルダイト・ライフルを、一連の流麗な動作で構える。その銃で海面位で狙いをつけると、上に逸れる傾向があることをコーベットは知っている。だが彼はそれに従って調整し、着実に狙いをつけ、最初の引鉄を振り絞る。

命中。狙った箇所より少し後だが、虎に当たった。歯を剥き出し、苦痛に頭を下げつつ、虎は銃声の方を向くが、コーベットは依然として高い草に隠れている。虎が反射的に引き攣っているお陰で、的がすっきり狙える。距離は三〇ヤードそこそこ──虎が本気を出せば二秒で到達できる距離だ。

しっかりした手つきで、二度目の引鉄を引く。虎の傷ついたオレンジが視界の端に浮かぶ。

二度目の銃声が谷に響き渡る。弾丸は虎の肩を引き裂いた。すっかり怒り狂った虎は歯を剥いて耳を下げ、突進に備えつつ、荒々しくこの苦痛の源を探す。コーベットは依然として視界の外にいるため、それは見つけることのできた手近なものに襲いかかった──小川の向こうの藪、突出した岩棚に繋がる部分にしっかり根付いている。予期せぬ負傷に眩暈を起したまま、虎は小川の向こう側へ撥ね戻り、岩に跳び乗って、怒りにまかせて藪を引き裂きに掛る。

ジム・コーベットは深刻な問題に気づいた。悪夢の底へと気持ちが沈んでゆく。ライフルはもはや手の中で無用の長物と化した。少年時代からの古い習慣が、遂に彼を捕まえたのだ。貴重な三つのカートリッジを、彼は使い果たしてしまっていた。虎はほんの数フィートのところにいて、この上もなく怒り狂っている。そして彼はそれを今更どうすることもできない。今は別の何かに気を取られているが、重傷の虎ほど危険なものはないということをコーベットはよく知っている。

タシルダル……とコーベットは彼の方へ叫んだ。上の、落雷の松の横にいる。だが彼の言葉は、凄まじい唸り声と遠くの勢子たちの叫びに掻き消された。タシルダルは何かを叫んでいるが、その声もまた聞えない。そしてその時、コーベットは気づく、唯一のチャンスはタシルダルのところまで駆け戻ってショットガンを借りることだ。つまり今の高い草の隠れ場所を棄て、丸見えの谷を百ヤード以上、死の短距離走に打って出るということだ――できれば、チャンパーワットの奴が気づかぬうちに。

ほぼ四〇年後、『クマーウーンの人喰いたち』の中でジム・コーベットはこの場面を思い起こし、この時起ったことを簡潔に、大まかに書き記している。それは生涯一ハンターたる彼の、穏やかでゆったりとした筆致である。だが、とは言うものの、役立たずの銃を投げ捨て、虎が追ってきているか否かも判らぬまま、丸腰で松の木へ向かって走り出した時の、彼の生の無力感、絶望感を想像せずにいられるだろうか？　足音を立てて地面を蹴る度に、彼の身体はその瘤だらけの木へと、丘の斜面で上下する固定されたゴールへと、一歩一歩迫って行く。タシルダルは立ち上がる、最初は困惑して、そして遂に、この慌てふためくナイニタールの英本土人の意図を理解する。彼は頷く。信頼と意図に満ち満ちた仕草だ。そして駆けてくるコーベットに、彼の唯一の武器を投げ与える。古いショットガンは瞬間、震える青い空中に留まり――そしてコーベットはそれを掴む。そのまま足を止めることなく、踵を大地に軋らせ、小川へととって返す。

そして今やそこに虎がいる。ずたずたになった薮からゆっくりと頭を回し、この苦痛の真の根源、否、終生の窮状の根源が全速力で向こうの斜面を駆け下りてくるのを見る。一瞬、両者の眼が合い、理解が生まれる。時の初めからあるハンター同士の心の交流だ。

コーベットは助走をつけた跳躍で小川に入る。肺は喘ぎ、恐怖に口は開きっぱなしだ。岩棚に近づくと、虎の方も姿を見せて、岩の上で物凄い跳躍を見せる。虎がそのまま岩の縁で止ったので、彼も止った。

コーベットはチャンパーワットの虎と真正面から対峙した。手にしている頼りないショットガンは、少年時代の、ばらばらにならないように針金で縛って固定していた前装式の銃と大して違わない。ほんの一瞬、彼はあの頃の少年に戻っていたに違いない。父を亡くし、ジャングルで一人迷って、プラムの藪から見つめる黄金の眼に凍てついている。

虎はその怒りを彼に向ける。酷い怪我を負いながら、おそらく致命傷でありながら、もう一人殺すくらいの闘志は十分残っている。噴出する鮮血、轟き渡る咆哮。彼の目の前の岩棚に戻って来る。今や距離は僅か二〇フィート、一跳びでその顎は彼の喉に達する。それはコーベットを見る、遂にはっきりと、そして口を開いて怒りの声を上げる、傷ついた下顎を見せる、砕かれた歯を見せる。そして瞬時にジム・コーベットは理解する、これまでにこの哀れな生き物がどんな目に遭ってきたのかを、悪意と苦痛で書かれたその物語を。だが四三六人という数字は憐れみの余地を残さない。二〇フィートの距離は逃走の機会を与えない。

古いショットガンを取出し、撃鉄を起し、構える。タシルダルの円筒形鉛弾は残り一発。なるようにしかならない。この武器の酷い状態からして、コーベットには弾が出るかどうかさえ判然としらなかっただろう。出るか、死ぬか――簡単な話だ。虎は身を屈め、攻撃態勢に入る。

コーベットは息を吸い、引鉄に指を掛ける。たぶんこれ以上もないほんの一瞬、彼は躊躇う。ひとたび引鉄を引けば、待っているのは二つの道だ――消滅か、変容か。たぶん彼は既に未来を知っている、それはモンスーンが降るのと同じくらい不可避で、ヒマラヤの山頂が雪を戴くのと同じくらい確実なことだ。目の前に集う恐怖を見ぬために目を閉じ、そして祈る……

霹靂。

黄金の眼は曇る、

一つの命が終り、別の命が始まる。

第12章　沈黙の瞬間

ショットガンの最後の発砲から勢子たちの到着までの間、瞑想のような静寂があった。満足と後悔に満ち満ちた静けさ。暫し、コーベットは不可能とされていたことを成し遂げて満足し、そして同時に深奥から慄えていた――その後、終生そうなるように――虎を殺したという行為に。彼は後に、人喰いを倒した後の奇妙な感情を「息を呑む感覚――おそらく恐怖と興奮のゆえに――そして、少し休みたいという願い」と記す。タシルダルが歩み寄り、二人の男は粛然と突っ立っていた。彼らのすぐ上に、チャンパーワットの虎の頭部が岩の端からだらりと垂れ下がっている。血がゆっくりと滴り落ち、彼らの足下の土を穿つ。

精神が落ち着くと、コーベットは小川の急な土手に登り、岩棚に近づいて死んだ虎を調べようとした。だがそのぐにゃりとした身体に辿り着いた瞬間、勢子の第一陣が森の中から殺到した。銃やら槍やらを振りかざし、岩の上に伸びている縞模様を見て狂乱している。その爪に愛する者を殺されていない者はほとんどいない。家族全員を喰われた男は特に、そいつを細切れにしてやる気満々で、声を限りに叫んだ、「こいつは俺の妻と息子二人を殺したシャイタンだ！」。

タシルダルの助けと形振り構わぬ懇願によって、コーベットは遂に群衆を宥め、男たちの怒りは徐々に病的な好奇心へと移行した。彼らは一人また一人と岩棚に登り、チャンパーワットの虎を間近で見た。

生きていた頃と比べて突如、圧倒的に小さくなり、迫力も失っている。どんよりとした眼、血糊のこびり付いた毛皮、だらんとした舌――ほとんど哀れに見えた、あたかもそれに憑依していたシャイタンが遂に祓われ、乗り捨てられた残骸だけが残されたかのように。男たちはコーベットのために虎を地面に下ろし、検屍をやりやすくした。最初の咆哮を聞いた時以来の疑いを確認せねばならない。虎の口の右側の上下の犬歯は、やはり遙か昔に傷付けられたもので、見当外れの弾丸によってきれいに切り取られていた。上の歯は半分失われ、下の歯は骨まで砕けていた。

だが皮剥は遅らされた――夜まで待ってください、と男たちが頼み込んだのだ。それを持って周囲の村々を周り、その家族に、獣は本当に死んだことを見せてやりたいからと。民衆は、もはや畑に出るのも道を歩くのも怖がらないでいいんだと知る必要がある。夜は再び自分たちのものとなったのだと。コーベットが見守る中、男たちはチャンパーワットの虎を、解いたドーティやターバンで二本の若木に繋ぎ、山肌まで続く人間の鎖を作って、この重い屍体を頂上まで引き上げた。その間、ずっと古い山歌を斉唱している。この行列は、ここ半世紀ほど見られなかったものだ。クマーウーンの男たちは、自分たちで結束して敵を打ち破ったことを祝している。虎の死によって、取り返しがつかないと思われていた何かが贖われた。失ったものがまた見出された。そして今や、タシルダルも加わった、というのも男たちはその広い肩に彼を担ぎ上げ、山の上まで上らせたからだ、尊敬の印として、勝利の身振りとして。

コーベットは自分の足で坂を上がった。自分には参加できない祝いを、胸を痛めて見つめている。それでもなおそれは感動的だった。皆が渓谷の上へ出たところでタシルダルは彼の所へ戻って来た。今日は彼を一人にさせたくなかったのだろう。虎は集まった村人たちの手で、殺しが行なわれた円形劇場の縁に沿って東に向かって行進し、二人の男は一緒にチャンパーワットへの道を辿った。途上、彼らは一筋の白い煙が、眼下の谷から天へ立ち上っていくのを見た。火葬の薪だ。虎の最後の犠牲者の家族が、遂に雨裂から彼女の遺骸を回収し、そして今、ようやく、見送ることができるようになったのだ。

——

祝祭は夜まで続いた。チャンパーワットの中庭から、コーベットとタシルダルは渓谷を練り歩く松明の行列を見ていた。人々の歓喜の歌声が、静かな大気に鳴り響いた。徐々に行列は周囲の山から降りて来て、タシルダルの家の前に到着した。そして遂にかの虎の遺体が、皮剥のためにコーベットの足下に置かれた。止めの一撃を撃ったシカーリが、記念品として虎の頭と毛皮を持つのが仕来りで、コーベットは受諾した。彼は喜んで遺体の残りを地元の村や街の人々に寄贈するつもりだった。虎の欠片を入れたロケットは強力な護符となり、子供に持たせれば将来の襲撃を避けられると信じられていたのだ。虎の遺体の横に屈み、その皮にナイフを入れる。そこでコーベットは、タシルダルの年代物のショットガンで打ち込んだ止めの一撃《クー・ド・グラース》は実際にはチャンパーワットの虎の咆哮する口ではなく、足に当たっていたことに気づいた。だがそれでも、あの怪物を倒すには十分だったのだ。

コーベットが皮剥を追える頃には、街の長老たちは四年間の試練の終結を祝う祭を翌日に行なうことに決めていた。だがそれは、コーベットが参加しない——あるいはできない——祝いだった。ガンジスの鉄道員の仕事が呼んでいる。ナイニタールは七五マイルの彼方だ。たぶん、彼がその祝いに出ても許される、というか歓迎すらされるだろうが、それはやはり、彼が喜んで祝福する類いの勝利ではないのだった。
中庭に最後まで取り残されたコーベットは、もはや夜でも何も恐れず道を歩けるようになったことを喜びながら、タシルダルと共に最後の煙草を喫った。クマーウーンの星の下、物思いに耽りながらの一服の合間に、コーベットは明日のお祝いまではいられません、と友人に告げた——私の代わりにあなたがテーブルの上座に着いてくださいい、あなたはそれに相応しい方です。コーベットが手記に記している内容よりも遥かにいろいろ解っていたと思しいタシルダルは、たぶんにっこりして、それは光栄です、と応えたのだろう。

——

ジム・コーベットは翌朝、夜明けと共に、借りた馬でチャンパーワットを出発した。皆より早く、たった一人で、くるくると巻いたチャンパーワットの虎の毛皮を鞍に縛り付けて。ナイニタールの仲間たちには、デヴィドゥラでまた会おう、と言っておいた。そこで時間を掛けて毛皮を洗浄するつもりだった。だが途上、パーリ村に——始まりの村に——自分の目でチャンパーワットの虎を見たい人がいるかも知れないと思い立った。コーベットはその村の横の石造りの農家を見つけ出し、馬を降り、虎の毛皮をその家族の前に広げた。前年、その家の少女がこの虎に殺されたのだ。生き延びたその妹はあまりにもトラウマが酷いためにその件について話すこともできなかったのだが、今は興奮して村人たち全員を呼び集め、このサヒブが持って来てくれたものを見せた。コーベットはパーリの村人たちと共に茶を飲み、狩りの詳細を話し、虎殺しを手伝ってくれた人々の勇敢さを誉め湛えた。英語でなく、クマーウーン語で。

同じ内容を、彼は英国社会に復帰した際に植民地政府に提出した公式の報告書でも繰り返した。チャンパーワットの虎の死から数ヶ月後に、連合州準知事のサー・ジョン・ヒューエットが、このことを記念する公式レセプションをナイニタールで開催した——この儀式にはタシルダルとパトワリも参加し、政府からの感謝の印として前者には彫刻入りのライフル、後者にはナイフが贈呈された。そして無論、ジム・コーベットの手記には、以下のことは出て来ない——もし書いていたら、自慢たらたらの野暮天のように思われただろう——準知事は、彼にも彫刻入りのライフルを贈呈したのだ。優美で近代的なボルトアクションの.275口径リグビーである。彼の古い二連発黒色火薬式ライフルとは比べものにならない代物で、先見の明のある贈物だった。何故なら、クマーウーンの人々は間もなく知ることになるが、チャンパーワットの虎の死は人喰い事件の終りを画するものではなかったのだ。

事実は全くの正反対だった。

第13章　らしくない救世主

本書のそもそもの前提は、チャンパーワットの虎は造化の戯れなどではなく、むしろ人工の災害なのだということだった。二〇世紀の境界線にそれが出現したのは、動物界の側の隔離された異常ではなく、ネパールおよびインド政府の側の何十年にも及ぶ環境破壊の直接的な結果なのだ。それを惹き起こすのには少なくとも半世紀、そして恐らくはそれよりも遙かに長い準備期間があった。この前提が事実なら——もしもこの地方の生態系が崩壊し、遂には頂点捕食者がもはや、本来の野生の生活の自然な食餌では生存できなくなるところにまで達していたのなら——チャンパーワットの虎の死が、前代未聞の人喰いの時代の終りではなく、始まりを画するものであったことは当然だ。

先駆者、と言っても良い。

そしてこれこそ、まさに事件の真相なのだ。チャンパーワット以前には、ジム・コーベット自身ですら認めているように、クマーウーンとガーワル地方の人々にとって、人喰いの虎などはほとんど未知なる存在だった——虎による死者などはたとえあったとしても、ずっと長い間、常に一桁代の低さだったのだ。英国当局は統計すら取っていないが、正式な令状のある数少ない虎の襲撃事例では、通常は驚いた虎の自己防衛行動の結果であり、縄張りか虎児を守ろうとしたものだ。だがチャンパーワット以後、本物のシリアルキラーが突如としてクマーウーンで立て続けに出現するようになる。それも、生息域の縮小、有蹄類の減少、人間を原因とする負傷という同じ要因の組み合わせに駆立てられて。そしてこの人喰い虎や豹の猖獗の上に、ジム・コーベットの伝説は打ち建てられたのだ。

チャンパーワットの虎を殺すことで、コーベットは植民地当局の間にその人有りと知られるようになった。そして彼らが破壊した森の中からますます多くの獰猛なネコ科動物が人間という獲物を求めて村や街外れに出て来るようになると、不可避的にコーベットが呼ばれることとなった。次から次へと彼らを退治する、何かの神話の英雄のように。彼が狩った最も有名な人喰いの中に、パナルの豹がいる。チャンパーワットの虎とほとんど同じくらいの人数を殺したとされ、最終的に一九一〇年に仕留められた。さらに後には、前述のルドラプラヤグの豹、殺人数一二五、一九二六年に追い詰められて退治。それから、チョウガルの虎たち、これは三頭の虎のトリオで、一九二九年にコーベットが呼ばれ、狩られた。次にモハンの人喰い、これまた虎で、一九三一年にコーベットが射殺。カンダの人喰い、一九三三年。チュカの人喰い、一九三七年、そして最後にタックの人喰い、これは一九三八年、六三歳の時に彼が始末した。

そしてこれらは、単に最も有名な事例に過ぎない。合計すれば、ジム・コーベットはこの地方で問題行動をしている三〇頭以上の虎と豹を仕留めたが、それらが殺した人間の犠牲者の数は千を超えるだろう。だがそれらの狩りの実態は、時折胸がどきどきする興奮はあるにしても、ほとんどの場合はロマンティックとは程遠い――コーベットはこの点については全く正直で、多くの寒い、じめじめした、無益な夜のことを熱心に語っている。ある時は身震いするような樹上のマチャンで、ある時は餌を仕掛けた罠の横で必死に睡魔と闘いつつ、彼は数えきれぬそんな夜を過してきた。だがこの忍耐と、この地方のフローラ、ファウナに関する彼の知識は通常は引き合うもので、遂には人喰いを仕留めてきた。コーベットがことガーワルとクマーウーン両地方に出た人喰いに関しては英国政府御用達の「頼りになる奴」になったのは、彼の初期の成功のお陰だ——その始まりは言うまでもなく、チャンパーワットである。彼はその後数年間、モカマ・ガットの鉄道フェリー・ターミナルでの仕事を続けるが、一朝事あれば、お尋ね者の捕食者を狩りに出掛けた。そして誰にも対処できない獰猛な人喰いを止めることができるただ一人の男、と聞けば誰にでも想像がつくように、ジム・コーベットは一端の有名人になっていた。

その道で名を知られることを、本来は控えめな性格のジム・コーベットは、積極的に開拓はしないまでも、受け入れてはいた。彼の伝説が知られるようになるにつれ、ナイニタールの「ハンター紳士」は格式高い社交クラブやフォーマルなイベントに呼ばれるようになり、植民地エリートたちの常連（そして間違いなく面白い）晩餐客となった。政府が高官や著名人のために豪華な虎狩りを実施する際にも——その中にはインド総督リンリスゴー卿その人も含まれる。彼はコーベットを気に入り、そのパトロンとなった——彼の援助が求められるようになった。イングランド女王エリザベス二世すら、このアイルランド人郵便夫の息子である定住植民者と親しく出会うこととなる。コーベットは、ケニアを訪れた戴冠直前の彼女がトゥリートップス・ロッジに宿泊中、何人かの貴族の友人たちと共にそのホストを務めたのだ——この老ハンターのキャリアにおいて最高の想い出となった出来事である。

だが、何よりもコーベットの名声を加速させたのは、ハンティングの回想記である。中でも最も有名なのは『クマーウーンの人喰いたち』で、初版は一九四四年、オクスフォード大学出版局。同書は大ベストセラーとなり、その正確さとストーリーテリングの両方で激賞され、一九四六年には既に五〇万部以上を売り上げていた。アメリカ版発売の際には、ニューヨークシティのピエール・ホテルで大々的なレセプションが行なわれた。だがコーベットは著書に署名することはできなかった――戦時中、インドで若い新兵相手にジャングル戦術を教えていた時にマラリアに罹り、以後、体調が元に戻ることはなかったのだ。だが彼の代わりに、出版社は捕獲された虎児を自家用機で連れてきていて、その手に蛍光インクを塗りたくって署名をさせた。その全てを、アメリカの出版業界はしゃぶり尽した。同書の人気の波に乗って、コーベットの他のベストセラーが続いた。『ルドラプラヤグの人喰い豹』『我がインド』『ジャングルの伝説』等々。この成功は、作家としての成功など全く考えたこともなかったコーベットに嬉しい驚きをもたらした。収益と共にかなりの寄付もしたが、それでも老後の快適な生活――そして姉のマギーの世話――が可能となったのは、著書がもたらしてくれた印税と名声のおかげである。赤貧洗うが如くであった幼い頃から比べると隔世の感のある生活ぶりだ。何しろあの頃は、死んだ父の負債を支払うために家の半分を貸し出して、必要に迫られた彼は野生動物の肉を求めて森の中を彷徨わなければならなかったのだ。

事実上、ジム・コーベットは真の植民地サヒブの生活を達成した。上流階級の友人たち、カラダンギの新しい借家、そしてその名に付与された数々の称号に褒賞。これらの中には、名誉執政官、二つの世界大戦での戦功を讃える義勇士官勲章、カイサル・イ・ヒンド金賞、そしてOBE（大英帝国騎士団）とCIE（インド帝国勲爵士）も含まれる。後者は、国王ジョージ六世の誕生日を記念して行なわれた叙爵の際に授けられたものだ。インドでは、コーベットは「森の自由」と呼ばれる極めて稀な栄誉を贈られた。これは公式に認証された称号ではなく、政府から贈られる非公式かつ生涯有効な許可証で、どこでも好きな禁足林に入って楽しむことが暗黙に認められる。そして常に熱烈なスポーツマンであるジム・コーベットは、間違いなくそれを活用した。一九三〇年代と四〇年代、彼は連合州で最も影響力のある人物の一人であり、準知事やマハラジャ、映画スターらと親しく交際し、条件が整えばいつでも彼らを山のハンティングに連れて行った。

だがこれらはいずれも、法外な代償を支払った結果である。誰に言わせても、コーベットは度外れて謙虚で寡黙な男であり、自分の手柄を自慢したり、個人的利得のためにあからさまにそれを使ったりしたことはない――実際、『クマーウーンの人喰いたち』は元来、その収益を盲人に寄付するために書かれたものであった。そして幾つかの例外を除いて、彼は個人的には娯楽のために虎を狩ったことはなく、連続的な人喰いであることが証明されない限り、虎を撃つことを拒否した。だが彼の意図はどうあれ、また実際に彼が救った人間の数が何人であれ、彼の名声は直接の虎殺しによって築かれたのだ。そしてコーベットの後半生においては、インドの虎の未来はますます不安なものとなっていったのだ。

一九〇七年、すなわち彼がチャンパーワットの虎を狩った年、世界の野生虎の数は一〇万頭近くで、その半分以上はインドに棲息していた。だが一九四六年には、コーベットは友人のウェイヴェル卿宛の手紙の中で、私見と断った上で、インドに残された野生虎は四千頭以下であると述べている。ジム・コーベット自身、その虐殺を直接見聞きしていたし、何ならむしろ貢献もしていた。何にせよ若い頃の彼は鉄道のために材木を伐採していたのであり、また政府と契約したシカーリとして、高官たちのために大規模な虎狩りも組織していたのだから。それはコーベットにとっては遅すぎる啓示だったのかもしれないが、彼はそれに全身全霊で取り憑かれた。

人生の最後の二〇年間、コーベットはインドの野生動物の保護に身を献げた――特にベンガルトラである。伝説的な虎ハンターが、最も献身的な動物保護主義者となったのだ。彼自身が撮影した野生の虎の珍しいフィルムは言うに及ばず、政府高官らとのコネも活用し、英国植民地政府に熱心にロビー活動を仕掛けて、野生の虎の保護区の設置を求めた。その中には彼自身の発案になる、ナイニタールのすぐ外のヘイリー国立公園も含まれている。上流階級の行事でトークをしたり、ゲストとして招かれたり等の活動も依然として続けていたが、次第に、野生虎の退治に人生の大半を費やした「白いハンター」としてよりも、彼らの保護を主張する自然主義者として語ることが多くなった。F・W・チャンピオンの初期の仕事にインスパイアされた彼の野生動物のフィルムや画像は、野生動物写真のパイオニア的偉業であり、インドの虎の窮状を訴える上でこの極めて大きな役割を果たした。かつてマティーニ・ヘンリー・ライフルを担いでクマーウーンのジャングルを彷徨いていた男が、今では一六ミリ・カメラを担いでいるのだ。歯を剥き出した虎の頭を壁に飾るよりも、今の彼はこの偉大なネコ科動物の原始的な白黒写真を貼っている。そして子供の頃からインドの野生動物を愛し、尊敬してきたジム・コーベットは、後者の方が遥かに好きだと認識するようになった。

だがインド自体も変っていった。第二次世界大戦が終結し、抗議と請願の年月の後に、この国は他の多くの元大英帝国植民地と同様、独立を達成した国の一員となった。そしてこの亜大陸のほとんどにとっての大歓喜の瞬間は、その植民者にとっては――特にコーベット家のように、インドで生まれ育った者にとっては深い葛藤と不信の時となった。それに続く不安の中で多くの者が昔ながらの恐怖に屈し、幼い頃から小声で聞かされて育った、一八五七年の血みどろの叛乱の話を思い起こした。暴力的な報復

（決して実現はしなかった）を恐れて、あるいは少なくとも、これまで三世紀以上亘ってインド人が屈従してきた類いの差別をやり返されることを恐れて、ヨーロッパ人の子孫のほとんどはこの国を棄て、植民地独立後のエクソダスに加わった。ある者は父祖の地ブリテン諸島に戻り、ある者は新世界に渡った。またある者は、ジム・コーベットと姉のマギーのように、東アフリカに残された英国植民地を目指した。

その決断は容易なことではない。コーベットの家庭環境や家族史はともかく、インドは彼の故郷であった。そしてまたしても、彼は二つの世界の間で引き裂かれているように感じたに違いない。だが彼の英国人の知り合いが大挙して脱出し、独立したインドの将来も未知数とあって、コーベット家の人々は慌ててその地所と持物のほとんどを売り払い、一九四七年一二月、モンバサ行きの汽船に乗った。永遠にインドを後にして。

一九五〇年六月五日、ホームシックに罹ったジム・コーベットは、七五歳に垂んとするところで、クマーウーンの友人ジャイ・ラル・サハに手紙を書いた。彼はナイニタールで重病を患っていた。ケニアの新居から送った見舞い状の中で、コーベットは回顧する——

お前と俺、それにヒラ・ラル、昔のクマーウーン人の中で生きているのはそれだけだ。あの頃は俺たち皆にとって幸せだった、そして考えてみれば、俺たちはたまたま、住むところはずいぶん違ってしまったが、まだ良い友達だ、そして良い友達のまま、川の向こうで会おう。そこにはクリシュナ・シャハも、クンダン・ラルも、キショリ・ラルも、ラム・シングも、マトゥラ・ダットもいる。他にも先に行っちまった奴らが大勢いる。行っちまったが、今も憶えている、みんな良い奴らで、大事な友達だった。

彼の言う「川」とは、無論ガンジスのことだ――成人後の生活の大半をそこで過した川、だがもう二度と見ることのない川だ。そして彼が名を挙げている古い友人たちは他界したヒンドゥ教徒――仲間であるインド人――で、いつかその岸辺で再会することを願っている。コーベットの手紙の、この短い、だが感動的な一節は彼に関する多くのことを明らかにしている。コーベット、この謎めいた男は、彼自身の友人たちから見てすら、理解しがたい人物だったろう。

ジム・コーベットが、インド独立を目前にしてその国を去らざるを得ないと感じたことは、ほろ苦い結末だ。だがそれはそれなりに、それしかなかったのだろう。彼は単に、変わりゆく世界に適合することができなかった。この点から見れば、彼は常に、街中の道を行く精神的に安定した人間よりも、森の中で彼が追いかけた周縁的な虎に近い存在だった。生まれながらの一匹狼であり、旧世代の遺物であり、産業化社会の歩みに加わるよりも、世界に残された最後の野生の周縁で、孤独に流浪する人生を好んだと見える。ジム・コーベットは生涯未婚、全盛期のほとんどを隔絶した鉄道の前哨地か、もしくはジャングルのキャンプで過した。もちろん子供もいない。これまでにも、彼が生涯独身を通した理由については さまざまな説が提唱されてきた。中には水も漏らさぬ完璧なものもある。だが、最も明らかなものこそが最も真実に近いだろう――この男は単に、一人でいる方が好きだったのだ。晩年、カラダンギの小さな地所で、彼は新築の家の横にテントを張って一人で寝ると言い張った。人工の壁の内側の安全よりも、ジャングルの縁にいる方が気楽だったのだ。彼は産まれながらのアウトサイダーであり、であるならば、あれだけたくさんの賞や勲章にもかかわらず、一人のアウトサイダーとして死ぬのが良かったのだ。

一九五五年四月一九日、ケニアのニエリで彼の心臓が音を上げた時、この老クマーウーン人は、彼に贈呈される最後の栄誉をまだ一つ残していた。翌年、彼がナイニタールの外に設立した野生動物のサンクチュアリであるヘイリー国立公園が、彼の栄誉を讃えてその名をジム・コーベット国立公園と改めたのだ——独立インド政府が示した並々ならぬ謝意である。クマーウーン人の友人たちからは「カーペット・サヒブ」と呼ばれて親しまれていた彼は、今なお高い敬意を払われていたのだ。そしてもしこの男の本質に関する正直な証言が存在するとしたら、それはほぼ間違いなくこれである——最後まで彼は英国、インドのいずれの社会にも、心からその一員であると感じることはなかったのだろう、だがその両方に愛されて人生を終えたのだ。

インドの野生の虎について言えば、彼らもまた一種の生ける証言である。ジム・コーベットは虎の窮状に注目すべきであると声を上げた最初期の一人だ。それも、多くの者が依然として彼らを、駆除すべき害悪以外の何ものでもないと見做していた時代に。彼の初期の努力はインド初の虎の保護区の設立の下地となり、ひいては一九七三年にインド政府が開始した保護イニシアチブ〈プロジェクト・タイガー〉に繋がった。自然主義者としての彼の著作と写真は、全世代の虎保護運動家をインスパイアし、環境から孤絶した虎が直面するストレスに対する重要な洞察を提供した——その洞察こそが、今日のネパールにおける〈タライ・アーク・ランドスケープ〉（ＴＡＬ）のような活動を生んだのだ。これは地元の民衆と共同し、タライに点在する虎保護区の間を通る回廊を自然に返すという取組みで、連続的かつ持続可能な虎の生息域を作ることを目標としている。どう見ても困難なプロジェクトではあるが、もしも成功すれば、この種に長期的な未来を提供することができる。少なくともこの地域では。

本書執筆の時点で、アジア全域の野生虎の個体数は推定四〇〇〇。危うい数字であり、この種は依然として深刻な危機に直面している。中国で贅沢品市場が成長し、虎の毛皮やその他の身体部分の需要も伸びている。さらに捕えた虎を養殖するというような酷い事業も行なわれており、状況は悪化の一途を辿っている。中国市場は周辺諸国に深刻な悪影響を及ぼしており、ロシア、インド、ネパールで密猟を奨励している——実際、インドの森林での二〇一六年度の虎の密猟数は、過去一五年間で最高レベルに達している。さらに、密猟がさほど問題となっていない場所では、単なる生息環境の破壊がそれに匹敵する脅威となっている。二〇一〇年以来、ラオス、ヴェトナム、カンボジアといった国々では、蚕食する農地が虎を絶滅寸前に追いやっている。またスマトラではパーム油プランテーションの増大により、同地の虎の亜種が絶滅の危機に瀕している——近隣のジャワ、バリ、シンガポールといった島々では既に起ってしまったことだ。虎保護運動家ウラス・カランスによれば、インドとタイの幾つかの保護区以外、「東南アジアやロシアで個体数が回復していることを示す確定的なデータはない」。野生虎の生息域がかつてに比べ九三%も減少し、その総数も数世紀前と比べれば端数のようになってしまったことからして、この動物の未来は控えめに言っても危険に曝されているというのが現状だ。

だが、幾つか良い知らせもある。野生虎は依然として危険に直面しており、特に東アジアにおいては個体数減少と孤立化が深刻ではあるが、にも関わらず彼らの総数は増加しつつあるように見える。世界野生動物基金が称讃する最近の個体数調査によれば、全世界の野生虎の個体数は二〇一〇年の三二〇〇頭から、二〇一六年には三八九〇頭に増えている。その先頭に立っているのはジム・コーベットの愛してやまなったインドのベンガルトラであり、総計の七〇%に達している。この数字が実際にはどれほど正確なのかについての議論はある。虎の専門家の一部はこの報告があまりにも楽観的に過ぎると懸念を表明しており、「保護活動にとって有害」という声すらある。だが、この調査を批判する者ですら同意しているると思われる一つの点は、大まかに見てきちんと保護の行き届いた保護区、特にインドでは地域の虎の個体数はかなり安定しており――場合によっては増えている――この種の未来にとって最良の希望となっているということだ。そしてマレナドゥ地方の保護区では、最新の研究によれば地域の虎の個体数は過去五〇年で五倍に増えた。おそらく世界最大の増加率だ――政府と周辺コミュニティの献身的な保護活動の結果である。そしてアジアの他の場所で亜種の個体数が危機に瀕しているとしても、それらが棲息する各国政府は少なくともその問題を認識し、対策を試みている。二〇一〇年のサミットにおいて、これらの政府の多くが二〇二二年までに野生虎の個体数を二倍にするという共通目的を誓約した――困難な挑戦であるが、完全に達成不可能というわけでもない。そして単に、危機に瀕している亜種の個体数を安定させるだけでも重大な出来事となるだろう。達成できるかどうかはまだ未知数ではあるが。

健全で多様な生態系における頂点捕食者の役割については、もはや今日では議論されることもほとんど無い。われわれは既に、全員が虎の生存の必要性に同意できる地点に到達したと思える。だが残された課題は、虎の個体数が比較的安定している場所であっても、彼らとわれわれの生活を両立させることだ。人間と虎の葛藤は、この二つの種が重なり合って生存するインドとネパールにおいては依然として問題を投げかけている。日常を虎と共に生きねばならないコミュニティにおける虎保護のインセンティヴ化は永続的な課題だ。だが、ある種の潜在的な共生は存在している。多くのタルー族とパハーリ族が直観的に理解しているものだ。森を、整地すべき邪魔物ではなく、保護すべき不可欠な資源と見做すならば、説得力あるインセンティヴは明らかになる。そして森の健康を守り維持することにかけては、野生虎以上のパートナーは存在しない。ジム・コーベットがユニークだったのは、あの時代と場所においてこのことをあまりにもよく理解しすぎていたことだ。無数の犠牲者の死体を見たにもかかわらず、そして多くの場面で自身が死体になりかけたにもかかわらず、彼は捕食者たるネコ科動物に対して悪意を抱いたことはなかった――それどころか、彼らの窮状に対して深遠な共感を表明していた。彼は人間と虎に関する隠された真実を理解していたのだ。それは何千年も前のサンスクリット語の碑文に刻まれた真実と同じものであり、本書の題辞においてウィリアム・シェイクスピアが仄めかしている真実でもある――

すなわち、真の意味での猛獣としての行為という点にかけては――無慈悲に、理由もなく殺すということにかけては――より獰猛なのはわれわれの方であって、彼らではない。

エピローグ

チャンパーワットの虎の異常な性質からして、そして言われている犠牲者数のさらに異常な数値からして、この虎に関する厳密な記録に興味のある人のための簡潔な締め括りを入れておく価値があろう。ジム・コーベット自身が認めている通り、総計四三六人という犠牲者数は、その推定上の活動期間と行動圏において生じた襲撃の報告に基づく見積である。精確な数字ではないということはほぼ確実であるが、それは仕方がない。何しろ一世紀以上も昔のヒマラヤの麓というこの上も無い僻地で、十年近くに亘って定期的に狩りをしたジャングルの捕食者の話なのだ。実際には、その数はもっと少なかったかも知れないし、あるいは、当時の文書記録が穴だらけだったことからすれば、もっと遥かに多かったかもしれない。とはいえ、言われている数字がハードな文書記録によって完全に立証されたわけではないにせよ、最低限の信頼に足るものであると見做すために考慮すべき証拠は数多くある。確かにネパール側の犠牲者数は今後もずっと曖昧なままだろう。世紀の変わり目のルパールの人喰い虎に関する老ナラ・バハドゥル・ビシュトの少年時代の記憶が有力な証拠であることは間違いない。少なくともそれが武装した男たちによってネパールから追い出されたというコーベットの主張とは一致している。そして実際、このような口承はこの虎の起源を理解する上では極めて重要だ——今日においてすら同地では、かつて人々を脅かした伝説の人喰いの物語が語られ、世代から世代へと伝えられている。とは言うものの、この時代のネパールの虎の襲撃に関する印刷された記録を見つけ出すことはほぼ不可能。そもそも種類を問わずラナ王朝時代のネパール西部の文書記録自体が稀であり、それが虎の襲撃に関する文書となれば、事実上存在しない。だが植民地時代のインドでは、虎の根絶、および人間と虎の葛藤は政府当局にとって、実際的にも象徴的にも重要だった。そのため、より詳細な記録が保管されている――そして大英図書館の夥しい文書の山の中に、今日でも見つけ出すことができる。

クマーウーンに異常なまでに危険な人喰い虎がいたこと、そしてそれが最終的に一九〇七年にジム・コーベットによって退治されたことは、歴史的記録から見てほぼ間違いない。筆者の知る限り、コーベットの『クマーウーンの人喰いたち』を補強する最も明白かつ詳細な証拠は、インドの定期刊行物〈ザ・パイオニア〉デラドゥーン版の一九〇七年六月七日付の記事である。その記事には、同年四月にワイルドブラッドに殺された虎に関する言及があり、それが誤ってチャンパーワットの虎だと信じられていたのだが、「五月一二日にナイニタールのコーベット氏がその射殺に成功」した時点ではもはやその限りではない、とはっきり宣言している。この記事は、他のハンターたちがその虎を殺そうとして果たせなかった、および彼がタシルダルおよびタシルダルの助手であるパトワリの助けを借りたというコーベットの主張を裏付け、その両者の実名を記し、虎の最後の犠牲者および虎を雨裂から追い出すために組織された勢子の話も取り上げているが、内容はコーベットの証言と酷似している。虎が「片方の上下の犬歯」を失っていたという事実も言及されている。

コーベットによる最終的な狩りに先んじる件の虎の襲撃に関する記事もある――ジム・コーベット以前にワイルドブラッドが殺した虎の仕業と誤解された襲撃も含めて。一九〇七年四月．五日付の〈ザ・

タイムズ・オヴ・インディア〉の記事――コーベットがチャンパーワットの虎を殺すほぼ一ヶ月前――では、ロハガットの近くで「冷涼な天候」の時にワイルドブラッドと思われる「英国人シカーリ」によって殺された人喰い虎に関する言及がある。同記事によれば、人喰い虎（ら）は「この国の幅広い領域に点在すら村々を継続的な恐怖の状態に置いていた」。さらに同記事は、ワイルドブラッドが殺した虎もまた人喰いであった可能性はあるが、お尋ね者の怪物とは別の虎である、何故なら「襲撃はまだ終っておらず」「同種の別の虎が野放しにされている」からであると述べている。記事はこの虎に帰される犠牲者数の異常な高さを強調し、それがボンベイ（今日のムンバイ）で発行されたという事実は、チャンパーワットの虎のニュースがクマーウーンの山を越え、主要なインドの都の記者クラブにまで届くほどの騒ぎになっていたことを示している。

当時の定期刊行物に加えて、チャンパーワットの虎を退治した褒美としてコーベットに授与された彫刻入りライフルに関する政府の公式記録もある。一九〇七年の日付の入った「連合州、アグラおよびウードの出来事」と題された英国の報告書には、「Rs.463.6.0」の経費が示されており、内訳にチャンパーワットにおいて「人喰い虎を退治した特定の人物らに贈呈するための武器購入費」とある。ここには、最初の虎追跡の際にコーベットに同行したパトワリに贈呈された装飾ナイフ、最後の狩り出しの際に勇敢な貢献をしたタシルダルに贈呈された彫刻入りの銃、およびジム・コーベットに贈呈された0.275口径リグビー・ライフルが含まれており、贈呈者「サー・J・P・ヒューエット」は当時の連合州の準知事だった。このリグビー・ライフルは現存しており、ロンドンのジョン・リグビー&カンパニーの銃工たちが所有していて、しばしば展示もされている。その銃床の銀の銘板には、「一九〇七年にチャンパーワットにおいて人喰いの雌虎を殺したことを記念して」ジム・コーベットに授与されたと記されている。同年の連合州の官報は、チャンパーワットにおいて「知られている人喰い虎の退治」を記念する「特別褒賞」としての装飾武器に関する言及がある。さらに、この官報の一九〇七年の野生動物および毒蛇の駆除に関する報告は、チャンパーワット周辺の人喰いを退治した功績ゆえに準知事から授与された「特別褒賞の火器」を記録している。それによると、これほどの品質の彫刻入りスポーティング・ライフルが、コーベットのような定住植民者の鉄道員に、準知事の手で直々に授与されるのは極めて異例のことである――それが存在しているという事実は、コーベットが最終的にその虎を殺したことのみならず、この虎の悪名高さをも証明する確たる証拠である。歴史的に見ても常に反抗的であった地域のインド人タシルダルに装飾銃が贈られたのも異例のことで、たぶんこちらの方が異例度は高いだろう。政府高官が特定の人喰いに関心を示すことは稀であり、ましてやそれを退治した身分の卑しいシカーリは言うまでもない。ゆえにこの特定の人喰いが例外的に危険であり、文字通り前例のない虎であったというのも筋が通っている。

チャンパーワットの虎の実際の犠牲者数については、それが大きなものであったことには疑問の余地はないものの、実際にはどの程度大きなものであったのかに関してはいくらかの変動がある。前述のように、コーベットはこの虎が四三六人を殺したと主張している。内二三六人は当時のクマーウーンにおいてである。ネパール側の数字は基本的に文書記録では確定できない。記録そのものがほぼないからだ。だが、インド側の記録は実際にその虎が異常な大量殺人者であったことを示している。ただ、記録によって犠牲者数には若干の相違がある。前述の〈タイムズ・オヴ・インディア〉の一九〇七年四月一五日付の記事では、「およそ百人の女が殺されたことが知られており、総数はおそらく遙かに多い」との主張が為されている。つまりこの記事はクマーウーンにおけるチャンパーワットの虎の犠牲者を最低でも百人、たぶんもっと多いとしているが、これはチャンパーワットの虎のインド側の犠牲者数に関するコーベットの主張をある程度裏付けていると思われる。だが、一九〇七年六月七日付〈ザ・パイオニア〉の数字は若干低く、「七〇名ほどの犠牲者、ほとんど全員女」をその虎、あるいは複数の虎の仕業としている。たった一頭の動物がこれほど多数の殺戮を行なうというのは信じがたかったのだろう。

この変動の理由については、ありとあらゆる可能性がある——コーベットが間違っていた（あるいは誇張していた）という可能性も少なくとも考慮せねばならない。だが彼は現場からの正直で精確な一次データを入手する上で、ほとんどの大都市の記者よりも遙かに有利な位置にいただろうし、それに彼が法螺話を騙る類いの人物ではないことは多くの証言がある。この数字の変動の理由の一つは、単に記者のデータの情報源である——特に政府の情報、たとえば官報などを元にしている場合だ。チャンパーワットの虎の証拠は確かに、クマーウーンにおける野生動物および毒蛇による死亡に関する植民地政府の記録に登場する。しかしながら、このような記録が襲撃の実数に関しては甚だ不正確であることはよく知られている。その理由は簡単だ。非常に多くの襲撃、特に反英感情の強い辺鄙な山の地方で起ったそれが、そもそも政府に報告されないからである。そして事例が報告され、それが虎の仕業であることが強く疑われる場合であっても、目撃者や遺体がない場合はしばしば当局に無視されてしまう。物的証拠が極めて入手困難である場合、自分の名声を守ることに汲々とする副長官がわざわざ虎の襲撃事実を証明し、無能と見られる危険を冒すなどということはほとんどあり得ない。結局のところ、植民者の頭の中で野放しの虎というものがどんな象徴的意味合いを帯びていたかを考えれば、「虎問題」を制御できない自らの無能をわざわざ宣伝することに興味のある政府当局者などほとんどいないのも当然だ。結果、虎の襲撃による死亡者数の過少申告が蔓延っていた——政府の出す数字は、入手可能な唯一の記録としては有益だが、その扱いには常に眉に唾をつけてかかる必要がある。

それを念頭に置いた上で、次にクマーウーン地区における虎の年間犠牲者数の記録を示す。それぞれの年の連合州の官報より——

一九〇〇年　三人
一九〇一年　三人
一九〇二年　六人
一九〇三年　六人
一九〇四年　四人
一九〇五年　四人
一九〇六年　二〇人
一九〇七年　三九人

この犠牲者数の途轍もない飛躍からして、チャンパーワットの虎の存在は否定しようがない。明らかに、クマーウーンの山中で何か異常なことが起こっていたのだ。とは言うものの、コーベットがこの虎について初めて耳にしたのがそれを殺す四年前であると主張しているのに対して、政府の記録が鋭く増大しているのは最後の二年だけであり、〈ザ・パイオニア〉や、さほどでもないが〈ザ・タイムズ〉が報告しているものとほぼ同程度の総数と時系列を提供しているという事実は注目に値する。これはコーベットが単に間違えていたということか？　あるいは植民地政府が辺鄙で反英主義的な地方で起っている虎の致命的襲撃の大きな数を単に知らなかった――あるいは報告したがらなかった――ということか？　実際、ジム・コーベットが政府高官、たとえば副長官チャールズ・ヘンリー・ベサウドから打ち明けられた本当の数字は、植民地政府が新聞に書いて民衆に報せることを許可した穏便な数字とは全く違っていた、というようなことがあり得るのか？

　何とも言いがたいが、歴史家も環境保護主義者も同様に、長年に亘り、ネパールとインドの合計四三六人というジム・コーベットの見積を信頼のおけるものとして引用してきており、この元ハンターの自然主義者は常に、こと虎に関しては正直一徹で尊敬を受けてきた。虎の個体数に関する科学的研究が百年近くに亘り、今もなお彼の発見の多くを引用しているという事実がそのことを立証している。一九二〇年代と三〇年代の彼の人喰い狩りの幾つかは遙かに詳しい記録が残っており、村や日付ごとの虎の襲撃が目録化されている。だがチャンパーワットの虎の狩りは彼のキャリアの初期に当たっていて、それについて手記を認めたのは四〇年近くの後のことだ（『クマーウーンの人喰いたち』が出版されたのは一九四四年）。ゆえにそのような詳細記録は単に手に入らなかったのだ。近年の人喰い、たとえば一九九七年にネパールのバイタディを徘徊した虎や、二〇一四年にインドのジム・コーベット国立公園から脱走した虎などは、今日においてすら、この地方では大規模かつ長期に亘る人喰いが確実に可能であることを明瞭に示している。もしも二一世紀の夜明けにおいて人喰いが今なお百人の犠牲者を出すことが可能であるなら、一九〇〇年代初頭の、電灯もなければ電話も自動車もない地域で、このような虎がそれよりも遙かに多くの人数を殺し、またそれを探し出して退治するのが遙かに困難だったとしても何の不思議もない。

明らかに、チャンパーワットの虎の途轍もない数の鉄板の証拠など、いつまで経っても出て来ることはないだろう。いつまで経っても推定に留まるしかないだろう。但し、それを提供したのはクマーウーンの山中に住んで地元の言語を解し、虎に関する膨大な知識を持ち、政府高官にも地元の首長にも等しく直接接することのできる、極めて数少ない英語話者の一人である——事実上、その時代と場所において、人喰いに関する情報源としては最も信頼できる人物なのだ。のみならず、それは一九三六年から一九四四三年までインド総督を務めたリンリスゴー卿が、喜んで自分の名前を貸した数字なのだ——彼は自ら手がけた『クマーウーンの人喰いたち』の序文の中で、コーベットの話の精確さに太鼓判を捺している。とは言うものの、依然としてその数字は歴史記録が許す限りの精査と確認が必要であり、新たな資料が発見されれば物語はいくらでも書き換わる。時間と距離のために曖昧にされていた話に更なる明瞭性を付け加えるような、政府の報告書なり新聞記事なりが出現する可能性は常にある。現に本書のための調査の際にも、大英図書館のチャンパーワットの虎の狩りに関する膨大な植民地記録の山の中から、これまで長年に亘って失われていた詳細を発見したくらいである。というわけで、可能性は常にある。

しかしながら、少なくともここで述べておく価値のある、もう一つの潜在的な証明方法がある——埃っぽい図書館ではなく、無菌の研究室に依存する方法であり、あの虎の在処そのものを使う方法だ。インドでの調査中、筆者は有名なガーニイ・ハウスを訊ねた。かつてナイニタールのコーベット家の家だったところだ。現在の家主はジム・コーベットの古い所有物やさまざまな記念品を展示して、この家の歴史を守っている。多くの額縁写真の中に、剥製にされたチャンパーワットの虎の頭部と思しき白黒写真がある。損傷を受けた歯なども写っている――保存された皮が実際にコーベットによって持ち帰られ、保管されていたことを示す証拠だ。同じ写真は、一九九九年にインドで出版された『クマーウーンのジム・コーベット』と題する本の第二版にも見られる。同書の著者D・C・カーラの父はかの有名なハンターの個人的な知り合いで、同書は問題の虎の頭部と毛皮がチャンパーワットの人喰い虎のそれであることをはっきりと証明している。それでもまだ足りないと言うなら、この写真の真正性は第二の写真によって証明される。これは一九二六年に撮影されたもので、現在はイボットソン家が所有している（サー・ウィリアム「イビー」イボットソンはジム・コーベットの親友だった）。ここには別角度から撮影された同じ剥製の頭と、コーベットの家の外にある他の人喰いの毛皮が一緒に写っている。とはいえ、チャンパーワットの虎の毛皮の現在の在処を突き止めることは、写真の真正性の証明よりも難しい。

コーベットの戦利品のほとんどは贈物として人に与えられたか、あるいは彼の死の直後にアフリカで競売に掛けられ、その収益はケニアとクマーウーンでさまざまな慈善事業に使われた。その中で今日も所在が明らかなのは数えるほどしかなく、多くのものは長い年月の内に散逸したり破壊されたりした。だがもしもチャンパーワットの虎の頭部と毛皮がまだ現存しており、その在処が解るなら、理論的には、その骨や体毛に残された化学的シグネチャを研究室で解析すれば、実際には何人の人間をこの虎が摂取していたのかも解る。悪名高いツァヴォのライオンが一八九八年に消費した鉄道労働者の数は、まさにこのような科学的分析の手法によって判明した。保存されていたチャンパーワットの虎の頭部に同種の試験を実施すれば、それが喰った人間の数を弾き出すことも可能だ。だがその日が来るまでは、推定総犠牲者数は今のままだろう。すなわちそれは依然として一応信頼に足る、というかそうだと思われる数字である。だが完全に疑念を振り払うことは不可能だ。

とは言うものの、チャンパーワットの虎が実在し、何十人もの人間を狩って喰い、そして最終的には一九〇七年にジム・コーベットに射殺されたというのは確定した事実だ。その数に関しては更なる研究が必要だが、物語は真実である。そしてチャンパーワットのすぐ外のファンガル村の近くにあるチャンパ峡谷の底には、コーベットが人喰いを殺した岩が今も突出している――彼が記したとおりに――一世紀以上も前にそこで起った出来事の、沈黙の証人である。

謝辞

一世紀以上も前の人喰い虎の活動を発見し再現することは困難な事業であり、本書の存在は極めて寛大な人々の激励と支援あってのものである。特に大英図書館のインド公文書記録に関しては、ジャスティン・テイラーとマッケンジー・ギブソンに感謝する。ネパールでは、サンジャヤ・マハト、ギゼーレ・クラウスコプフ博士、グラウのスク・ラル・チャウンダリとカナン・チャウダリ、パトリティのフワエ、そしてプジャリのバシャンタに大いにお世話になった。インドでは、カマル・ビシュトの専門知識、ダルミア家の皆さんのおもてなしなくしては歴史的な場所の調査はできなかった。感謝申し述べる。ジム・コーベットの人生の詳細の分析では、ジェリ・ジャリール、ピーター・バーン、ジョセフ・ジョーダニア博士、コテチャ・クリストフの助言に大いに助けられた。その全てをこうして印刷物の形にするのには、以下の各氏のお力像無しには為し得なかった。エージェントのジム・フィッツジェラルド。チャンパーワットの虎の本を書いてみたらと言ってくれた編集者ピーター・ハバード。そしてウィリアム・モロウ／ハーパーコリンズの方々。お名前だけ挙げると、リエイト・ステーリク、ニック・アンフレット、ローレン・ジャニエク、ライアン・カリ。最後になったが、温かい、心からのdhanyavaadを多くのタルー族、クマーウーン人の人々に捧げたい。彼らは親切にも、その生活、住居、物語を他所者と分かち合ってくれた。本書の収益の一部はチトワンのタルー文化博物館・研究センターと、地元のタルー野生動物研究所に寄付される——いずれも、この地域の自然遺産の保全に努力している。虎も含めて。

参考文献

第Ⅰ章

Quammen, David. Monster of God. New York: Norton & Company, 2003.

Mishra, Hemantha. Bones of the Tiger. Guilford: Lyons Press, 2010.

Nikolaev, Igor and Victor Yudin. "Conflicts Between Man and Tiger in the Russian Far East." Bulletin Moskovskogo obshchestva ispytateley Prirody, vol. 98, issue 3, 1993.

Seidensticker, John. Riding the Tiger: Tiger Conservation in Human-Dominated Landscapes. Cambridge: Cambridge University Press, 1999.

Conover, Adele. "The Object at Hand." Smithsonian, November 1995.

Goldman, Adam. "New respect for tiger leaping ability." Los Angeles Times, January 13, 2008.

Koopman, John. "S.F. cops tell how they killed raging zoo tiger." San Francisco Chronicle, February 4, 2009.

Naumov, N. P. and V. G. Heptner. Mammals of the Soviet Union. Moscow:

Vysshaya Shkola Publishers, 1972.

"Rare incident: amur tiger reportedly hunting for seals." Pravda, December 20, 2002.

"Tiger kills adult rhino in Dudhwa Tiger Reserve." The Hindu, January 29, 2013.

"Kaziranga elephant killed in tiger attack." The Times of India, October 22, 2014.

Lenin, Janaki. "Hunting by mimicry." The Hindu, August 9, 2013.

第Ⅱ章

Locke, Piers. "Food, ritual, and interspecies intimacy in the Chitwan elephant stables." The South Asianist, vol. 2, no. 2, 2013.

Krauskopff, Gisèle and Pamela Meyer. The Kings of Nepal and the Tharu of the Tarai: Fascimiles of Royal Land Grant Documents issued from 1726–1971 AD. Los Angeles: Rusca Press, 2000.

Guneratne, Arjun. "The Shaman and the Priest: Ghosts, Death, and Ritual Specialists in Tharu Society." Himalaya, vol. 19, no. 2, 1999.

Chowdhury, Arabinda, Arabinda Brahma, Ranajit Mondal, and Mrinal Biswas.

"Stigma of tiger attacks: Study of tiger-widows from Sunderban Delta, India." Indian Journal of Psychiatry, 58:12–9, 2016.

Raffaele, Paul. "Man-Eaters of Tsavo." Smithsonian, January 2010.

"Tiger Kills 35 Children in Western Nepal District." Other News to Note:

The World. Orlando Sentinel, January 25, 1997.

"Nepal Officer Sentences Man-Eating Tiger to Death." Other News to Note:

The World. Orlando Sentinel, July 1, 1997.

"Science File: Nepalese Man-Eater." Los Angeles Times, November 13, 1997.

Kumar, Hari and Ellen Barry. "Tiger Population Grows in India, as Does Fear After Attack." New York Times, February 11, 2014.

Pfalz, Jennifer. "Man-Eating Tigers on the Prowl in India." Liberty Voice, February 12, 2014.

Banerjee, Biswajeet. "Man-Eating Tiger Claims 10th Victim in India." The Star, February 10, 2014.

Gurung, Bahadur Bhim. "Ecological and Sociological Aspects of

Human-Tiger Conflicts in Chitwan National Park." Submitted to the faculty of the graduate school of the University of Minnesota, July 2008.

Zielinski, Sarah. "Secrets of a Lion's Roar." Smithsonian, November 3, 2011.

Pathak, Hrishikesh, Jaydeo Borkar, Pradeep Dixit, Shaildendra Dhawane, Manish Shrigiriwar, and Niraj Dingre. "Fatal tiger attack: A case report on emphasis on typical tiger injuries characterized by partially resembling stab-like wounds." Forensic Science International. Published by Elsevier. First available online August 16, 2003.

Sunquist, Fiona and Mel Sunquist. Tiger Moon. Chicago: University of Chicago Press, 1988.

Vaillant, John. The Tiger: A True Story of Vengeance and Survival. New York: Vintage Books, 2010.

Mishra, Hemantha. Bones of the Tiger. Guilford: Lyons Press, 2010.

Chakraborty, Monotosh. "Tiger snatches man off boat, leaps back into Sundarbans jungle." The Times of India, June 27, 2014.

Thapar, Valmik. Tiger: Portrait of a Predator. Surrey: Bramley Books, 1986.

Beveridge, Candida. "Face to face with a man-eating tiger." BBC Magazine, November 12, 2014.

第三章

Guneratne, Arjun. Many Tongues, One People: The Making of Tharu Identity in Nepal. Ithaca: Cornell University Press, 2002.

Nara Bahadur BishtBorah, Jimmy. "Tigers of the Transboundary Terai Arc Landscape: Status, Distribution, and Movement in the Terai of India and Nepal." New Delhi: Global Tiger Forum, 2014.

Guneratne, Arjun. "The Shaman and the Priest: Ghosts, Death and Ritual Specialists in Tharu Society." Himalaya, the Journal of the Association for Nepal and Himalayan Studies, vol. 19, no. 2, 1999.

Locke, Piers. "The Tharu, the Tarai and the History of the Nepali Hattisar." European Bulletin of Himalayan Research, 38:59–80, 2011.

Bell, Thomas. "Diary of a disastrous campaign." HIMAL, December 21, 2012.

Krauskopff, Gisèle and Pamela Meyer. The Kings of Nepal and the Tharu of the Tarai: Fascimiles of Royal Land Grant Documents issued from 1726–1971 AD. Los Angeles: Rusca Press, 2000.

Adhikari, Krishna Kant. "A Brief Survey of Nepal's Trade with British India During the Latter Half of the Nineteenth Century." INAS Journal, vol. 2, no. 1, February 1975.

Locke, Piers. "The Tharu, the Terai and the History of the Nepali Hattisar." European Bulletin of Himalayan Research, 38:59–80, 2011.

Schaller, George. The Deer and the Tiger. Toronto: University of Chicago Press, 1967.

Mishra, Hemantha. Bones of the Tiger. Guilford: Lyons Press, 2010.

Thapar, Valmik. Tiger: Portrait of a Predator. Surrey: Bramley Books, 1986.

Corbett, Jim. Man-Eaters of Kumaon. New Delhi: Oxford University Press, 1988.

Byrne, Peter. Gentleman Hunter. Long Beach: Safari Press, 2007.

第四章

Corbett, Jim. Man-Eaters of Kumaon. New Delhi: Oxford University

Press, 1988.
Segrave, Bob, ed. Behind Jim Corbett's Stories: An Analytical Journey to "Corbett's Places" and Unanswered Questions. Tbilisi: Logos, 2016.
Thapar, Valmik. Land of the Tiger. Berkeley: University of California Press, 1997.
Rangarajan, Mahesh. India's Wildlife History: An Introduction. Delhi: Permanent Black, 2001.
Mitra, Sudipta. Gir Forest and the Saga of the Asiatic Lion. New Delhi: Indus Publishing Company, 2005.
Judd, Denis. The Lion and the Tiger: The Rise and Fall of the British Raj, 1600 to 1947. New York: Oxford University Press, 2010.
Forbes, James. Oriental Memoirs: A Narrative of Seventeen Years Residence in India. London: Published by Richard Bentley, 1834.
Narrative Sketches of the Conquest of Mysore Effected by the British Troops and Their Allies. Printed by W. Justins, May 4, 1799.
Sunquist, Fiona and Mel Sunquist. Tiger Moon. Chicago: University of Chicago Press, 1988.
Imperial Gazetteer of India, vol. 1, p. 218. Oxford: Clarendon Press, 1909.
Published under the authority of his majesty's secretary of state for India in council. Digital South Asia Library, University of Chicago.
Williamson, Thomas. Oriental Field Sports, vol. 1. London: Printed by Edward Orme, 1807.
Mishra, Hemantha. Bones of the Tiger. Guilford: Lyons Press, 2010.
Vaillant, John. The Tiger: A True Story of Vengeance and Survival. New York: Vintage Books, 2010.
"Our Colonies, No. V: The Timbers of our Indian Possessions and Australia."The Nautical Magazine for 1875, Vol. XLIV. London: Simpkin, Marshal & Co., 1875.
Mittal, Arun K. British Administration in Kumaon Himalayas: A Historical Study 1815–1947. Delhi: Mittal Publications, 1986.
Spinage, C. A. Cattle Plague: A History. New York: Kluwer Academic/Plenum Publishers, 2003.
"Reports on the destruction of wild animals & venomous snakes during the year 1908." IOR/L/PJ/6/971, File 4068, Letter No. 74 from India.
Judicial and Public Department, British Library.
"Reports on the destruction of wild animals and venomous snakes during the year 1907." IOR/L/PJ/6/893, File 3661. India Office Records and Private Papers, British Library.
"Reports on the destruction of and mortality caused by wild animals & snakes during 1906." IOR/L/PJ/6/6830, File 3349, Letter No. 73.
Judicial and Public Department, British Library.
"Reports on the destruction of, and mortality caused by wild animals and snakes during 1906." IOR/L/PJ/6/830, File 3349. India Office Records and Private Papers, British Library.
"A Wronged Animal: Justice for the Tiger." The Times of India, p. 10, October 13, 1908.
LaFreniere, Gilbert. The Decline of Nature: Environmental History and the Western Worldview. Palo Alto: Academic Press, 2008.
Ogilvy, D. A Book of Highland Minstrelsy. London: Richard Griffin and Company, 1860.

第五章

Corbett, Jim. Man-Eaters of Kumaon. New Delhi: Oxford University Press, 1988.

"Man-Eating Tigers." The Times of India, p. 8, April 15, 1907.
"Man-Eatersin Kumaon." The Pioneer, June 7, 1907.
Segrave, Bob, ed. Behind Jim Corbett's Stories: An Analytical Journey to "Corbett's Places" and Unanswered Questions. Tbilisi: Logos, 2016.
Eardley-Wilmot, Sainthill. Forest Life and Sport in India. London: Edward Arnold, Publisher to H. M. India Office, 1910.
Sramek, Joseph. "Face Him Like a Briton: Tiger Hunting, Imperialism, and British Masculinity in Colonial India, 1800–1875." Victorian Studies, vol. 48, no. 4, Summer 2006. Indiana University Press.
Storey, William. "Lion and Tiger Hunting in Kenya and Northern India, 1898–1930." Journal of World History, vol. 2, no. 2, Fall 1991. University of Hawaii Press.

第六章

Corbett, Jim. Man-Eaters of Kumaon. New Delhi: Oxford University Press, 1988.
Rawat, Ajay. Forest Management in Kumaon Himalaya: Struggle of the Marginalized People. New Delhi: Indus Publishing Company, 1999.
"Man-Eating Tigers." The Times of India, p. 8, April 15, 1907.
Sunquist, Mel and Fiona Sunquist. Wild Cats of the World. Chicago: University of Chicago Press, 2002.
"Reports on the destruction of wild animals & venomous snakes during the year 1908." IOR/L/PJ/6/971, File 4068, Letter No. 74 from India.
Judicial and Public Department, British Library.
"Reports on the destruction of wild animals and venomous snakes during the year 1907." IOR/L/PJ/6/893, File 3661. India Office Records and Private Papers, British Library.
Sharma, Sandeep, Yadvendradev Jhala, Yadvendradev, and Vishwas Sawarkar.
"Gender Discrimination of Tigers by Using their Pugmarks." Wildlife Society Bulletin, vol. 31, no. 1, Spring 2003.

第七章

Corbett, Jim. The Second Jim Corbett Omnibus. "Jungle Lore." New Delhi: Oxford University Press, 1991.

第八章

Booth, Martin. Carpet Sahib: The Life of Jim Corbett. London: Constable Press, 1986.
Kala, D. C. Jim Corbett of Kumaon. Mumbai: Penguin Books, 2009.
James, Lawrence. Raj: The Making and Unmaking of British India. London: Little, Brown and Company, 1997.
Judd, Denis. The Lion and the Tiger: The Rise and Fall of the British Raj, 1600 to 1947. Oxford: Oxford University Press, 2010.
"Dangers of the Jungle: The Human Death Toll." The Times of India, p. 9, September 29, 1906.
"Natives and Fire-Arms." The Times of India, p. 8, April 15, 1907.
"Man-Eaters in Kumaon." The Pioneer, June 7, 1907.
Kipling, Rudyard. The Phantom Rickshaw & Other Eerie Tales. London: A. H. Wheeler & Co., 1888.

第九章

Schaller, George. The Deer and the Tiger. Toronto: University of Chicago Press, 1967.

第十章

Corbett, Jim. The Second Jim Corbett Omnibus. "Jungle Lore." New Delhi: Oxford University Press, 1991.

Booth, Martin. Carpet Sahib: The Life of Jim Corbett. London: Constable Press, 1986.

Kala, D. C. Jim Corbett of Kumaon. Mumbai: Penguin Books, 2009.

"Reports on the destruction of, and mortality caused by wild animals and snakes during 1906." IOR/L/PJ/6/830, File 3349. India Office Records and Private Papers, British Library.

"Man-Eaters in Kumaon." The Pioneer, June 7, 1907.

Corbett, Jim. Man-Eaters of Kumaon. New Delhi: Oxford University Press, 1988.

Petzal, David. "Black Powder Behemoths." Field and Stream, December 1, 2004.

第十一章

Corbett, Jim. Man-Eaters of Kumaon. New Delhi: Oxford University Press, 1988.

Nayar, Pramod. English Writing and India, 1600–1920: Colonizing aesthetics. New York: Routledge, 2008.

Inglis, James. Tent Life in Tigerland. London: Low, Marston, and Company, 1892.

第十二章

Corbett, Jim. Man-Eaters of Kumaon. New Delhi: Oxford University Press, 1988.

Kala, D. C. Jim Corbett of Kumaon. Mumbai: Penguin Books, 2009.

第十三章

Kala, D. C. Jim Corbett of Kumaon. Mumbai: Penguin Books, 2009.

Guynup, Sharon. "As Asian Luxury Market Grows, a Surge in Tiger Killings in India." Yale Environment 360, January 10, 2017.

Leahy, Stephen. "Extremely Endangered Tiger Losing Habitat—and Fast."National Geographic, December 10, 2017.

Hauser, Christine. "Number of Tigers in the Wild is Rising, Wildlife Groups Say." New York Times, April 11, 2016.

Guynup, Sharon. "How Many Tigers Are There Really? A Conservation Mystery." National Geographic, April 20, 2016.

Karanth, Ullas K. "The Trouble with Tiger Numbers." Scientific American, July 1, 2016.

エピローグ

"Man-Eaters in Kumaon." The Pioneer, June 7, 1907.

"United Provinces, Agra and Oudh Proceedings." 1907. IOR/P/7536. India Office Records and Private Papers, British Library.

"Deaths caused by wild animals and venomous snakes during the period 1900–1901 and measures adopted for their destruction." IOR/L/PJ/6/582, File 1967. India Office Records and Private Papers, British Library.

"Statistics for the destruction of wild animals and snakes during 1901." IOR/L/PJ/6/615, File 2169. India Office Records and Private Papers, British Library.

"Report on the destruction of wild animals and venomous snakes during 1902." IOR/L/PJ/6/648, File 2106. India Office Records and Private Papers, British Library.

"Report on the destruction of wild animals and snakes during 1903."

IOR/L/PJ/6/701, File 2845. India Office Records and Private Papers, British Library.
"Reports on deaths caused by wild animals and venomous snakes during 1904." IOR/L/PJ/6/736, File 3177. India Office Records and Private Papers, British Library.
"Reports on the destruction of wild animals and snakes during the year 1905." IOR/L/PJ/6/781, File 3439. India Office Records and Private Papers, British Library.
"Reports on the destruction of, and mortality caused by wild animals and snakes during 1906." IOR/L/PJ/6/830, File 3349. India Office Records and Private Papers, British Library.
"Reports on the destruction of wild animals and venomous snakes during the year 1907." IOR/L/PJ/6/893, File 3661. India Office Records and Private Papers, British Library.
"Man-Eating Tigers." The Times of India, p. 8, April 15, 1907.
Segrave, Bob, ed. Behind Jim Corbett's Stories: An Analytical Journey to "Corbett's Places" and Unanswered Questions. Tbilisi: Logos, 2016.

訳者あとがき

本書はデイン・ハックルブリッジ著『どんな猛獣でも——史上最恐の人喰い虎、チャンパーワットの虎の恐るべき実話』（Dane Huckelbridge, *No Beast So Fierce. The Terrifying True Story of the Champawat Tiger, the Deadliest Animal in History*, HarperCollins, New York, 2019）の全訳です。原著タイトルは冒頭の題辞にあるシェイクスピアの『リチャード三世』からの引用で、人間は虎よりも獰猛な存在であることを意味しています。

本書のタイトルロールである「チャンパーワットの虎」とは、一九世紀末から二〇世紀初頭に掛けて、ネパール西部とインド北部で人々を恐怖のどん底に叩き込んだ「史上最恐」の人喰い虎の渾名です。それが史上最恐と称される所以は、その虎が牙に掛けたとされる犠牲者数で、その数実に四三六人。実際にはもっと多いかもしれない、と言われています。

たった一頭の猛獣が、如何にしてそのような、ちょっとした天災並の猛威を揮うことができたのか。そしてそれは如何にして退治されたのか。

本書は徹底した現地取材に基づいて、この前代未聞の獣害事件の全貌を余すところなく説き明かす渾身のノンフィクションです。

予め申上げておきますと、本書では当然ながら、問題の虎と、それを討ち取ったヒーローである伝説的ハンターの対決の様子も詳細に描かれてはいますが、両者の動向に関する記述は実際には全体の三分の一程度。それ以外の圧倒的大部分は、「チャンパーワットの虎」のような怪物を生み出すに至った歴史的経緯が徹底的に描き込まれています。

その歴史的記述のスケールのほどは、二〇世紀初頭の虎退治の物語を描くのに、話はいきなり今から五千万年前、主要な舞台となるヒマラヤ山脈の形成にまでさかのぼる、と言えばご理解いただけるでしょうか。虎という生物自体に関しても、その能力や習性や戦闘力は言うに及ばず、六二〇〇万年前の祖先から現在に至るまであらゆる情報を完全網羅。チャンパーワットの虎が暴れ回ったネパールやインドについても、関連する数百年分の歴史や文化や神話が詳細に語られますし、これを斃したハンターのジム・コーベットも、三代前まで家系をさかのぼってその来歴が披露されます。ともかくこのテーマに関するありとあらゆる情報を盛り込んでやろう、という著者の執念には鬼気迫るものがあると言えましょう。

そのお陰で、本書は単なる虎対人間の対決の物語を遥かに越えた、深遠かつ複雑な主題を提示することに成功しています。

著者ディン・ハックルブリッジはアメリカ中西部に生まれ育ち、ニュージャージー州の名門プリンストン大学を卒業。さまざまなメディアにフィクションやエッセイを発表してきました。処女作である小説 CASTLE OF WATER が二〇一七年にセント・マーティンズ・プレスから出版されたばかりで、本書は著者の単行本としては二冊目ということになりますが、早くもちょっとしたベストセラーとなっているようです。その CASTLE OF WATER はハリウッドで映画化の話が進行中とのこと、短編小説 Ortolan も二〇一六年に「ブラム・ストーカー賞」ファイナリストに残るなど、若くして順風満帆な人生を満喫している模様。現在はパリに在住して、頻繁にニューヨークに戻るという生活を送っているようです。

それにしても、主人公である在印三世のアイルランド人ハンター、ジム・コーベットのキャラクターは卓越しています。ヨーロッパ人でありながら、インド奥地の達人猟師《シカーリ》の薫陶を受けて育ち、白人のハンターというよりも現地のシカーリの感覚と思想と技術を我が物とした男。英国とインド、二つのアイデンティティの間で引き裂かれ、生涯独身を貫いた人間嫌いでありながら、その二つの祖国の双方から愛され、尊敬されたヒーロー。あたかもフィクションの主人公のような設定ですが、これが実話だというのですから驚いてしまいます。

本書は各メディアからも概ね好評を博しています。たとえば『ネイチャー』誌によれば、本書は「心を鷲掴みにされる……一九〇〇年から一九〇七年に掛けて、一頭の雌のベンガルトラが、ネパールとインド北部で数百人の村人を殺した。この圧倒的な物語はその身の毛のよだつような話に基づいているが、その因果関係を深く掘り下げている」。まさに本書の内容を簡潔かつ的確に言い表した批評でしょう。『サイエンティフィック・アメリカン』誌も「釘付けにされる……いつまでも忘れがたい物語」とべた褒めの様子。人間と自然のあり方に興味のある方には、是非一度手に取ってご覧戴きたい良書です、と翻訳者も推奨しておきます。

但し、あくまでも一読者としての感想を付け加えさせていただくなら、ハル・シングは人間ではない。もしくは、クンワルは話を盛っている。と、思います。正直。

翻訳者識

二〇一九年秋

史上最恐の人喰い虎
436人を殺害したベンガルトラと伝説のハンター

2019年8月25日　第一刷印刷
2019年9月10日　第一刷発行

著　者　デイン・ハッケルブリッジ
訳　者　松田和也

発行者　清水一人
発行所　青土社

〒101-0051　東京都千代田区神田神保町1-29　市瀬ビル
［電話］03-3291-9831（編集）　03-3294-7829（営業）
［振替］00190-7-192955

印刷・製本　ディグ
装丁　大倉真一郎

ISBN978-4-7917-7208-7　Printed in Japan